L'HEUREUSE
FAMILLE

PAR

Le Capitaine MAYNE-REID

Traduit de l'anglais par E. DELAUNEY

AVEC GRAVURES DANS LE TEXTE

ROUEN

MÉGARD ET Cie, LIBRAIRES-ÉDITEURS

BIBLIOTHÈQUE MORALE

DE

LA JEUNESSE

—

1ʳᵉ SÉRIE IN-4°

La voilà, dit Rolf en poussant la petite Luisa vers le mineur.

L'HEUREUSE

FAMILLE

PAR

LE CAPITAINE MAYNE-REID

Traduit de l'anglais par E. DELAUNEY

AVEC GRAVURES DANS LE TEXTE

ROUEN

MÉGARD ET Cⁱᵉ, LIBRAIRES-ÉDITEURS

1884

Propriété des Éditeurs,

L'HEUREUSE FAMILLE.

———◦———

I.

LE GRAND DÉSERT D'AMÉRIQUE.

Il existe dans l'intérieur de l'Amérique septentrionale un immense désert, à peine moins vaste que le Sahara ; et quoique sa configuration ne soit pas exactement délimitée, on lui attribue deux mille cinq cents kilomètres de long, sur mille sept cents de large ; ce qui représente une superficie vingt-cinq fois plus grande que celle de l'Angleterre.

Pour beaucoup de gens, qui dit désert, dit une plaine ininterrompue, monotone, sans eau, sans végétation aucune, dévastée par un vent brûlant qui promène des tourbillons de sable assez violents pour suffoquer des caravanes entières.

Cette appréciation, exacte à certains égards et dans certaines régions, se trouve modifiée par l'expérience. Bien que l'intérieur du

Sahara n'ait pas encore été complètement exploré, on en connaît assez déjà pour avoir acquis la preuve qu'il s'y rencontre des chaînes de montagnes, des collines boisées, des vallons fertiles, des lacs, des sources et des rivières.

Même dans la plaine proprement dite, on rencontre de loin en loin des lieux fertiles, couverts d'une riche végétation, que l'on nomme oasis. Il y en a de petites formées par la réunion d'une douzaine de palmiers autour d'une source ; il y en a de grandes qui servent de demeure à des tribus entières et constituent de véritables Etats indépendants. Si vous examinez une bonne carte d'Afrique, vous remarquerez que ces derniers sont très nombreux.

Le grand désert d'Amérique présente les mêmes traits généraux. Il est peut-être même plus varié en accidents géographiques. On y trouve des plaines de cent soixante kilomètres de large, couvertes de sable d'un blanc pur, que le vent éparpille çà et là en des amoncellements qui rappellent ceux de la neige après une tourmente. Ailleurs, s'étendent d'autres plaines également désolées, mais où la terre aride et nue remplace le sable. D'autres encore sont couvertes d'un maigre arbrisseau au feuillage blanchâtre, qui croît souvent en telle abondance, qu'un homme à cheval ne peut y pénétrer, ses branches noueuses et enchevêtrées formant un obstacle insurmontable.

Cet arbrisseau est l'*artémisia*, espèce de sauge sauvage ou d'absinthe, d'où la dénomination de prairies de sauge donnée par les chasseurs aux endroits où il se rencontre.

Plus loin, de vastes étendues à l'aspect noirâtre disparaissent sous la lave refroidie, vomie à des époques antérieures par des monts volcaniques, et aujourd'hui émiettée en fragments aussi insignifiants que les pierres d'une route neuve,

Oasis.

A la suite, viennent parfois de nouvelles plaines d'un blanc aussi parfait que si un manteau de neige venait de les recouvrir ; mais cette blancheur immaculée indique la présence d'une couche d'un sel sans mélange. D'autres enfin, présentant la même apparence de blancheur, sont sous un revêtement de soude naturelle aux splendides efflorescences.

Les montagnes y abondent également; et à vrai dire, la bonne moitié de la superficie du grand désert en est couverte. La chaîne des Montagnes Rocheuses la traverse de part en part et la divise en deux parties égales; mais, outre cette chaîne principale, il existe des montagnes de toutes dimensions et de toutes formes, ayant une physionomie propre assez singulière. Quelquefois, pendant plusieurs lieues, leur sommet horizontal ressemble à des toits de maisons et paraît si étroit, qu'on croirait volontiers pouvoir s'y mettre à califourchon.

D'autres éminences coniques s'élèvent isolées dans la plaine comme des tasses à thé renversées sur une table. Ailleurs on voit des pics qui percent les nues comme autant d'aiguilles, ou des dômes rappelant le souvenir des grandes cathédrales de l'ancien monde. Les uns sont noirâtres, les autres vert sombre ou bleu foncé, suivant qu'on les contemple de plus ou moins loin, et qu'ils sont revêtus de forêts de pins ou de cèdres, les deux arbres les plus nombreux des montagnes du grand désert.

Sur le flanc de beaucoup de ces monts, nulle végétation n'apparaît; ce sont des entassements d'énormes masses granitiques dans l'intervalle desquels s'ouvrent béants d'affreux précipices. Tel pic s'élève vers le ciel sous un manteau de neige; tel autre, beaucoup moins élevé, paraît à première vue à peine moins éclatant; cependant on s'aperçoit vite que ce n'est pas le blanc des neiges éternelles, mais bien une teinte laiteuse, coupée par des bouquets de cèdres rabougris, et due au pur calcaire ou au quartz blanc dont ils sont formés.

Cascades dans les Montagnes Rocheuses.

D'autres sur lesquels on n'aperçoit ni arbres ni feuilles d'aucune espèce, sont rayés des couleurs les plus éclatantes, rouge, jaune, vert et blanc, comme si on venait de les peindre. Ces rayures indiquent les différentes couches de roches qui composent ces montagnes. Enfin, les plus étranges sont celles qui aux rayons du soleil semblent des monts d'or ou d'argent et empruntent cette riche apparence à l'éclat du sélénite et du mica.

Et les rivières !... Combien ne sont-elles pas bizarres dans cette région ! Les unes, avec quelques pieds d'eau à peine, coulent sur un large lit de sable étincelant. Les autres, à l'onde pure et cristalline, ont ici une largeur de plusieurs centaines de mètres ; que sera-ce donc près de leur embouchure ? Mais suivons leur cours pendant quelque temps ; au lieu de s'élargir et de s'enfler comme celles de notre pays natal, nous les verrons décroître et diminuer de volume jusqu'à ce qu'elles disparaissent dans le sable, ne laissant après elles qu'un lit desséché. Votre chemin vous entraîne-t-il dans cette direction ? Après plusieurs journées de marche, vous retrouverez l'onde capricieuse. Elle reparaît avec une abondance telle, qu'à des centaines de kilomètres de la mer elle pourra porter les plus gros navires.

Telles sont l'Arkansas et la Platte.

Il en est d'autres qui coulent leurs eaux troublées au fond d'affreux précipices, inabordables sur une longueur de plusieurs centaines de lieues ; et souvent, trop souvent, hélas ! le voyageur se meurt de soif au bruit de l'onde mugissante qui écume à un millier de pieds au-dessous de lui. Tels sont le Colorado et le Snake.

D'autres enfin s'en vont à travers la plaine illimitée, minant incessamment l'argile de leurs bords, changeant de cours d'année en année, si bien qu'on les retrouve quelquefois à seize kilomètres de leurs anciens lits. Ici, vous les voyez disparaître en murmurant sous la terre, ou sous d'immenses radeaux formés par les troncs d'arbres que leur cours a entraînés; là-bas, vous les retrouvez se déroulant en mille sinuosités comme les anneaux d'un immense serpent, et traînant paresseusement leurs eaux rouges et troubles qui en font des rivières de sang. Tels sont le Brazos et la rivière Rouge.

Les lacs de ce désert ne sont pas moins remarquables. Quelques-uns se cachent dans les profonds replis de collines abruptes dont nul ne peut songer à escalader les flancs, et se déroulent au fond d'un cadre si sévère, que pas même un oiseau ne songe à venir se désaltérer dans leur onde silencieuse. D'autres se rencontrent aujourd'hui au sein de plaines stériles; et si l'on repasse au bout de quelques années, c'est en vain qu'on les cherche, ils se sont desséchés et ont disparu pour toujours. Les uns ont des flots cristallins et limpides, tandis que d'autres n'offrent qu'une eau bourbeuse ou parfois plus salée que celle de l'Océan lui-même.

Il s'y trouve également des sources minérales : les unes saturées de soude, d'autres salines ou sulfureuses, d'autres enfin tellement chaudes, qu'y tremper la main serait risquer de l'ébouillanter.

Ici, d'immenses grottes ou cavités percent le flanc des rochers; là, d'affreux précipices s'ouvrent sous vos pas; quelques-uns sont si profonds, qu'il semble que pour les creuser, on en ait extrait une montagne. C'est ce qu'on appelle des *barrancas*. Ailleurs, les rivières ont taillé entre les monts des fentes énormes, et l'on dirait que le faîte de ceux-ci, après avoir été ainsi perforé par ces tunnels, se soit écroulé. On appelle cela des canons. Telles sont les formations

Rivière de l'Amérique septentrionale.

singulières et caractéristiques de cette région sauvage appelée le grand désert.

Il a aussi ses habitants et ses oasis, grandes et petites. Les grandes ont la plupart été colonisées par des hommes civilisés. Le Nouveau-Mexique est du nombre. Il renferme plusieurs villes et une population de cent mille âmes, composée d'Espagnols, d'Indiens et de métis. Le pays des Mormons, peuplé d'Anglais et d'Américains établis sur les bords du grand lac Salé et sur ceux de l'Utah, en est une autre.

Outre ces deux principales oasis, il y en a un nombre considérable de plus petites. La plupart de celles-ci sont inhabitées. Quelques-unes, au contraire, comptent des tribus indiennes puissantes et nombreuses, possédant chevaux et bestiaux; ou bien de misérables groupes de trois ou quatre familles, végétant dans la plus horrible détresse et ne se nourrissant que de racines, d'herbes, d'insectes et de reptiles.

En dehors de ces deux races, les hommes civilisés et les Indiens, nous trouvons une classe intermédiaire, celle des blancs, chasseurs ou trappeurs, qui vivent de la chasse aux castors et de celle du buffle et autres animaux. L'existence de ces hommes est une trame ininterrompue de périls qui proviennent, soit de leur rencontre avec les animaux sauvages, soit de leur contact presque continuel avec les tribus indiennes, dont quelques-unes sont fort hostiles.

C'est à ces hommes que nous devons les fourrures de castor, de loutre, de rat musqué, de martre, d'hermine, de lynx, de renard, et les peaux de beaucoup d'autres animaux. Cette chasse est leur unique occupation et leur seul moyen d'existence. Des marchands aventureux ont établi à de très grandes distances les uns des autres des forts ou entrepôts de commerce. C'est là que les trappeurs vont échanger leurs fourrures contre des vivres, des vêtements, et les armes nécessaires à leur dangereuse industrie.

Chasseurs américains.

Mais il existe encore une autre classe d'hommes. Celle-là n'habite pas le grand désert, elle ne fait que le traverser. Depuis bien des

2

années, un commerce suivi s'est établi entre le Nouveau-Mexique et les Etats-Unis. Ce commerce emploie un capital considérable et un grand nombre d'hommes, principalement d'Américains. Les marchandises sont transportées dans de grands wagons ou chariots traînés par des mules ou des bœufs. Un train de ces wagons prend le nom de caravane. Ainsi le désert américain a ses caravanes comme le Sahara.

Celles-ci parcourent des centaines de lieues à travers des contrées où il n'y a pas d'autres habitants que les tribus errantes des Indiens. Encore ne se rencontrent-elles pas partout; car il y a des régions si désolées, que les sauvages eux-mêmes n'y sauraient subsister.

Les caravanes, du reste, suivent ordinairement un itinéraire connu, où l'eau et le fourrage abondent à certaines époques de l'année. Il y a plusieurs de ces chemins ou *pistes*, comme on les appelle, qui vont des établissements de la frontière des Etats-Unis à ceux du Nouveau-Mexique. Entre chacune de ces pistes, toutefois, s'étendent de vastes régions entièrement inexplorées, où l'on rencontrerait certainement des oasis fertiles que le pied de l'homme n'a jamais foulées.

C'est là, cher lecteur, que je veux vous conduire.

II.

LE PIC BLANC.

Il y a quelques années, je fis partie d'une troupe de « marchands des prairies » qui se rendaient avec une caravane de Saint-Louis, sur le Mississipi, à Santa-Fé, dans le Nouveau-Mexique. Nous suivions la piste bien connue de Santa-Fé. Comme nous ne pûmes disposer de toutes nos marchandises dans le Nouveau-Mexique, nous dûmes aller plus au sud, jusqu'à la grande ville de Chihuahua. Là, nous terminâmes nos affaires, et nous étions sur le point de repartir pour les Etats-Unis, quand on nous proposa d'explorer une nouvelle piste à travers les prairies.

Comme nous n'avions plus rien que nos sacs d'argent pour nous charger et nous encombrer, et que nous eussions été enchantés de trouver une route meilleure que celle de Santa-Fé, nous acquiesçâmes volontiers à cette proposition.

En arrivant à El Paso, nous vendîmes nos wagons et achetâmes des mules mexicaines, pour la conduite desquelles nous engageâmes en même temps un certain nombre de muletiers ou *arrieros*. Nous fîmes aussi l'acquisition de chevaux de selle, braves petites bêtes spéciales au Nouveau-Mexique et qui ont les qualités requises pour voyager dans le désert. Nous nous pourvûmes en outre de tous les articles qui nous étaient indispensables, comme provisions et vêtements, pour un séjour prolongé dans une région tout à fait inconnue. Nous étions douze en tout, marchands ou chasseurs ; il y avait aussi un mineur attaché à une mine de cuivre d'El Paso ; puis nos quatre muletiers mexicains. Et nous étions tous aussi bien armés et aussi bien montés qu'on peut l'être à prix d'argent.

Nous avions d'abord à franchir les monts Rocheux, qui traversent le pays du nord au sud. Cette partie de la chaîne, à l'est d'El Paso, prend le nom de Sierra des Organos, ou chaîne des Orgues, à cause de la ressemblance que l'on a cru trouver entre leurs falaises cannelées et des tuyaux d'orgues.

Grace à ses stratifications particulières, le granit de ces montagnes présente souvent les figures les plus bizarres et les plus fantastiques. Mais un des traits les plus curieux de cette chaîne des Orgues est celui-ci : au sommet d'un de ses monts, se trouve situé un lac dont les eaux ont le même flux et reflux que celles de l'Océan. Personne n'a encore pu indiquer la raison de ce phénomène singulier, qui reste inexplicable à la géologie.

Ce lac est le rendez-vous favori des animaux sauvages de la contrée. Les daims et les élans se rencontrent en grand nombre sur ses bords, et les chasseurs mexicains des environs ne songent même pas à les molester, tant ils ont une crainte superstitieuse des esprits de ces montagnes ; aussi évitent-ils de se hasarder sur leur flanc.

Mineur.

Nous trouvâmes sans difficulté un défilé qui nous mena dans la contrée ouverte qui s'étend de l'autre côté de la chaîne. Après une marche de plusieurs jours sur le versant oriental des montagnes Rocheuses, que l'on désigne dans le pays sous le nom de Sierra Sacramento et de Guadeloupe, nous arrivâmes à un petit ruisseau dont nous descendîmes le cours. Il nous conduisit à une large rivière, le célèbre Pécos ou Puero, qui coule du nord au sud. Tous ces noms sont espagnols, parce que, bien que le pays soit inhabité, il dépend du territoire du Nouveau-Mexique.

Nous traversâmes le Pécos et longeâmes pendant quelques jours
sa rive gauche, dans l'espoir de trouver quelqu'un de ses affluents
venant de l'est, que nous aurions voulu suivre. Mais il n'en existait
point, et nous étions parfois obligés d'abandonner le cours du Pécos
et de nous lancer dans la plaine, à cause des précipices dans lesquels
en certains endroits il a creusé son lit.

Entraînés de la sorte plus au nord que nous n'aurions voulu, nous
prîmes le parti extrême de tenter la traversée de la plaine aride qui
s'étendait à l'est à perte de vue. C'était une entreprise périlleuse de
quitter la rivière sans savoir où nous trouverions de l'eau. En pareil
cas, les voyageurs s'astreignent à suivre le premier cours d'eau qui
va dans leur direction. Mais nous étions tellement impatientés de
nous écarter de la voie que nous avions intérêt à suivre, que nous
renouvelâmes notre provision d'eau, et, après avoir fait boire nos
bêtes autant qu'elles le purent, nous nous lançâmes dans la plaine.

Au bout de quelques heures de marche, nous étions dans un vaste
désert, sans le moindre accident de terrain ; rien qui pût servir à
nous orienter. Une maigre végétation apparaissait de loin en loin ;
c'étaient de rares buissons de sauge rabougris et de cactus épineux ;
mais pas un brin d'herbe pour nos montures. Pas une goutte d'eau,
pas le moindre indice que la pluie eût jamais humecté cette plaine
aride. La terre sèche se pulvérisait sous nos pas et tourbillonnait
autour de nous en épais nuages de poussière. La chaleur était
excessive ; jointe à la fatigue de la marche, elle détermina bientôt
chez tous une soif intolérable, grâce à laquelle nos outres furent
vidées en peu de temps. Bien avant la nuit, la dernière goutte de
liquide était épuisée, et nous commencions à ressentir les premières

tortures de la soif. Cependant nos pauvres animaux souffraient beaucoup plus que nous encore, car eux n'avaient pas un brin d'herbe ni même de nourriture pour les sustenter.

Ils se désaltéraient dans l'onde cristalline d'un torrent de montagne.

Nous ne pouvions songer à revenir sur nos pas. Du reste, nous espérions, en continuant notre route, arriver plus tôt à une source ou à un cours d'eau, qu'en retournant en arrière, et, soutenus par cette espérance, nous continuâmes à aller de l'avant. Tard dans l'après-midi nos yeux furent réjouis par une perspective bien douce, qui nous fit tressaillir de joie sur nos selles. C'était de l'eau ! vous écriez-vous. Non, ce n'était qu'un point blanc qui se détachait dans le lointain sur l'azur du ciel. Il avait une forme triangulaire et semblait suspendu dans les airs, comme la partie supérieure d'un énorme cerf-volant. D'un seul coup d'œil nous reconnûmes que c'était un pic neigeux à l'horizon.

Or, le sujet de notre joie était celui-ci : cette montagne était de celles connues dans le Mexique sous le nom de *nevadas* — revêtues de neiges éternelles — et de ses flancs devaient découler, surtout en été, des sources nombreuses alimentées par la fonte d'une partie de ces neiges. Bien que la montagne fût en réalité à une grande distance, nous recouvrâmes soudain une nouvelle énergie, et nos montures elles-mêmes se mirent à hennir joyeusement en reprenant une allure plus vive et plus allongée.

Le triangle blanc devenait de plus en plus apparent. Au coucher du soleil, nous commencions à distinguer les noires rugosités des premières bases du mont, tandis que les rayons de l'astre lumineux, en se jouant sur les facettes du cône neigeux, le transformaient en une sorte de couronne d'or. Que c'était beau ! Il me semble le contempler encore.

Le soleil se coucha, et la lune prit sa place dans la sereine étendue des cieux. A sa pâle clarté nous marchâmes toute la nuit ; car s'arrêter, c'eût été mourir.

L'aube nous surprit nous traînant languissamment. Nous avions fourni une traite de plus de cent cinquante kilomètres depuis notre départ du Pécos, et cependant nous remarquions avec épouvante que nous ne semblions plus nous rapprocher de la montagne. A mesure que le jour croissait, nous pouvions distinguer à sa surface méridionale un profond ravin qui la coupait jusqu'au sommet ; mais à l'ouest, le côté le plus proche de nous, rien de semblable ; ce qui nous fit supposer que l'écoulement des eaux avait lieu par le ravin du sud où le courant devait naturellement se former.

Nous nous dirigeâmes donc vers ce point, et bien nous en prit.

Nous aperçûmes bientôt les signes précurseurs de la présence de l'eau. C'étaient des bouquets de saules et de cotonniers. Les hommes poussèrent de joyeuses exclamations, nos bêtes retrouvèrent le courage de hennir, et quelques instants plus tard, hommes, mules et chevaux se désaltéraient à longs traits dans l'onde cristalline d'un torrent de montagne.

III.

L'OASIS DANS LA MONTAGNE.

Après une si longue et si pénible traite, nous éprouvions tous un immense besoin de repos. Nous formâmes donc le projet de passer la nuit dans ce lieu et peut-être d'y camper un ou deux jours.

La frange de saules qui s'étendait sur les deux rives du torrent ombrageait de chaque côté une cinquantaine de mètres dans la plaine, et dans cet espace croissaient à profusion des touffes d'une herbe particulière au Mexique, appelée *gramma*. C'est un fourrage riche et nourrissant, dont les chevaux, les bestiaux et la généralité des herbivores sont très friands. Nos bêtes nous en fournirent la preuve; car, dès qu'elles eurent étanché leur soif, elles attaquèrent ces touffes à pleine bouche, avec des yeux brillants de convoitise. Nous les débarrassâmes de leurs charges et de leurs selles; puis, les ayant attachées à des piquets, nous leur laissâmes la liberté de se régaler à leur aise.

Alors nous songeâmes à notre propre souper. Nous n'avions pas encore senti positivement les atteintes de la faim ; car nous avions mâché à plusieurs reprises des morceaux de viande séchée. Mais nous avions dû la manger crue, et le *tasajo*, nom sous lequel on la désigne, cuit, cru ou bouilli, ne constitue jamais une bien bonne nourriture. Il y avait une semaine que nous n'en avions pas goûté d'autre, et nous soupirions après un peu de viande fraîche. Depuis notre départ d'El Paso, nous n'avions pas eu la chance de rencontrer une seule pièce de gibier, à l'exception d'une demi-douzaine d'antilopes rachitiques, dont une seulement était tombée sous nos coups.

Tandis que nous attachions nos montures et que nous dressions le feu pour faire cuire notre souper de tasajo et de café, un des chasseurs, l'infatigable Lincoln, disparut dans la ravine. Bientôt nous entendîmes la détonation de son fusil et nous le vîmes reparaître avec un animal de la grosseur d'un daim. C'était un bigorne — mouton sauvage des montagnes Rocheuses, — que nous reconnûmes à ses grandes cornes en forme de croissant. Il était gras et tendre à souhait, et les couteaux de nos adroits chasseurs ne mirent pas longtemps à le dépouiller et à le découper. D'autres mains vigoureuses, maniant la hache avec dextérité, avaient jeté bas un cotonnier, qui, débité en bûches et petit bois, pétilla bientôt dans une claire flambée. Les côtes et les tranches du bigorne furent disposées sur une bonne braise, tandis que l'odorant contenu de la cafetière frémissait à côté et remplissait l'air de son arome. Le souper terminé, chacun de nous s'enroula dans sa couverture et oublia bientôt dans un profond sommeil les péripéties de ce voyage hasardeux.

Cotonnier.

Le lendemain matin nous trouva tout réconfortés, et, après le déjeuner, on tint conseil pour voir ce qu'il était opportun de faire. Nous eussions aimé suivre le torrent, mais il coulait dans la direction du sud, qui n'était pas la nôtre, puisque nous devions tendre vers l'est. Pendant que l'on délibérait ainsi, une exclamation de Lincoln attira notre attention. Il était au delà des saules, dans la plaine ouverte, et nous indiquait le sud de sa main étendue. Nous interrogeâmes l'horizon, et quelle ne fut pas notre surprise de voir onduler vers le ciel une épaisse colonne de fumée bleuâtre !

— Ce sont des Indiens ! s'écria quelqu'un.

— Hier soir, quand j'étais à l'affût du bigorne, j'avais remarqué par là un singulier renfoncement, dit Lincoln ; cette fumée provient du même endroit, et, comme il n'y a pas de fumée sans feu, j'en conclus que quelqu'un a allumé ce feu ; que ce soient des Indiens ou des blancs, il est urgent de savoir qui.

— Ce ne peuvent être que des Indiens, s'écrièrent plusieurs voix ; quels autres personnages pourrait-on rencontrer à une pareille distance de tout centre ?

Nous nous consultâmes sur ce qu'il y avait à faire. Notre feu fut immédiatement étouffé, et nos bêtes éparses furent réunies à l'ombre des saules, sous nos yeux. Quelques-uns proposaient de pousser une reconnaissance en aval du ruisseau, d'autres d'escalader la montagne pour essayer de voir ce qui se passait dans le renfoncement d'où sortait la fumée.

Ce plan, fort sage du reste, prévalut. Au cas où notre légitime curiosité ne serait pas satisfaite, nous avions toujours la ressource du premier procédé indiqué. Nous laissâmes donc le camp sous bonne garde, et six d'entre nous gravirent aussitôt les premières pentes de la montagne.

Nous parvînmes ainsi à une élévation considérable, tout en nous arrêtant fréquemment pour observer la plaine. Enfin, nous commen-çâmes à plonger dans une sorte de barranca, que traversait notre torrent, mais de si loin, que nous ne pouvions pas distinguer grand'-chose. Comme notre séjour sur la montagne ne nous révélait pas ce que nous désirions savoir, nous rejoignîmes nos compagnons restés au camp.

Il fut alors décidé qu'une troupe choisie descendrait le torrent et irait, avec toutes les précautions voulues, reconnaître les abords de cet étrange vallon. Six d'entre nous repartirent à pied comme auparavant. Nous nous glissions à petit bruit sous les saules,

cherchant à ne point nous écarter du ruisseau. Nous fîmes environ
deux kilomètres et demi. Nous étions près de l'extrémité de la

Indiens.

barranca. Nous entendions un bruit de cascade : c'était une cataracte
formée par notre torrent en tombant du niveau où nous nous

trouvions actuellement, dans la ravine que nous commencions à apercevoir devant nous. L'instant d'après nous arrivions, non sans peine, sur la limite extrême d'une muraille de granit, du sommet de laquelle l'eau du ruisseau tombait à une profondeur de quelques centaines de pieds.

C'était un spectacle magnifique que ce jet immense, recourbé comme la queue d'un cheval, quand il venait plonger dans le lac écumant, d'où s'échappaient des millions de globules neigeux qui étincelaient aux rayons du soleil, en reflétant toutes les couleurs du prisme. Oui, c'était vraiment beau ; mais nos regards charmés ne s'y arrêtèrent pas longtemps, car d'autres objets les sollicitaient également.

Bien au-dessous de l'endroit où nous nous trouvions placés, s'étendait une admirable vallée dans tout l'éclat de sa luxuriante végétation. Elle était d'une forme presque ovale, bornée de tous côtés par un effroyable précipice, qui l'enfermait comme d'un mur gigantesque. Sa longueur pouvait être de seize kilomètres environ, et sa plus grande largeur atteignait à peine la moitié de cette évaluation. Nous étions à son extrémité, et placés de manière à la voir dans toute sa longueur.

Sur les flancs du précipice on apercevait des arbres qui pendaient horizontalement et dont quelques-uns même croissaient la tête en bas. C'étaient des cèdres et des pins. On entrevoyait aussi les branches noueuses des grands cactus qui poussaient dans les fentes des rochers. Ailleurs, le mezcal ou magney sauvage s'accrochait au plan droit de la muraille de granit, ses feuilles écarlates contrastant agréablement avec la verdure foncée des cèdres et des pins.

Quelques-unes de ces plantes s'épanouissaient au plus haut du précipice, et leurs longues tiges recourbées donnaient une grâce sauvage à ce paysage enchanteur.

Sur les flancs de la falaise tout était âpre, sombre, pittoresque. Quelle différence avec la scène qui charmait le regard un peu plus bas ! Ici tout était souriant, captivant, magnifique. La vallée était coupée de larges espaces de terrains boisés où l'épais feuillage des arbres s'entrelaçait de telle sorte, qu'il formait comme un tapis dérobant la vue du sol, excepté là où s'ouvraient des clairières revêtues d'une verdure plus claire. Les feuilles des arbres étaient richement nuancées, car on était en automne.

Au centre du vallon s'étendait un lac transparent et paisible ; la fumée qui avait attiré notre attention provenait de la rive occidentale.

Nous revînmes au campement chercher nos compagnons pour aller ensemble à la découverte de l'issue par laquelle on pénétrait dans la barranca, certains qu'elle devait exister, puisque d'autres nous avaient précédés dans ce lieu agreste et solitaire.

Nous ne laissâmes au bivouac que nos Mexicains et nos mules. Nous sautâmes en selle pour commencer notre nouvelle reconnaissance, que nous tenions à mener à bien dans le plus bref délai possible. Nous contournâmes le côté oriental du précipice, en ayant soin de nous tenir dans la plaine, désireux de ne pas trahir notre présence avant d'avoir vu quelle sorte de gens habitaient la vallée. Quand nous fûmes en face de l'endroit d'où s'échappaient encore des volutes de fumée, nous nous arrêtâmes, et deux d'entre nous mirent pied à terre et rampèrent vers l'extrême bord du précipice en déguisant leur approche derrière quelques buissons.

Quelle étrange surprise les attendait! Sur la rive opposée du lac dont j'ai déjà parlé, à cent mètres à peine, s'élevait une maison en bois de belle apparence, autour de laquelle se groupaient un peu en arrière des bâtiments plus petits. Une barrière les entourait, et l'on remarquait aux environs des champs qui paraissaient cultivés, tandis que de nombreux bestiaux s'ébattaient dans de vastes prairies.

Tout le paysage retraçait exactement l'ensemble d'une belle ferme, avec sa maison d'habitation, ses étables, ses dépendances, son jardin et ses champs, ses chevaux et son bétail. La distance était trop grande pour pouvoir distinguer les animaux que l'on voyait paître ; mais il y en avait de blancs, de roux, de noirs et de tachetés.

On apercevait des hommes et des enfants allant et venant dans l'enclos et une femme debout sur le seuil de la porte. Il n'était pas possible de dire si c'étaient des blancs ; mais assurément aucun de nous ne supposa un instant être en présence d'Indiens. Il n'y avait pas au monde une de leurs tribus capable de se préparer une pareille demeure.

On juge de nos impressions. Quel étonnement c'était pour nous qui sortions à peine du désert et des souffrances qu'il inflige, de reposer nos regards sur le spectacle de ce calme, de cette abondance et de cette riante nature !

Nous rejoignîmes en toute hâte le gros de la troupe pour lui faire part de nos découvertes. Il nous fallait maintenant à tout prix découvrir l'entrée de cette ravissante oasis. Nous espérions la trouver dans une dépression que nous avions remarquée vers le sud, à l'extrémité opposée du vallon, là où le torrent rejoignait la plaine.

Nous ne nous trompions pas ; c'était le véritable chemin que nous cherchions. Il suivait les sinuosités du torrent, il avait la largeur d'un chariot, et sa pente était assez douce. Nous n'eûmes pas une minute d'hésitation, et nous nous y engageâmes avec empressement.

IV.

UN SINGULIER ÉTABLISSEMENT.

Nous fûmes bientôt au fond de la vallée, où nous trouvâmes un chemin battu qui conduisait au lac. Une fois là, nous étions devant l'habitation. Nous fûmes surpris de l'étonnante variété d'arbres que l'on voyait dans les bois, variété qui n'était surpassée que par celle des habitants ailés qui se jouaient entre leurs branches.

Nous voici enfin presque à portée de l'habitation. Il devient prudent de procéder à une nouvelle et dernière reconnaissance; et deux d'entre nous mettent pied à terre à cette intention. Nous nous avançons à l'ombre d'un épais bosquet. L'habitation et ses dépendances sont là, bien en face de nous, et se prêtent à notre examen.

La maison, bien construite, est en troncs d'arbres, comme on en rencontre fréquemment dans l'ouest de l'Amérique. Le jardin s'étend à l'une des extrémités, et des champs cultivés l'environnent

presque de toutes parts. L'un porte une moisson de maïs ou blé
indien, et l'autre de froment. Ce qui nous surprend le plus, ce sont
les animaux que nous apercevons dans le parc qui leur est réservé.
Nous nous attendions à voir ceux que l'on trouve réunis dans le
voisinage des fermes, et, au lieu de cela, à l'exception des chevaux,
nous ne trouvons rien qui réponde à l'idée que nous nous étions
faite de ces bestiaux ; et encore les chevaux que nous avons sous les
yeux sont des mustangs ou chevaux sauvages des prairies, tachetés
comme des chiens de chasse.

Au lieu de ce que nous avions pris pour des bœufs, voici des
buffles ; des buffles parqués dans les champs, et ne se détournant pas
même aux cris des êtres humains qui passent à côté d'eux. Et ce qui
est assurément plus fort, ne voilà-t-il pas les mêmes bêtes, réputées
si sauvages, tranquillement accouplées à la charrue, et marchant
du pas grave de leurs congénères les bœufs !

Mais voici un nouveau sujet de surprise. Ce sont ces animaux
paisiblement immergés dans l'eau du lac, où leurs immenses cornes
se reflètent comme dans un miroir. C'est le grand élan d'Amérique,
et voici plusieurs espèces de daims, des antilopes aux cornes four-
chues et d'autres qui rappellent le bélier, puis des chèvres ou
moutons sauvages. Cet animal sans queue fait involontairement
songer au porc ; et là-bas, sont-ce des chiens ou des renards ? Et
cette volaille qui caquette bruyamment dans la basse-cour, elle ne
nous offre guère comme vieille connaissance que le grand et svelte
dindon sauvage. Tout cet ensemble ne déparerait pas un jardin
zoologique ou une ménagerie.

Enfin voici deux hommes : l'un est un blanc de haute taille, avec un léger embonpoint, et l'autre un nègre trapu, qui conduit la charrue. Puis voici deux adolescents d'une belle venue.

La femme que nous avons aperçue auprès de la porte y est encore, apparemment occupée à quelque chose, et ses deux fillettes s'empressent autour d'elle pour l'aider.

Un singulier établissement.

Par exemple, ce qui jette un certain degré de consternation dans nos âmes, c'est, devant la maison et près du porche où la femme est assise, la présence de grands ours noirs parfaitement libres, qui s'ébattent en jouant; puis d'autres animaux plus petits, que nous avions d'abord pris pour des chiens, mais que leur queue touffue, leur museau pointu et leurs oreilles courtes et droites rapprochent beaucoup plus de la race des loups. C'est une espèce abâtardie très commune chez les Peaux-Rouges.

Mais ce qui est encore plus effrayant, ce sont deux fauves d'un roux basané qui rampent sous le porche, presque aux pieds de la femme. Leur tête et leurs oreilles de chat, leur mufle noir et court, leur gorge blanche et leur poitrail rougeâtre nous disent assez ce qu'ils sont.

— Des panthères! me souffle mon compagnon, en respirant longuement et en me regardant d'un air stupéfait.

— Oui, ce sont bien des panthères, du moins pour le chasseur, ou mieux des couguars, le *felis concolor* des naturalistes, le lion d'Amérique.

Au milieu de tous ces animaux féroces, les jeunes filles se mouvaient avec une grâce naturelle, ne paraissant pas plus s'inquiéter de la présence des fauves que ceux-ci de la leur. Nous ne nous attardâmes pas à en voir davantage; nous revînmes en hâte à nos compagnons, et cinq minutes plus tard nous faisions notre entrée sur l'espace découvert qui s'étendait devant la ferme.

Notre apparition sema partout la consternation et la terreur. Les hommes s'appelèrent à grands cris, les chevaux hennirent bruyamment, les chiens hurlèrent, et la volaille s'effaroucha, en jetant sa note aiguë dans ce concert de clameurs discordantes. On nous avait pris pour une troupe d'Indiens. Nous nous empressâmes de faire cesser cette méprise en déclinant nos noms et qualités.

Dès que nos explications eurent été entendues, l'homme blanc s'avança, et nous pressa de la manière la plus gracieuse de mettre pied à terre et d'accepter son hospitalité. En même temps il donna des ordres pour notre dîner, et, nous indiquant un endroit où nous pourrions faire reposer nos chevaux, il commença à jeter du blé dans une grande auge de bois. Son nègre et ses deux fils l'assistaient de tout leur pouvoir.

Jusqu'à ce moment, nous avions marché de surprise en surprise. Tout ce qui nous entourait était si étrange, si inexplicable. Les animaux que nous n'avions jamais vus qu'à l'état sauvage étaient ici doux et apprivoisés, comme les hôtes ordinaires des cours de ferme; et à chaque instant nous en voyions surgir de nouveaux.

Ours noirs.

Mais les plantes devaient aussi avoir leur tour dans notre émerveillement. Les plus étranges croissaient soigneusement cultivées dans le jardin et dans les champs. Des ceps de vigne décoraient des espaliers; un blé jaune remplissait des cribles autour desquels les tourterelles, les hirondelles et les martins-pêcheurs voletaient avec un doux bruit d'ailes. Tout cela formait un spectacle aussi curieux qu'agréable à contempler.

Nous nous promenions depuis une heure lorsqu'on nous appela pour dîner.

— Veuillez prendre la peine de me suivre, messieurs, nous dit notre hôte en nous montrant le chemin de sa demeure.

Nous entrâmes et prîmes place autour d'une grande table, sur laquelle fumaient plusieurs plats savoureux et appétissants. Dans quelques-uns nous retrouvions d'anciennes connaissances, tandis que d'autres nous étaient tout à fait inconnus. Des tranches de venaison, des langues de buffle, des côtelettes de bison — la partie la plus délicate de cet animal. — Il y avait des volailles rôties, des œufs de dinde, à la coque et en omelette ; du pain, du beurre, du fromage et du lait si crémeux ! Tout se réunissait pour exciter notre appétit, qui, il faut en convenir, n'avait pas besoin de stimulant. Nous avions tous une faim dévorante, n'ayant rien pris depuis le grand matin, et ayant fait passablement d'exercice depuis lors.

Une énorme bouilloire chantait auprès du feu, et nous nous demandions ce qu'elle pouvait bien recéler dans ses flancs. Ce n'était assurément ni du thé ni du café. Notre curiosité à cet égard fut bientôt satisfaite, car des bols furent placés devant chacun de nous, et on y versa un breuvage sain et agréable, du thé de racine de sassafras. On nous offrit pour le sucrer du sucre d'érable, et chacun put y mêler à son gré de l'excellente crème que nous offrait la ménagère. Nous avions tous eu l'occasion de goûter à cette infusion auparavant, et beaucoup d'entre nous l'appréciaient autant que le thé de Chine.

Sans laisser perdre un seul coup de dents, nous continuions nos observations. Tout était si bizarre et si primitif autour de nous ! La plus grande partie du mobilier et des ustensiles avait dû être fabriquée sur place. Il y avait des bols, des tasses, des plats fournis par l'enveloppe des gourdes et des calebasses, ainsi que des cuillères et des spatules. Il y avait des assiettes et des plateaux taillés à même des troncs d'arbres, et un nombre infini d'objets en poterie rougeâtre de toutes les formes et de tous les usages; des marmites, des poêlons, des cruches et des jarres.

Les chaises étaient également simples et grossières, mais admirablement adaptées à l'emploi qu'on en voulait faire. Un certain nombre étaient garnies de sièges en cuir qui remontaient vers le dossier avec une inclinaison douce, ce qui les rendait solides et commodes. Quelques-unes plus légères faisaient partie de l'ameublement des chambres à coucher et avaient des sièges tressés.

Il n'y avait que peu ou point d'ornements sur les murs, si l'on en excepte quelques curiosités fournies par le vallon et accrochées çà et là. C'étaient des oiseaux empaillés, au rare et brillant plumage, d'énormes cornes d'animaux et deux ou trois écailles de tortues terrestres soigneusement polies. Ni miroirs, ni tableaux; un seul livre : **la Bible**.

Tous les membres de la famille assistaient à notre repas. Nous les avions déjà vus à notre arrivée, car chacun s'était empressé pour nous faire accueil; mais la conversation des enfants nous intrigua fort. Nous apprîmes avec surprise que nous étions les premiers blancs qu'ils eussent vus depuis près de dix ans.

Ces enfants étaient magnifiques, robustes, bien découplés, pleins de vie et d'animation. Il y avait deux garçons, Frank et Henry, et deux filles. L'une était une brunette qui avait quelque chose d'espagnol dans le teint et dans la physionomie. La seconde était aussi blonde que l'autre était brune. C'était une ravissante apparition aux cheveux dorés et aux grands yeux bleus ombragés de longs cils. Elle se nommait Marie, et sa sœur Luisa. Elles étaient, chacune dans son genre, extrêmement jolies. Mais les voyant de même taille et de même âge, on s'étonnait à bon droit de les trouver si dissemblables. Les deux frères aussi étaient de même taille, mais beaucoup plus âgés que leurs sœurs : ils portaient au moins dix-sept ans ; mais je ne pouvais reconnaître l'aîné. Henry, avec sa blonde tête bouclée et son expression franche et virile, était tout le portrait de son père ; tandis que Frank, plus brun, rappelait les traits de sa mère. Celle-ci ne semblait pas avoir plus de trente-cinq ans ; elle était encore très belle, et d'un caractère aimable et enjoué.

Quant à notre hôte, c'était un homme de quarante ans, dont les cheveux commençaient à grisonner. Il ne portait ni barbe ni favoris, et son menton attestait au contraire qu'il s'était soigneusement rasé le matin même. On voyait que, malgré son isolement relatif, il donnait à sa personne les soins d'un homme bien élevé ; du reste, sa conversation nous avait bientôt révélé la présence d'un homme de bonne compagnie.

Les costumes de cette famille étaient en rapport de singularité avec tout le reste. Le père portait un gilet de chasse et des culottes de peau de daim, qui ne différaient pas d'une manière trop sensible de celles de nos chasseurs. Les garçons avaient un vêtement à peu près identique, au-dessous duquel passaient les extrémités d'une chemise en toile de ménage. Les femmes étaient vêtues en partie de cette même toile et en partie d'une sorte de robe ou tunique en peau

de faon, réduite à la douceur et à la souplesse d'un gant. Des cha-
peaux, suspendus çà et là, étaient artistement tressés en feuilles de
palmiers nains.

Le nègre nous dévisageait avec une extrême curiosité.

Tandis que nous étions à table, le nègre faisait de fréquentes appa-
ritions à la porte et nous dévisageait avec une extrême curiosité. Il
était petit, trapu, noir comme du jais, et paraissait avoir une
quarantaine d'années. Sa tête était couverte d'une épaisse toison de
petites boucles laineuses qui lui donnaient l'apparence d'une sphère
parfaite. Ses dents étaient blanches et énormes, mais elles ne donnaient rien de farouche à sa physionomie; car il les exhibait dans
un perpétuel sourire de bonne humeur. Il y avait quelque chose
d'agréable dans l'expression de ses beaux yeux noirs, bien qu'ils ne
restassent jamais en place.

— Cudjo, il faudrait chasser ces bêtes, dit la femme, ou plutôt la dame, car elle méritait évidemment cette appellation.

Cet ordre, ou, pour mieux dire, cette demande, faite d'un ton très doux, fut exécutée avec empressement. Cudjo se mit à sauter sur le plancher et parvint à faire partir les loups, les panthères et les autres animaux de même espèce qui s'étaient glissés entre nos jambes et s'y jouaient, non sans occasionner certaines terreurs à plusieurs d'entre nous.

Enfin, notre repas terminé, nous témoignâmes à notre hôte le désir de savoir le secret de ce singulier établissement.

— Attendez à ce soir, nous dit-il ; je vous raconterai mon histoire autour d'un bon feu. Je crois que, pour le moment, un bain serait ce qui achèverait le mieux de vous délasser de vos fatigues.

Ce disant, il nous conduisit lui-même vers un endroit ombragé du lac, et bientôt en effet nous nous délassâmes dans ses eaux limpides.

Quelques-uns d'entre nous furent dépêchés à la montagne pour chercher les mules et leurs muletiers, tandis que les autres parcouraient la maison et les terres, trouvant à tout moment quelque nouvel objet de surprise. Nous soupirions après la tombée de la nuit.

Elle vint enfin, et, après un excellent souper, nous nous groupâmes autour d'un feu vif et clair pour écouter l'étrange histoire de notre hôte, Robert Rolf.

V.

COMMENCEMENT DE L'HISTOIRE
DE ROLF.

— Frères, nous dit-il, bien que je ne sois pas Américain, nous appartenons à la même race. Je suis Anglais. Il y a quelque quarante ans que je reçus le jour dans la partie méridionale de la vieille Angleterre. Mon père était fermier, mais possesseur de ses terres, ce qu'on est convenu d'appeler un fermier gentilhomme. Malheureusement, il avait trop d'ambition pour sa position. Il prétendit faire de moi, son fils unique, un gentilhomme dans toute l'acception du mot ; c'est-à-dire qu'il me fit donner cette éducation dispendieuse qui, en faisant contracter des goûts de luxe et de dépenses, prédispose si admirablement les hommes d'une fortune médiocre à la ruine.

Ce ne fut pas assurément de la sagesse ; mais j'aurais mauvaise grâce à m'appesantir sur une faute qui ne provenait que de sa trop grande tendresse pour moi. Je crois, du reste, que ce fut bien l'unique tort que mon bon, mon excellent père ait jamais eu à se reprocher. Son caractère était sans tache.

Je fus envoyé aux écoles où je pouvais frayer avec les rejetons de 'aristocratie. J'appris à danser, à monter à cheval et à jouer. J'avais de l'argent à discrétion et l'autorisation de boire du champagne à mon plaisir, pourvu que ce fût en noble compagnie. Mes études, ou plutôt le temps de mes études achevé, je fus envoyé sur le continent. Je passai quelques années en France, en Italie ; je visitai les bords du Rhin et la magnifique chute que l'on voit sur sa rive gauche, à Laufen, et ne fus rappelé en Angleterre que pour assister à la mort de mon père.

J'étais le seul héritier de ses biens, assez considérables pour un homme de son rang. Je les eus bientôt réalisés. Ne me fallait-il pas aller à Londres pour me rapprocher de mes anciens camarades?

Oh ! je fus bien accueilli parmi eux ; et, tant que ma bourse leur fut ouverte, je n'eus pas à m'en plaindre. Jugez : c'étaient pour la plupart des avocats sans cause ou des officiers n'ayant pour vivre que leur modeste solde. Je fournis à nos plaisirs communs pendant un ou deux ans, et je ne tardai pas à être fort mal dans mes affaires. Ce fut *elle* qui me sauva.

En parlant ainsi, notre hôte nous désignait sa femme ; assise à l'autre bout de la vaste cheminée, entourée de sa famille. La dame baissa les yeux en souriant, tandis que ses enfants, qui prêtaient au récit de leur père une oreille attentive, se tournaient vers elle et la regardaient avec tendresse.

— Oui, continua Rolf, c'est Marie qui m'a sauvé. Nous avions été amis d'enfance, et nous nous retrouvâmes vers cette époque. Notre ancienne affection se transforma en une nouvelle qui nous conduisit au mariage.

La chute du Rhin.

Si dissipée qu'eût été ma vie, je n'en étais pas arrivé à ce point où tout principe de vertu disparaît. Ceux qu'une tendre mère m'avait inculqués de bonne heure subsistaient encore dans leur intégrité.

Dès que je fus marié, je résolus de changer entièrement ma manière de vivre. Ce ne fut toutefois pas aussi facile qu'on pourrait le croire. Il faut un terrible effort de volonté pour se défaire de ces amis fâcheux qui ont tout intérêt à vous retenir dans le dérèglement. Mais j'avais la résolution nécessaire pour y arriver, et, grâce aux conseils de ma chère Marie, je réussis pleinement.

Je dus, pour payer mes dettes, vendre la propriété que mon père m'avait laissée. Ceci fait, et toutes mes dettes payées, mon capital se réduisit à la somme nette de 12,500 fr.

Ma chère femme que voilà m'avait apporté environ 60,000 fr. En comptant bien, nous avions 75,000 fr. pour débuter dans le monde. Ce n'était pas beaucoup pour vivre en Angleterre, surtout dans le milieu qui avait été le mien jusqu'alors. Plusieurs années s'écoulèrent en efforts infructueux pour accroître nos fonds ; mais le résultat n'en fut guère satisfaisant ; car, après trois ans d'essai de fermage, mon capital se trouvait réduit à 50,000 fr.

On me dit alors que cette somme, insignifiante en Angleterre, serait plus que suffisante en Amérique pour m'acquérir une belle habitation, où je vivrais à bien meilleur compte. Dans le but de mieux servir les intérêts de mes enfants, je m'embarquai pour New-York avec ma petite famille.

J'y rencontrai tout de suite l'homme qu'il me fallait pour me mettre au courant de la vie du Nouveau-Monde. Tous mes goûts me portaient vers l'agriculture, et je fus encouragé dans cette voie par les avis tout désintéressés de mon nouvel ami, qui finit par me faire acheter de confiance une de ses plantations en Virginie, que je payai comptant 12,500 fr.

VI.

LA PLANTATION.

Je trouvai la ferme telle qu'il me l'avait décrite : une vaste plantation avec une bonne maison en bois et des champs parfaitement
enclos.

Avec ce qui me restait d'argent, j'entrepris aussitôt de l'aménager.
Quelle ne fut pas ma surprise de voir qu'il me fallait dépenser une
somme considérable à *acheter* des hommes ! Il n'y avait point d'autre
alternative : posséder des esclaves moi-même ou louer ceux de mes
voisins. Au point de vue de la moralité, cela revenait au même.
Pensant que je les traiterais toujours avec autant d'humanité que les
autres, je me résignai à ce premier parti. J'achetai donc un certain
nombre de nègres et de négresses et commençai ma vie de planteur.
Mais, après un pareil marché, je ne pouvais guère espérer de
m'enrichir ; et, en effet, je fus loin de prospérer.

Ma première récolte manqua. Elle me rendit à peine ma semence. La seconde fut encore pire, et, à ma grande mortification, je n'avais plus de doute sur la cause de cet insuccès. J'avais pris possession d'une ferme épuisée. La terre avait très bonne apparence, et, à en juger par là, on l'aurait crue fertile. J'avais été ravi à mon arrivée d'une si excellente acquisition pour une si faible somme ; mais jamais déception n'avait été aussi complète que la mienne dans ma belle plantation de Virginie. Elle n'avait plus aucune valeur, parce que pendant bien des années consécutives, on en avait retiré du maïs, du coton et du tabac, sans lui rendre un seul brin de paille ou le moindre engrais qui pût lui restituer son principe de vie et de fécondité.

Je n'eus donc que peu ou point de récoltes la première et la seconde année ; la troisième fut pire encore ; la quatrième et la cinquième ne s'amendèrent point, et j'étais aux trois quarts ruiné.

L'entretien de mes nègres m'avait entraîné à des dépenses considérables. Je devais de tous les côtés, et, pour me libérer, il me fallut revendre tout ce que je possédais.

Non pas tout cependant. Il y avait un brave et honnête garçon à qui Marie et moi nous étions fort attachés. Je résolus de l'arracher à l'esclavage. Il nous avait toujours servi fidèlement, et, le premier, m'avait prévenu que je m'étais laissé jouer. Compatissant à mon infortune, il avait fait tout ce qui dépendait de lui, soit par son propre travail, soit en excitant la bonne volonté de ses camarades, pour remédier à l'ingratitude du sol, auquel je m'efforçais de faire rendre un revenu. Ses efforts avaient été vains ; mais je résolus de le récompenser de son rude et honnête attachement. Je lui donnai la liberté; il ne voulut pas l'accepter. Il ne voulait à aucun prix se séparer de nous, et c'est lui que vous voyez là.

Ce disant, le narrateur nous désignait Cudjo, qui se tenait appuyé au montant de la porte. Ravi de ces éloges bien mérités, le digne garçon montrait plus que jamais ses dents blanches dans un sourire plein de confiante affection.

Rolf reprit :

— La vente faite et mes comptes réglés, je me trouvai encore à la tête d'environ 12,000 fr. J'avais acquis une certaine expérience de l'agriculture et je résolus de pousser plus vers l'Ouest, dans la vallée du Mississipi. Je savais qu'avec ce qui me restait, je pouvais me procurer dans ce pays une ferme telle que je la désirais, encore couverte de ses bois.

Ce fut alors que mes regards tombèrent sur de pompeuses annonces de journaux. Il s'agissait d'une nouvelle cité qui s'élevait à la jonction de l'Ohio et du Mississipi. Elle avait nom « le Caire »; et par sa situation exceptionnelle entre les deux plus grandes rivières navigables du globe, elle ne pouvait manquer de devenir en peu d'années une des premières villes du monde. Ainsi du moins s'exprimaient les affiches.

On trouvait partout des plans de la nouvelle cité. Ils indiquaient des théâtres, des tribunaux, des quais, des édifices de tout genre et des églises de toutes dénominations. On offrait en vente, dans la ville, des lots accompagnés de parcelles de terrains dans la campagne environnante, afin que les heureux habitants de cette ville appelée à de si hautes destinées pussent combiner leur commerce avec les soins de l'agriculture.

En présence d'une occasion pareille, je n'eus de repos ni jour ni nuit avant d'avoir acheté un de ces lots et une petite ferme dans les environs.

Aussitôt le marché conclu, je partis pour entrer en possession, et naturellement j'emmenai ma femme et mes trois enfants.

Les deux premiers étaient jumeaux et touchaient à leur neuvième année. J'en avais assez de la Virginie, et je comptais n'y revenir jamais. Le fidèle Cudjo nous accompagnait dans ce voyage vers notre lointaine demeure.

Ce fut un rude trajet, je vous assure, et toutefois pas aussi rude que l'épreuve qui nous attendait à notre arrivée. D'un coup d'œil je compris que je m'étais laissé « refaire », pardonnez-moi l'expression.

La cité prédestinée ne renfermait qu'une maison, et quelle maison!... élevée sur le seul point sec qui existât à plusieurs lieues à la ronde. Ce n'était qu'un infect marécage, couvert d'arbres et de grands roseaux.

Je pris terre, et, après avoir installé ma famille dans l'hôtel du lieu, misérable auberge fréquentée seulement par des mariniers de mauvaise mine, je me mis en quête de ma propriété. Je trouvai mon lot « urbain » dans un marais où j'avais de la boue à mi-jambe. Quant à ma ferme, il me fallut un bateau pour la visiter, et, après avoir navigué dessus sans arriver à toucher le fond, je regagnai l'auberge, écœuré et découragé.

Je repris le premier paquebot de passage et j'arrivai à Saint-Louis, où je revendis mon lot de terrain pour un prix dérisoire.

Ai-je besoin de vous dire combien était grande ma mortification? Le cœur me manquait en songeant à mes insuccès répétés et à la position précaire de ma jeune femme et de nos chers enfants. J'éprouvais des velléités de maudire l'Amérique et les Américains; mais à quoi bon? Sans compter que c'eût été aussi injuste qu'immoral. Il est vrai que deux fois j'avais été indignement trompé. Mais la même chose ne m'était-elle pas arrivée dans la mère-patrie, et par ceux qui se disaient mes amis? Je n'avais à m'en prendre qu'à moi, ou plutôt à mon manque de jugement, conséquence funeste mais nécessaire d'une éducation mal dirigée.

VII.

LA CARAVANE.

J'étais donc à Saint-Louis non plus avec 12,000 fr., mais à peine avec 3,000, qui ne tarderaient pas à disparaître, si je demeurais inactif.

Il y avait à l'hôtel où j'étais descendu un jeune Ecossais, comme moi étranger à Saint-Louis. Quand on se rencontre si loin de la vieille patrie, on a vite fait connaissance, et l'on échange volontiers quelques confidences. Je lui fis part de mes mécomptes dans la Virginie et au Caire, et je crois qu'il éprouva pour moi une sympathie réelle.

En retour, il me raconta son histoire et ses projets d'avenir. Il travaillait depuis plusieurs années dans une mine de cuivre, vers le centre du grand désert mexicain, dans les montagnes de Los Mimbrès, à l'ouest de la rivière Del Norte. Il revenait d'un voyage d'affaires aux Etats-Unis, accompagné de sa femme, jeune Mexicaine charmante, et de leur unique enfant. Il attendait, pour se joindre à elle, le départ d'une petite caravane espagnole à destination du Nouveau-Mexique.

Dès qu'il fut au courant de ma situation, il m'engagea à l'accompagner et m'offrit une position lucrative dans la mine qu'il dirigeait à son gré. J'accueillis sa proposition avec joie et m'occupai aussitôt des préparatifs de ce long voyage.

Le peu qui me restait me permit de m'équiper d'une manière convenable. J'achetai un chariot et deux paires de bœufs vigoureux pour transporter ma femme et mes enfants, ainsi que les approvisionnements et les vivres nécessaires à un si long voyage. Je n'avais pas besoin de louer de conducteur, puisque notre fidèle Cudjo était mieux qu'un autre qualifié pour remplir admirablement ces fonctions. Je fis l'acquisition d'un cheval pour moi, ainsi que d'une carabine et de tous les accessoires indispensables à ceux qui s'engagent dans les Prairies. Mes fils avaient également de petites carabines achetées en Virginie et que Henry surtout maniait à ravir, ce qui le rendait quelque peu vain.

Tout étant prêt, nous quittâmes Saint-Louis.

Notre caravane était fort peu nombreuse. Celle qui fait annuellement le trajet de Santa-Fé était partie quelques semaines auparavant. Nous étions à peine une vingtaine, avec huit ou dix chariots seulement. Les hommes étaient pour la plupart des Mexicains envoyés aux Etats-Unis avec mission de ramener quelques pièces d'artillerie au gouverneur de Santa-Fé. Ils avaient donc avec eux un canon, deux obusiers, leurs caissons et leurs équipages.

Je ne m'appesantirai pas sur les incidents de notre voyage. Au bout de deux mois, nous quittâmes la route fréquentée par les commerçants ; et pour éviter les Arapahoës hostiles aux Mexicains, nous nous engageâmes dans un pays accidenté et difficile. Nous

Mine de cuivre.

n'avancions plus que lentement, notre route étant incessamment coupée par des « arroyos ». Le plus grand nombre étaient à sec et formaient de profondes ornières, et à tout moment nous étions obligés de nous arrêter pour en aplanir les bords et frayer un chemin à nos wagons.

Dans une de ces occasions, le timon de mon chariot se brisa. Cudjo et moi nous dûmes dételer nos bœufs et réparer l'accident de notre mieux. Le gros de la caravane continua d'avancer.

Mon ami le jeune Ecossais, nous voyant en arrière, revint à nous au galop pour nous offrir son assistance. Je la déclinai, en lui disant de ne point s'écarter des siens, puisque je comptais pouvoir le rejoindre avant peu ou en tout cas à la halte de nuit.

Il n'était pas rare qu'un chariot fût obligé de rester en arrière pour des réparations ; s'il n'arrivait pas au campement le soir, on dépêchait le lendemain un détachement à sa rencontre, afin de s'assurer de la cause du retard, et c'était tout. Depuis des années on n'avait pas entendu parler d'une seule attaque d'Indiens, ce qui faisait que les voyageurs n'éprouvaient point d'appréhension à s'écarter quelque peu les uns des autres, et, persuadé comme moi que nous ne saurions tarder à reprendre notre rang de file, mon jeune Ecossais nous quitta.

Après une heure de travail, le timon fut remis en état, et nous reprîmes notre route. Nous n'avions pas fait une demi-lieue quand le sabot d'une de nos roues, raccorni par l'extrême sécheresse, se détacha, et les jantes faillirent se disjoindre. Nous n'eûmes que le temps de parer à cette catastrophe en arrêtant net le chariot au moyen d'une cale qui pût en soutenir le poids. C'était autrement sérieux que notre premier accident. J'hésitai, me demandant s'il ne vaudrait pas mieux fournir un temps de galop et aller demander assistance à la caravane ; mais, à la réflexion, les Mexicains m'ayant une ou deux fois témoigné du mauvais vouloir, je préférai ne recourir à personne.

— Allons, mon brave Cudjo, m'écriai-je, c'est un coup de collier à donner. Nous en viendrons bien à bout tout seuls ?

Ce à quoi il applaudit. Nous mîmes habits bas et nous commençâmes notre rude besogne.

Bien qu'élevée en jeune fille du monde, ma femme savait se prêter
à toutes les circonstances; et si elle ne nous aidait pas toujours, à
proprement parler, elle nous encourageait et nous relevait le moral
en causant gaiement de choses et d'autres. Ce jour-là en particulier,
elle nous disait qu'il valait mieux raccommoder un bon et solide
chariot à soi, que de travailler à pêcher sa ferme du fond de l'eau ;
et à ces souvenirs du Caire dont l'amertume s'était un peu adoucie,
nous ne pouvions nous empêcher de rire. Il n'y a rien de plus encourageant pour des gens embarrassés que de réfléchir qu'après tout
leur situation pourrait être pire.

A force de coups de marteaux, nous réussîmes à réparer le
désastre et à rendre la roue plus solide que jamais. Mais le soleil
allait se coucher, et nous ne pouvions nous hasarder la nuit sur une
route inconnue. Nous devions faire halte.

Avant l'aube nous étions debout, prêts à rejoindre la piste de la
caravane. Nous étions fort surpris de ne voir personne venir à notre
rencontre. Midi arriva, et nul ne paraissait ; cependant nous étions à
peu près certains d'être bien sur la bonne voie.

Comme nous poussions en avant, nous entendîmes dans la
montagne une bruyante détonation, semblable à celle d'une
bombe. Qu'est-ce que cela signifiait? Nous savions qu'il y avait
des bombes avec les obusiers. Nos camarades avaient-ils été
attaqués par les Indiens? avaient-ils tiré le canon contre eux? Non,
ce ne pouvait être cela. Il n'y avait eu qu'une seule détonation, et je savais que le tir d'un obusier en donne deux, celle

qui accompagne la décharge et l'explosion de la bombe ensuite.

Etait-ce donc un accident? C'était plus probable. Nous restâmes plus d'une demi-heure à tâcher de surprendre quelque autre bruit ; ce fut inutile, et nous nous remîmes en marche. L'explosion, jointe à ce fait que personne n'avait été envoyé à notre recherche, nous remplissait d'appréhension. Nous suivions toujours les traces de la caravane. Elle avait dû fournir une bien longue traite le jour précédent, car il était presque nuit quand nous aperçûmes le bivouac de la veille.

Grand Dieu ! quel spectacle effroyable ! Mon sang se glace encore rien qu'en y pensant. Les chariots étaient là avec leurs bannes déchirées et leur contenu éparpillé sur le sol. Les canons aussi y étaient à côté de feux à demi éteints. Et dans cette affreuse confusion, on voyait des cadavres qui jonchaient le sol et des créatures vivantes qui couraient de l'un à l'autre en se disputant cette horrible proie. C'étaient des loups. Vous jugez de notre consternation et de notre douleur. Nos compagnons avaient dû être massacrés par une bande d'Indiens. Nous eussions voulu battre en retraite, mais il était trop tard ; nous étions dans le camp, avant de nous être aperçus de ce qui s'y était passé. Si les sauvages étaient encore à portée, toute tentative de recul eût été superflue ; mais je compris qu'ils devaient être partis depuis quelque temps déjà, à en juger par le carnage auquel les loups s'étaient livrés.

Je laissai ma femme près du chariot, sous la garde des carabines de Frank et de Henry, et avec Cudjo j'approchai du théâtre de cette horrible scène. Nous éloignâmes les loups. Il y en avait une cinquantaine, qui se tinrent à une petite distance, espérant revenir bientôt à la curée. Nous vîmes que les cadavres étaient bien ceux de nos camarades ; mais ils étaient si horriblement mutilés, que nous ne pûmes en reconnaître aucun. Ils avaient tous été scalpés par les Indiens. C'était affreux à voir.

Les cadavres étaient bien ceux de nos camarades.

Je vis le fragment d'une bombe éclatée au milieu du camp et qui avait mis en pièce deux ou trois chariots. La caravane, n'étant pas composée de marchands, ne transportait que peu de marchandises ; néanmoins les Indiens avaient pillé tout ce qui paraissait à leur convenance. Les objets lourds et embarrassants étaient épars sur le sol et presque tous brisés. Il était évident que les sauvages s'étaient enfuis avec précipitation. Peut-être avaient-ils été effrayés par l'explosion de la bombe, dont ils avaient ressenti, sans pouvoir se les expliquer, les terribles effets. Ce qui avait dû les amener à les attribuer au Grand-Esprit.

Je cherchai de tous côtés le corps de mon ami le jeune Ecossais, mais je ne pus le distinguer des autres. Je cherchai ensuite sa jeune femme, qui était, après Marie, la seule femme de la caravane. Je ne pus la découvrir.

— Sans aucun doute, dis-je à mon fidèle Cudjo, les misérables l'ont emmenée vivante.

A ce moment, nous entendîmes des aboiements furieux, comme si des chiens étaient aux prises avec les loups. Ce bruit provenait d'un fourré voisin. Nous nous souvînmes que le mineur avait emmené de Saint-Louis deux grands et beaux chiens. Ce devait être eux. Nous courûmes vers le bouquet d'arbres, guidés par le bruit de la lutte. Nous trouvâmes les deux malheureuses bêtes écumantes, perdant leur sang par mille blessures, mais tenant encore tête aux loups et défendant quelque chose de sombre gisant sur les feuilles. C'était le corps d'une femme, et, suspendue à son cou, dans un paroxysme de douleur et d'effroi, nous vîmes une petite fille qui la tenait embrassée. Un coup d'œil nous suffit pour nous assurer que la femme était morte et....

Ici notre hôte fut brusquement interrompu. Mac Knight le mineur, qui était un des nôtres et qui avait paru fort agité depuis le commencement de ce récit, se leva tout à coup en criant :

— O Dieu! ma femme! ma pauvre femme! Rolf, Rolf, ne me reconnaissez-vous pas?

— Mac Knight! s'écria Rolf en se levant à son tour ; Mac Knight! c'est bien lui! répétait-il avec stupéfaction.

— Ma femme, ma pauvre femme! articulait le mineur avec désespoir. Je savais qu'ils l'avaient tuée, les monstres. J'ai trouvé ses restes plus tard. Mais mon enfant?... Oh! Rolf, qu'est devenue mon enfant?...

— La voilà, dit notre hôte en désignant la plus brune des deux fillettes.

L'instant d'après, le mineur enlevait dans ses bras la petite Luisa, qu'il couvrait de baisers et de larmes.

———

VIII,

HISTOIRE DU MINEUR.

Il serait difficile de décrire la scène qui suivit cette reconnaissance.
Toute la famille s'était levée et, les larmes aux yeux, entourait la
petite Luïsa, comme si elle se croyait sur le point de la perdre pour
toujours.

Cette crainte instinctive pouvait bien être venue au cœur des
enfants, en découvrant qu'elle n'était pas leur sœur, car ils l'avaient
presque oublié, et aimaient la fillette absolument comme si elle l'eût
été. Ils l'avaient toujours considérée comme telle, et Henry, dont
elle était la favorite, l'appelait « ma sœur la brune », tandis que
Marie, la plus jeune, était connue sous le nom de « ma sœur la
blonde. »

Au milieu de ce groupe se tenait la petite brunette, agitée comme
les autres d'une émotion profonde, mais plus calme et en apparence
plus maîtresse de ses sentiments.

Les marchands et les chasseurs s'étaient tous levés aussi pour féliciter Mac Knight de cette heureuse découverte et serrer la main de notre hôte et de sa femme, dont ils se souvenaient avoir entendu parler incidemment à l'occasion de l'histoire du massacre. Le brave Cudjo se livrait à toutes sortes de contorsions joyeuses, fouaillait les chiens et les panthères en exécutant des cabrioles, tandis que les animaux eux-mêmes semblaient se mêler à toute cette joie par des cris sauvages.

Notre hôte quitta un moment sa place et revint avec une immense jarre de terre brune. On mit sur la table des tasses de calebasse et on les remplit d'un liquide rouge que nous fûmes invités à déguster. Quelle ne fut pas notre surprise ! C'était du vin ; oui, du vin, au milieu du désert, et même un excellent muscat, que notre hôte nous dit avoir fait avec le raisin sauvage qui abondait dans la vallée.

Dès que nous eûmes vidé nos tasses et repris nos sièges, Mac Knight, à la requête de Rolf, nous raconta par quel concours de circonstances il avait échappé aux sauvages en cette nuit mémorable.

— Après que je vous eus quitté, dit-il en s'adressant à Rolf, à l'endroit où vous répariez votre chariot, je piquai des deux pour rejoindre la caravane. La route, si vous vous en souvenez, était unie et facile ; et comme nous ne voyions pas d'emplacement convenable pour le bivouac du soir, nous poussâmes en avant jusqu'au pied des collines. Il était presque nuit quand nous atteignîmes le petit ruisseau près duquel vous avez retrouvé les wagons. Ce fut là que nous dressâmes le camp. Je ne vous attendais guère avant une heure ou deux, ayant calculé qu'il fallait à peu près ce temps-là pour votre travail.

Nous allumâmes les feux, nous fîmes cuire notre souper et nous le mangeâmes ; après quoi, groupés autour de la flamme pétillante, nous nous mîmes à causer et à fumer, pendant que les Mexicains ne perdaient pas une occasion si favorable de jouer leur « monté. » Nous n'avions point mis de sentinelles, sachant qu'il n'y avait pas d'Indiens à vingt lieues à la ronde. A la fin il commença à se faire tard, et je m'inquiétai de ne pas vous voir paraître. Je laissai ma femme et ma fille près du feu, et je gravis une petite éminence pour examiner la direction dans laquelle vous deviez approcher. Ne pouvant rien discerner à cause de l'obscurité, je prêtai l'oreille pour surprendre le bruit de vos roues ; mais, hélas ! ce que j'entendis n'était certainement pas ce que j'attendais.

Un rugissement inouï montait de la vallée, et je me retournai vers le camp avec une épouvante indicible. Je savais la signification de ce hurlement sauvage „ j'avais reconnu le cri de guerre des Arapahoës. Je vis leurs ombres grotesques se profiler sur nos feux. J'entendis quelques coups de fusils mêlés à des cris et à des gémissements, et au milieu de ce tumulte je distinguai la voix de ma femme, qui m'appelait par mon nom.

Je n'hésitai pas un instant. Je descendis au galop la pente sur laquelle j'étais monté, et je me jetai au plus fort de la mêlée. Je n'avais pas d'autre arme que mon grand couteau ; mais je dus lui faire faire de la besogne. Je frappai de tous côtés et je renversai plusieurs Peaux-Rouges. Je n'interrompis cette lutte sauvage que pour appeler ma femme et courir à sa recherche.

J'allai de wagon en wagon, puis de tous les côtés du camp, criant : « Luisa ! Luisa ! » Aucune réponse ne me parvint, et je ne l'aperçus nulle part. Je me retrouvai en face de ces êtres hideux et recommençai ma lutte contre eux avec l'énergie du désespoir.

La plupart de mes camarades tombèrent bientôt égorgés, et je me trouvai moi-même acculé contre des buissons par un Indien qui me traversa la cuisse d'un coup de lance. Je tombai, mais je l'entraînai avec moi ; et avant qu'il eût pu m'achever, c'était moi qui lui avais enfoncé mon couteau dans le cœur.

Je me remis sur pied et réussis à dégager l'arme de ma blessure. Le combat avait cessé ; et, persuadé que ma femme et ma fille étaient mortes, ainsi que tous nos camarades, je m'enfonçai dans les buissons, déterminé à m'éloigner autant que possible du théâtre de ces cruels événements. Je n'avais pas fait trois cents mètres quand je tombai vaincu par la douleur et la perte de mon sang. Je n'étais pas loin de quelques rochers derrière lesquels j'aperçus une crevasse. Je trouvai l'énergie de me glisser jusqu'à l'entrée de cette petite grotte ; mais une fois là, je perdis connaissance.

Je dus rester bien des heures insensible ; car, lorsque je revins à moi, le jour éclairait ma retraite. Je me sentais très faible et incapable de tout mouvement ; cependant ma plaie béante frappa mes regards. Elle ne saignait plus, mais elle n'était pas pansée ; déchirant ma chemise, je procédai à un pansement tardif ; puis je me rapprochai de l'ouverture de la grotte et j'écoutai.

Bien qu'indistinctes, j'entendais les voix des Indiens dans la direction du camp. Cela dura une heure ou deux ; puis une explosion terrible ébranla les rochers, je reconnus les éclats d'une bombe. Ce bruit épouvantable fut suivi de grands cris, puis du piétinement de nombreux chevaux ; après quoi tout retomba dans le silence. Je compris que les Indiens s'éloignaient en toute hâte ; mais je ne m'expliquai pas la cause de cette fuite précipitée. Ce ne fut que plus tard que je devinai ce qui s'était passé.

Votre conjecture était parfaitement juste. Ils avaient jeté une bombe dans leur feu, et le projectile, en éclatant, atteignit un certain nombre d'entre eux. Ils crurent voir dans cette catastrophe la main du Grand-Esprit, réunirent à la hâte ce qu'ils purent du butin et disparurent. Mais de ma grotte je ne prévoyais pas ce qui avait lieu. Je prêtai vainement l'oreille pendant plusieurs heures, je n'entendis plus rien. Vers le soir, il me sembla percevoir de nouveaux sons indistincts, et je crus au retour des Indiens.

Quand il fit tout à fait noir, j'aurais bien voulu sortir un peu, mais je ne pouvais bouger, et je dus passer cette nuit horrible à me tordre de douleur en écoutant hurler les loups.

L'aube parut enfin. Je souffrais cruellement de la faim et de la soif. Je reconnus en face de moi un arbre que j'avais vu dans les monts de Los Mimbrès, près de la mine. C'était une espèce de pin appelé pignon par les Mexicains, et dont le fruit conique tient lieu de nourriture à des milliers de misérables sauvages, errant des montagnes Rocheuses aux frontières de la Californie. Que je pusse seulement atteindre cet arbre, et j'étais presque sûr de trouver par terre de quoi me sustenter quelque peu. Dans cet espoir, je me mis en devoir de me traîner à son ombre. Il était à vingt pas, et je mis une demi-heure pour l'atteindre.

Comme je l'espérais, le sol était jonché des cônes nutritifs. Je les débarrassai de leur première enveloppe et je pus me rassasier avec l'amande qu'ils renferment. Mais à peine avais-je un peu soulagé ma faim, qu'une nouvelle torture m'était infligée. La soif, la terrible soif de la fièvre m'étreignait à la gorge ; et pour l'étancher, il me fallait arriver au camp. Aiguillonné par la perspective de calmer les ardeurs qui me brûlaient, j'entrepris ce court trajet de trois cents mètres, sans savoir si je pourrais aller jusqu'au bout. Mais j'avais à peine fait six pas à travers les buissons quand un petit bouquet de fleurs blanches attira mon attention. C'étaient les fleurs de l'arbre à l'oseille, le splendide lyonia, dont la seule vue me mit du baume dans le cœur.

Je me couchai sous l'arbre, et, saisissant sa branche la plus basse, je la dépouillai de ses feuilles lisses et rayées, que je mâchai avec avidité. Après cette branche, j'en saisis une autre, puis une autre encore, si bien que le pauvre arbrisseau semblait avoir été dévasté par un troupeau de chèvres. Enfin ma soif s'apaisa, et je m'endormis à l'ombre rafraîchissante du lyonia.

Quand je me réveillai, je me sentis plus fort, et j'éprouvais le besoin de manger. La fièvre ardente qui s'était emparée de moi était presque tombée, ce que j'attribuais à bon droit à la vertu des feuilles du lyonia, dont la sève est un fébrifuge puissant. Je cueillis une grande quantité de feuilles fraîches, dont je fis un paquet que j'emportai avec moi sous le pin, sentant bien que je n'aurais pas la force de refaire cette course le même jour.

Vous souriez de ma course de dix pas ; mais songez que le moindre mouvement me mettait à l'agonie.

Ainsi, quatre jours et quatre nuits durant, je partageai mon temps alternativement entre ces deux arbres sauveurs. La fièvre fut combattue avec succès par l'usage des feuilles du lyonia. Ma blessure commença à se cicatriser, et mes souffrances diminuèrent. Les loups me visitaient bien de temps en temps ; mais, voyant que j'étais encore en vie, ils étaient tenus à distance par mon grand couteau qui brillait dans l'ombre.

Cependant, si le feuillage de l'arbre à l'oseille parvenait à tromper ma soif, il ne la satisfaisait pas entièrement. Je soupirais après le moment où il me serait possible de me désaltérer à longs traits dans la bonne eau courante.

Le cinquième jour, je me dirigeai vers le ruisseau du camp. J'étais maintenant capable de ramper sur les mains et un genou, entraînant lentement après moi le membre blessé. Quand j'eus fait la moitié du chemin à travers le taillis, j'aperçus un objet qui glaça mon sang dans mes veines. C'était un squelette humain. Ce n'était pas celui d'un homme.... donc c'était....

Ici la voix du pauvre mineur s'éteignit dans un sanglot étouffé. Tous, jusqu'aux plus rudes chasseurs d'entre nous, étaient gagnés par l'émotion. Après un instant il reprit :

— Je vis qu'elle avait été enterrée ; ce qui me surprit, sachant que ce n'était guère dans les usages des Indiens. Je me doutai que c'était vous ; car, plus tard, quand je fus remis, je retrouvai votre piste et m'assurai que vous étiez venu au camp, sans pouvoir toutefois découvrir quelle direction vous aviez suivie au départ. Mais je reviens au moment où j'étais dans le taillis.

Les loups avaient donc arraché ce pauvre corps à sa tombe. Je cherchai quelque vestige de mon enfant. De mes mains épuisées, je fouillai dans la terre molle et les feuilles dont vous aviez recouvert la fosse, mais je ne vis point trace de ma fille. Je me traînai vers le camp ; je le trouvai tel que vous nous l'avez décrit, sauf que les corps étaient tous réduits à l'état de squelettes ett que les loups, ayant terminé leur horrible curée, s'étaient définitivement éloignés. Rien ne me mit sur la voie du sort de ma petite Luisa.

Dans un des chariots, je retrouvai intacte une caisse qui avait échappé au pillage. Elle contenait, entre autres provisions, du café et quelques livres de viande séchée, qui me furent du plus grand secours.

Je passai un mois entier dans ces conditions. Je dormais la nuit dans un chariot, et le jour je recueillais le plus de pignons possibles. Je redoutais peu le retour des Indiens, cette partie du pays n'étant habitée par aucune tribu. Dès que je me sentis assez fort, je creusai une nouvelle fosse pour les restes de ma chère compagne et je commençai à me préoccuper de la manière dont je quitterais ces lieux désolés.

Je n'étais pas à plus de quarante lieues des premiers établissements du Nouveau-Mexique. Mais quarante lieues à franchir dans le désert me paraissaient une barrière tout aussi infranchissable que l'Océan lui-même. Néanmoins je voulais tenter de les franchir, et je me mis à coudre le sac dans lequel je prétendais emporter ma provision de pignons rôtis, tout ce que j'avais pour me nourrir durant ce long et périlleux voyage.

Tandis que j'étais ainsi occupé, les yeux fixés sur mon ouvrage, j'entendis un bruit de pas derrière moi. Fort alarmé, je levai brusquement la tête, et quelle ne fut pas ma joie de voir que l'objet de ma terreur irréfléchie était une de nos mules, qui s'en revenait à pas lents vers le camp. Elle ne m'avait point encore aperçu, et je craignais de l'effaroucher en me présentant à elle sans précautions. Je résolus de m'en emparer par stratagème. Je saisis un lasso, me plaçai en embuscade à l'endroit où je pensais que passerait l'animal, et j'eus la satisfaction de réussir comme je le désirais. Un instant après, son cou se trouvait pris dans le lasso, et la bête elle-même était attachée au timon d'un chariot.

C'était bien une de nos mules échappée aux mains des Indiens et qui, après avoir longtemps erré à l'aventure, avait retrouvé la piste. Je suis convaincu que si je ne l'avais pas attrapée, elle serait revenue à Saint-Louis, comme cela s'est vu pour des bêtes de somme qui s'écartent des caravanes.

Elle s'apprivoisa bientôt avec moi ; je lui confectionnai une selle et une bride, et, après avoir pris en croupe mon sac de pignons rôtis, je me mis en route pour Santé-Fé, que j'atteignis en moins d'une semaine et d'où je repartis pour ma mine.

Mon histoire depuis ce temps-là ne vous offrirait que peu d'intérêt, car c'est celle d'un homme dépouillé de tout ce qui lui rendait l'existence précieuse. Mais vous, Rolf, vous m'avez infusé une nouvelle vie en me faisant retrouver ma Luisa. Dites-nous tout ce qui vous concerne ; cela a désormais pour moi un double charme, et nous attendons la suite avec impatience.

Le mineur se tut. Notre hôte fit de nouveau circuler parmi nous son vin généreux. Il nous présenta du tabac pour nos pipes et reprit son récit au point où l'avait interrompu cet incident inattendu autant qu'heureux.

IX.

PERDUS DANS LE DÉSERT.

Elle était navrante, la vue de cette pauvre mère morte, de cette enfant terrifiée, de ces chiens ensanglantés et de ces loups acharnés après eux. Naturellement les loups s'enfuirent à notre approche, et les chiens s'approchèrent de nous avec joie.

Pauvres bêtes ! il était temps pour elles que nous arrivions, car elles n'auraient pu tenir longtemps encore contre un aussi grand nombre d'assaillants.

Je me baissai pour enlever la petite Luisa. Elle ne voulait pas que je la prisse, pauvre enfant ! et suppliait sa mère de se réveiller. Mais l'infortunée avait une flèche dans la poitrine, et je savais bien que même les cris de sa bien-aimée ne lui feraient pas rouvrir les yeux. C'était après avoir reçu cette blessure que, suivie par les chiens fidèles, elle s'était sauvée avec son enfant dans les bois, et la position de ses bras montrait qu'elle avait rendu le dernier soupir en serrant l'enfant sur son cœur.

Je laissai Cudjo à la garde du corps et j'allai porter mon léger fardeau à mon wagon. Malgré sa terreur des loups et des chiens, la pauvre petite ne voulait pas quitter sa mère et faisait tous ses efforts pour échapper à mon étreinte.

Ici la narration de Rolf fut de nouveau interrompue par les sanglots de Mac Knight. Brave comme un lion, le digne mineur avait néanmoins un cœur tendre et sensible qu'impressionnaient vivement ces douloureux détails. Les enfants de notre hôte pleuraient aussi sans contrainte ; seule, la petite « sœur brune » conservait un calme relatif. Peut-être cette scène terrible, arrivée dans sa première enfance, avait-elle imprimé à son caractère cette fermeté qui la distinguait.

— Je remis l'enfant à ma femme, reprit Rolf. Lorsqu'elle se trouva avec ma petite Marie, qui était à peu près de son âge, elle cessa de pleurer et finit par s'endormir. Je retournai près du corps, que j'enterrai avec l'aide de Cudjo, en me demandant combien de temps s'écoulerait avant que nous eussions besoin du même service, et si nous aurions alors quelqu'un pour nous le rendre.

Ce pénible devoir accompli, je cachai nos bœufs dans un hallier épais, et, recommandant ma femme et les enfants à la grâce de Dieu, je m'en fus, la carabine sur l'épaule, m'assurer si les sauvages étaient bien réellement partis et dans quelle direction. J'étais forcé de continuer ma route vers le Nouveau-Mexique, bien que je n'eusse rien à y faire désormais ; car, avec des animaux aussi fatigués que les nôtres, je ne pouvais songer à regagner Saint-Louis, dont nous étions séparés par douze cents kilomètres.

A deux ou trois kilomètres, j'aperçus la piste que je cherchais. Elle s'étendait à l'ouest. Les sauvages avaient gagné la plaine ouverte. Ils devaient être fort nombreux et tous étaient montés. Cela m'indiqua la marche à suivre ; je me détournerais de deux journées vers le sud pour m'éloigner d'eux davantage, puis je gagnerais le versant oriental des montagnes Rocheuses.

Elle suppliait sa mère de se réveiller.

Tout absorbé par ce plan, je revins au camp où j'avais laissé mon monde. La consternation y régnait par suite de ma longue absence ; les bonnes nouvelles que j'apportais y ramenèrent un peu de sécurité.

Nous discutâmes alors l'opportunité d'un départ immédiat. La lune allait se lever ; vers le sud s'allongeait une route facile, et, sur le théâtre de la catastrophe, nous avions si peu de chance de trouver le repos, que nous fûmes tous d'accord de nous éloigner au plus tôt de ce lugubre endroit que les hurlements des loups rendaient plus sinistre encore.

Nous ne perdîmes pas de temps, je vous assure. A part la nécessité de faire une ample provision d'eau, je crois que nous serions partis sur l'heure; cependant il convenait d'attendre le lever de la lune.

Elle parut enfin. Nous tirâmes les bœufs de leur cachette et nous partîmes. Toutes les fois que les inégalités du terrain nous écartaient de ce que je croyais être le sud, je cherchais des yeux l'étoile polaire qui se trouve à la queue de la petite ourse, et qu'il est facile de reconnaître en tirant une ligne qui passe par les deux dernières étoiles de la grande ourse. C'était un indice infaillible; elle étincelait dans le sombre azur comme un regard d'ami. C'était le doigt de Dieu nous guidant par le chemin.

Poussés par le désir de fuir les sauvages, nous fîmes une longue étape cette nuit-là. Au jour nous avions perdu de vue les hautes collines témoins de nos désastres. Nous avions fait au moins trente-cinq kilomètres. Nous n'avions donc plus rien à craindre des sauvages, à moins que, revenus au camp, il ne leur prît fantaisie de suivre nos traces. Cette appréhension nous empêcha de faire halte au lever du soleil. Nous marchâmes jusqu'au milieu du jour, où nous fûmes bien contraints de nous arrêter. Nos malheureuses bêtes n'en pouvaient plus. Il fallait les laisser reposer.

Par malheur, sauf de rares bouquets d'absinthe auxquels elles se gardaient de toucher, et qui sont un sûr indice de la stérilité du sol, il n'y avait pas en vue un brin de verdure qu'elles pussent paître.

Ce fut une triste halte pour les pauvres bêtes. L'ardeur du soleil les altérait de plus en plus, et nous ne pouvions leur donner une goutte d'eau, car, tout en nous privant nous-mêmes, nous la voyions se dessécher d'heure en heure. Nous ne fîmes d'exception que pour nos malheureux chiens, Castor et Pollux.

Longtemps avant la nuit, nous remîmes nos bœufs sous le joug, désireux d'avancer, dans l'espoir de rencontrer bientôt une source. Au coucher du soleil nous avions fait quinze kilomètres. Mais rien n'était changé autour de nous. A perte de vue la plaine s'étendait aride et monotone comme les solitudes de l'Océan. Nous prîmes peur. Infortunés que nous étions, qui pouvait nous dire où était la bonne route ? Fallait-il revenir sur nos pas ? Etions-nous sûrs de retrouver le ruisseau que nous avions quitté ? Nous avions tout autant de chance de trouver de l'eau en avant qu'en arrière, et dans cette indécision nous marchâmes toute la nuit suivante.

Au matin, j'interrogeai l'horizon, sans y rien voir de ce qu'il nous fallait. J'allais tristement à cheval près de mes pauvres bœufs, dont les efforts visibles me faisaient peine, quand j'entendis Frank s'écrier :

— Père, regarde donc le joli petit nuage là-bas !

Je tournai les yeux, et, dans la direction du sud-est, j'aperçus quelque chose qui me fit pousser un cri de joie. Ce que Frank prenait pour un nuage était la cime neigeuse d'une montagne. Je l'aurais aperçue plus tôt si j'avais regardé de ce côté ; mais je n'avais été occupé qu'à observer le sud et l'ouest.

Là où il y a de la neige, il y a de l'eau, et, sans ajouter une parole, j'indiquai à Cudjo la nouvelle direction à suivre. Cela nous écartait beaucoup de notre route, mais qu'importait ? Nous n'avions plus qu'une pensée : sauver nos vies.

La montagne n'était guère qu'à trente kilomètres. Nos bêtes épui-

6

sées seraient-elles capables de nous mener jusque-là ? Telle était la
redoutable question qui s'imposait à nous. Déjà elles chancelaient à
chaque pas. Si elles succombaient avant d'arriver, aurions-nous la
force de nous y transporter seuls ? Torturés par ces pensées, et la
mort dans l'âme, nous poussâmes en avant.

Vers midi, les bœufs commencèrent à défaillir. Un tomba mort,
et nous l'abandonnâmes. Les trois autres ne pouvaient pas aller beaucoup plus loin. Tout ce qui n'était pas d'un usage immédiat fut
déchargé et laissé dans la plaine ; mais rien n'y fit.

Un temps de répit eût peut-être suffi à refaire un peu nos animaux ;
je ne pouvais cependant l'ordonner en écoutant les cris de détresse
de mes enfants. Ma femme et les deux garçons supportaient noble-
ment la torture de la soif, mais les fillettes ! Je ne savais que dire
pour les consoler. Nous avions encore quinze kilomètres. J'eus un
moment l'idée de partir devant avec quelques récipients pour rapporter
de l'eau. Mais, hélas ! quand je voulus presser le pas de mon cheval,
j'acquis la certitude qu'il n'était pas en meilleur état que les bœufs,
et qu'il ne tarderait pas à me faire également défaut. Force me fut
donc non seulement de rester, mais de mettre pied à terre et de le
conduire par la bride, comme le faisait Cudjo pour le reste de son
attelage ; car un autre bœuf était tombé, et il n'en restait plus que
deux.

A ce moment critique, j'aperçus dans la plaine quelques objets
clair-semés qui m'arrachèrent une joyeuse exclamation, et, lâchant
la bride de mon cheval, je me mis à courir en tirant mon couteau. Ma
femme et Cudjo me crurent fou. Je savais cependant très bien ce que
je faisais. Dans des massifs de verdure qui avaient à peine la grosseur

d'une ruche à miel, je venais de reconnaître le *globe cacti* ou cactus à boules.

En un clin d'œil j'eus dégagé quelques boules de leur enveloppe épineuse ; ma petite troupe s'avançait vers moi avec inquiétude. Je n'eus qu'à leur montrer ces végétaux dont tous les pores dégageaient une eau cristalline, pour les rassurer et les réjouir. Je coupai ces boules en tranches, que nous mâchâmes avec avidité. Nous en plaçâmes également devant le cheval et les bœufs qui les dévorèrent, sève, fibres et tout, tandis que les chiens lapaient le frais liquide partout où nous coupions ces plantes.

Nous résolûmes de laisser reposer nos bœufs. Malheureusement ce soulagement était venu trop tard pour l'un d'entre eux, qui s'abattit et au moment du départ ne put plus se relever. Il fallut improviser un harnais au cheval et l'atteler tant bien que mal avec le dernier bœuf. Nous nous bercions de l'espoir de rencontrer encore un autre bouquet de cactus, mais nous n'en trouvâmes plus, et nos souffrances revinrent comme auparavant.

A huit kilomètres de la montagne, le dernier de nos bœufs se laissa tomber. Il était inutile de chercher à entraîner le chariot plus loin, il fallait faire la route à pied ou périr.

Je détachai le malheureux cheval, auquel je faisais un triste cadeau en lui rendant la liberté. Je passai à Cudjo une hache qu'il chargea sur son épaule, en même temps que la petite Marie. Je pris Luisa, ma carabine et un pot d'étain contenant notre dernier morceau de viande salée. Ma femme et les deux garçons emportèrent chacun quelque chose, et nous prîmes le chemin de la montagne. Les chiens nous suivaient, et mon pauvre cheval, ne voulant pas se séparer de nous, emboîta le pas derrière nous en chancelant.

Que vous dirai-je de plus? Nous arrivâmes comme nous pûmes. Quand nous fûmes assez près pour bien voir les profondes ravines qui sillonnaient les flancs de la montagne, nous distinguâmes un fil d'argent au milieu de la plus sombre. C'était l'écume de l'eau luttant avec les rochers. Nous retrouvâmes soudain une nouvelle énergie, et au bout d'une heure, nous nous désalterions à une source limpide : nous étions sauvés.

X.

L'ARMADILLO.

Je vous laisse à penser si nous rendîmes grâces à la bonne Providence qui nous avait soutenus jusque-là !

Quand notre soif fut apaisée, nous commençâmes à regarder autour de nous. Le cours d'eau que nous avions atteint n'était pas celui qui traverse notre vallée. C'était un filet comme il en sort un grand nombre de divers ravins. Je reconnus plus tard que tous ces ruisseaux se jettent dans le même lit et forment une rivière considérable qui, de ce plateau élevé, s'écoule dans la direction de l'est. Je suppose que c'est un des cours supérieurs de la grande rivière Rouge de la Louisiane, ou peut-être du Brazo ou du Colorado dans le Texas.

Je dis une rivière considérable, c'est à tort : ces ruisseaux forment bien à leur point de jonction une rivière importante ; mais à environ huit ou neuf lieues, leur lit commun se dessèche et reste, pendant les trois quarts de l'année, aussi aride que la plaine environnante, phénomène que vous connaissez tous, et que je ne me charge pas d'expliquer.

Rassurés contre la perspective de mourir de soif, nous ne l'étions nullement contre celle de mourir de faim. Les flancs de la montagne étaient escarpés ; quelques cèdres rabougris en sortaient çà et là, mais c'était tout. Nous n'avions pas mangé de la journée, et, passé notre reste de viande, nous n'avions rien qui pût soutenir notre existence.

— Apporte-moi la marmite, me dit ma femme. Je vais tâcher de faire une soupe pour les enfants ; c'est ce qui leur vaudra le mieux.

Pauvre Marie ! je voyais bien qu'elle était à bout de forces ; et cependant son sourire et son enjouement ne se démentaient pas.

— Oui, père, donne-nous de la viande, et tu vas voir comme la soupe va nous réconforter tous. C'est si nourrissant, dit Frank à son tour.

Lui aussi, pauvre enfant, il cherchait à encourager sa mère en affectant un visage serein.

— Très bien, répondis-je, pour ne pas être en reste avec eux ; surtout faites-la bonne. Viens, Cudjo, prends ta hache, j'aperçois là-bas des pins qui nous donneront un excellent feu.

Quand nous fûmes près des arbres en question, je vis que ce n'étaient pas des pins. Le tronc et les branches étaient garnis d'épines longues ressemblant à celles du porc-épic ; les feuilles étaient pennées, d'un vert brillant et clair ; mais ce qu'il y avait de plus singulier, c'est que des quantités de longues cosses, en forme de cosses de fèves, pendaient de ces branches. Elles avaient bien un pouce et demi de large sur une douzaine de pouces de long, et ne différaient guère des nôtres que par leur couleur rouge, rappelant la teinte du bordeaux.

J'avais déjà rencontré cet arbre aux noms multiples. Pour les uns c'est le *honey locust* ou miel de sauterelle, l'acacia épineux, le carob de l'Est, ou l'algorobo des Espagnols, et souvent pour les autres le « pain de Saint-Jean », parce qu'on affirme que c'est du fruit de cet arbre que Jean-Baptiste se nourrissait au désert. Cudjo en connaissait bien toute la valeur ; dès qu'il l'eut aperçu, il me cria joyeusement :

— Bon souper, massa, bon souper, fèves et miel !

Je ne tardai pas à en faire une ample moisson, tandis que Cudjo allait plus loin pour se procurer du bois à brûler sur les pins qui se trouvaient à sa portée.

J'attendais le retour du brave nègre, quand je m'entendis appeler.

— Massa Rolf, massa Rolf, par ici ! Vite, vite, vous venir voir !

Je m'élançai vers lui et le trouvai penché sur une crevasse d'où sortait une espèce de queue de cochon.

— Qu'as-tu donc là, Cudjo ?

— Moi pas savoir, massa, pas savoir du tout, du tout.

— Attrape ça par la queue et tire-le-moi dehors.

— Pas possible, massa Rolf ! pas possible, le diable pas venir à bout de c'te vermine.

En parlant ainsi, mon compagnon se saisit de la petite queue et se mit à tirer dessus de toutes ses forces, mais sans aucun résultat.

— As-tu vu l'animal avant qu'il se fourre dans ce trou

— Oui, massa; moi avoir vu lui, et moi courir après; mais lui pas vouloir Cudjo l'attrape.

— A quoi ressemble-t-il?

— A petit cochon avec carapace, comme tortue de Virginie.

— Ah! j'y suis! c'est un armadillo.

— Cudjo pas connaître ça du tout.

L'animal qui étonnait tellement mon compagnon était un de ces êtres bizarres que la nature s'est plu à former pour donner de la variété à sa création, et qui sont connus dans le Mexique et dans l'Amérique du Sud sous le nom d'armadillos, nom dérivé de l'espagnol armado — armé — parce que leur corps est tout couvert d'une écaille très dure, divisée en bandes régulières comme les cottes de mailles de nos anciens guerriers. Ils ont jusqu'à une espèce de casque relié au reste de l'armure par une jointure qui ajoute encore à cette singulière ressemblance. On compte plusieurs espèces de ces animaux, dont quelques-unes atteignent la taille d'un mouton. Toutefois ils sont généralement beaucoup plus petits. Les curieuses figures de leurs écailles diffèrent suivant les variétés. Il y en a dont les segments sont carrés; d'autres sont hexagones, quelques-uns pentagones; mais dans tous on remarque une forme précise et géométrique, étrange, régulière et admirable. On les dirait façonnés de main d'homme.

Ces animaux sont généralement herbivores et inoffensifs. Ils ne sont pas très agiles, bien qu'ils aient la faculté de courir beaucoup plus vite qu'on ne le croirait, à voir leur lourde carapace. Cela provient de ce que celle-ci n'est pas d'une seule pièce, mais formée d'une infinité de morceaux reliés entre eux par une peau forte et flexible. Leur démarche est loin d'être aussi lente que celle des tortues. Lorsqu'on les poursuit et qu'on les atteint, ils se replient quelquefois en forme de boule à la façon du porc-épic et se laissent choir au fond d'un précipice, s'il y en a un à leur portée, plutôt que de se laisser saisir.

Il alla tomber entre les jambes de Cudjo.

Quand ils parviennent à se cacher la tête, comme l'autruche, ils se croient sauvés, et c'était fort probablement la douce illusion dont se berçait le nôtre, jusqu'au moment où il sentit l'étreinte des doigts nerveux de Cudjo sur sa queue.

En se précipitant dans cette crevasse, l'animal avait certainement espéré s'y dissimuler tout entier. Il avait hérissé en dessus et en dessous son armure écailleuse de telle sorte, qu'elle s'emboîtait solidement de chaque côté du roc. De plus, ses pinces, remarquables

par leur ténacité et leur longueur, étaient fortement accrochées au
fond de la crevasse. Il fallait pour le tirer de là un attelage de bœufs,
me disait Cudjo, en faisant la grimace.

Mais j'avais entendu parler de la manière dont les Indiens, très
friands de sa chair, lui font la chasse, et je résolus d'essayer.
Je dis à mon compagnon de lâcher l'animal et de se mettre de
côté.

Je pris sa place devant le trou, et, avec une branche de cèdre
pointue, je me mis à chatouiller l'animal. Au bout de quelques
minutes, ses muscles se détendirent ; il revint à son état naturel, et
je compris que ses griffes mêmes n'étaient plus sur la défensive. Je
le saisis alors par la queue, et, d'un mouvement brusque, je
l'arrachai à sa retraite. Il alla tomber entre les jambes de Cudjo.
Celui-ci lui coupa le cou. L'armadillo avait environ la grosseur d'un
lapin et appartenait à l'espèce dite à huit bandes, réputée plus
savoureuse que toute autre.

Nous revînmes au camp avec notre bois à brûler, nos fèves et
notre gibier. Je n'ai pas encore oublié le regard de profonde indignation avec lequel ma femme m'entendit parler de cuire cette
créature bizarre. Les garçons ne pouvaient se lasser d'admirer son
écaille, et les fillettes firent fête aux fruits savoureux du « pain de
Saint-Jean. »

Nous en conservâmes un certain nombre de graines pour essayer
de les griller.

Puisque nous parlons de l'acacia épineux, vous ne serez peut-être
pas fâchés, mes amis, de goûter de la bière que j'ai fabriquée avec
son fruit aujourd'hui même à votre intention, pendant que vous

parcouriez « mes terres. » Elle ne vaut pas peut-être celle de Dreher, mais elle se laisse boire.

En effet, Rolf nous versa un liquide de couleur brune, qui rappelait l'hydromel ou le cidre nouveau, et nous y revînmes assez fréquemment pour témoigner à notre hôte que ce n'était pas seulement par politesse, mais que nous le trouvions excellent.

XI.

UN BUFFLE MAIGRE.

Nous fûmes bientôt tous diversement occupés. Marie apprêtait la viande séchée qu'elle voulait faire cuire avec les fèves. Heureusement que notre marmite était assez grande. Elle était d'une contenance de quatre litres. Cudjo allumait le feu, les enfants suçaient avec délices leurs fèves de locuste, et moi, messieurs, sans plus de dégoût, j'embrochais l'armadillo. Notre pauvre cheval emplissait ses flancs maigres en broutant sur le bord du ruisseau; et nos chiens — les plus mal partagés dans tout cela — happaient avidement au passage les plus petits lambeaux de chair tombant sous mon couteau.

Quand tout fut cuit à point, nous nous aperçûmes tout à coup que nous n'avions ni plats, ni assiettes, ni cuillers, ni fourchettes. Cudjo et moi nous avions nos couteaux de chasse, voilà tout.

Malgré cela, nous ne perdîmes pas le temps à faire les difficiles. Nous nous servîmes de ce que nous possédions pour pêcher la viande et quelques fèves, que nous disposâmes sur une pierre plate bien nettoyée. Quant à la marmite, nous la mîmes refroidir dans le ruisseau, de sorte que ma femme et les enfants purent bientôt boire à même.

Cudjo et moi nous ne tenions pas à la soupe ; il nous fallait quelque chose de plus substantiel.

J'avais d'abord cru être seul à savourer mon rôti. Cudjo, disait-il, « ne mangeait pas de c'te vermine. » Mais il surveillait mes impressions, et, les voyant très agréables, il me demanda timidement de lui faire goûter un petit morceau de ça. Dès qu'il y eut goûté, il oublia ses répugnances et répéta ses demandes de manière à me faire craindre qu'il ne me laissât rien pour souper. Quant à Marie et aux enfants, rien ne put les décider à partager avec nous. J'eus beau leur assurer que la viande de l'armadillo a beaucoup d'analogie avec la chair du porc, et que celle-ci avait une finesse toute particulière ; rien n'y fit.

Le soleil était sur son déclin, nous dûmes nous préoccuper de la couchée. Que faire ? Nos couvertures étaient restées dans le chariot, et cependant l'air fraîchissait d'une manière inquiétante, ce qui s'explique dans le voisinage des pics neigeux. Essayer de dormir dans cette atmosphère glaciale était, en dépit du feu, s'exposer à de cruelles souffrances.

Je m'avisai qu'il n'était peut-être pas impossible d'aller jusqu'au chariot et de revenir. Je regardai mon cheval, il me semblait se refaire à vue d'œil. Je donnai l'ordre à Cudjo de l'attraper. Il avait justement autour du cou un bout de corde, qui remplacerait la bride absente.

Il y avait certes bien plus d'avantage à ce que nous allassions deux au chariot ; mais il me répugnait de laisser ma femme seule avec les enfants. Elle s'en aperçut et me rassura, en me disant que tant que ses fils resteraient auprès d'elle avec leurs armes, elle ne craindrait rien.

Du reste, les chiens ne resteraient-ils pas également ? Et ils veillaient avec un soin si jaloux sur Luisa, endormie sur les genoux de ma femme, qu'il était évident qu'elle serait bien gardée.

Je me laissai donc guider par son avis ; je recommandai seulement qu'en cas d'alerte, on nous prévînt par un coup de fusil. Nous n'avions aucune difficulté à nous diriger, car nous apercevions la bande blanche du wagon.

Tout en marchant, je me préoccupais de ce qu'était devenu notre malheureux bœuf, me demandant si les loups l'avaient épargné. Dans ce cas, je me promettais de le dépecer et d'en conserver la chair, si tant est qu'il en eût encore, le pauvre animal, qui semblait un squelette préparé pour le muséum ! C'était pour moi une grosse question, car c'était notre vie assurée pour le lendemain.

A ce moment, je fus arraché à mes réflexions par une exclamation de Cudjo, qui m'appelait en m'indiquant une forme indistincte qui se mouvait à quelque cent pas de nous.

— Massa, buffle peut-être.

— Cela m'en a tout l'air ; mais je n'ai pas pris ma carabine. Comment faire ? Tiens, Cudjo, prends le cheval, que je tâche de le tenir à portée de mes pistolets.

Je m'approchai en rampant sur les mains et sur les genoux, de manière à ne pas donner l'alarme à l'animal. Quand je me crus assez près, je m'arrêtai pour l'ajuster, craignant, si je tardais plus longtemps, qu'il ne prît le large. Comme je m'apprêtais à faire feu, le cheval fit entendre un hennissement de plaisir, auquel l'étrange animal répondit par un beuglement familier. C'était notre bœuf qui avait quitté le chariot et s'en venait à pas lents du côté de la montagne, un peu ranimé par l'air du soir et le repos.

Je ne sais trop ce qui l'emporta chez moi, du plaisir de revoir notre vieux camarade ou du désappointement d'échanger un buffle dodu, que nous eussions mangé, contre un bœuf maigre qui, à la vérité, pouvait encore nous être utile. Le cheval et le bœuf se flairèrent les naseaux, tout enchantés de se retrouver ; et en voyant ce dernier se battre les flancs de sa longue queue avec satisfaction, je ne pus m'empêcher de penser que le cheval avait dû trouver le moyen de lui communiquer quelque chose des délices qui l'attendaient là-bas, entre cette eau limpide et ce fourrage si nourrissant. Le ruminant avait encore ses rênes, et, de peur qu'il ne s'égarât, nous l'attachâmes à un buisson de sauge, afin de le prendre avec nous à notre retour.

Nous étions sur le point de nous éloigner, quand l'idée me vint qu'avec un peu d'eau, et aidé par le cheval, il pourrait peut-être ramener le chariot jusqu'au pied de la montagne. Quelle surprise pour ma bonne Marie, qui retrouverait non seulement les couvertures, mais la batterie de cuisine, notre café odorant, et mille autres choses que, dans notre situation actuelle, je considérais comme un luxe inouï.

J'en dis un mot à Cudjo, qui battit des mains et se mit en devoir de présenter à l'animal l'eau que nous avions emportée dans notre marmite de fonte. Mais, hélas ! l'ouverture en était trop étroite pour son large mufle.

Cela n'embarrassa pas longtemps Cudjo, qui me rappela que nous avions un baquet parmi nos ustensiles de ménage. Il ne s'agissait que de ramener le bœuf au wagon, de le faire désaltérer, et de revenir ensuite, ramenant avec nous de quoi réjouir la bonne maîtresse ; et à cette perspective, le digne garçon riait avec délices.

Nous retrouvâmes tout ce que nous avions laissé ; mais de grands loups montaient la garde dans les environs, et c'est probablement leur voisinage qui avait communiqué à notre bœuf l'énergie de se lever et de quitter la place.

Nous versâmes l'eau dans le baquet, et je vous assure qu'il ne s'en perdit pas une goutte. Le pauvre animal lécha les parois et le fond du vase jusqu'à ce qu'il fut tout à fait à sec. Nous attelâmes ensuite les deux bêtes et nous prîmes lentement la route du petit camp, dans la montagne, dont nous apercevions comme un phare la consolante et lumineuse clarté. Les animaux eux-mêmes, malgré leur lassitude, semblaient s'encourager à la vue de ce lointain fanal.

Nous étions déjà à moins d'un kilomètre du but, quand une bruyante détonation retentit parmi les rochers. Dans quel trouble cela me jeta ! Ma femme et mes enfants étaient-ils surpris par les Indiens ou par un animal sauvage ? Oh ! si c'était un ours gris !

Je me précipitai en avant, ne m'arrêtant que pour écouter ; mais pas un bruit ne parvint à mon oreille. D'où provenait ce silence mortel ? Les flèches rapides des Indiens les avaient-elles frappés tous à la fois ?...

En proie à ces émotions cruelles, je courais comme un forcené, résolu à vendre chèrement ma vie pour venger ceux qui m'étaient si chers. Enfin je fus en vue du feu.... Quelles ne furent pas ma surprise et ma joie de voir ma femme paisiblement assise où je l'avais laissée, la petite Luisa endormie sur ses genoux et notre Marie jouant à ses pieds ! Les garçons manquaient seuls à ce tableau de famille, et la mère n'avait pas l'air de s'en préoccuper.... Cependant je les connaissais assez pour savoir qu'ils n'auraient pas risqué de me causer sans raison une inquiétude inutile.

— Qu'y a-t-il, ma bien-aimée ? m'écriai-je, en me précipitant vers elle. Où sont les enfants ? Pourquoi ont-ils fait feu ?

— Henry vient de tuer quelque chose, je pense, me dit-elle aussitôt.

— Mais quoi ? un homme.... ou un animal ?

— Un animal, mais je ne sais pas de quelle espèce. Ils ne l'ont peut-être que blessé, car ils se sont mis à courir avec les chiens et ils ne sont pas encore revenus.

— Dans quelle direction ? demandai-je à la hâte.

Marie me l'indiqua, et, sans plus attendre, je m'élançai sur leurs traces. A cent pas environ je trouvai les deux garçons et les chiens groupés autour d'une bête déjà morte. Henry n'était pas peu fier de son haut fait, et s'attendait à des félicitations dont je ne lui fis pas faute. Saisissant l'animal par les pattes de derrière, je le traînai vers le foyer. Il avait la taille d'un jeune veau, mais avec des formes plus élégantes ; ses jambes étaient fines et grêles ; son corps était d'un rouge pâle, avec le poitrail et le ventre blanchâtres ; ses cornes minces et ses yeux grands et languissants le distinguaient pour l'antilope au bois fourchu, la seule espèce connue de l'Amérique du Nord.

Marie me conta alors l'aventure, la bravoure des enfants en présence d'un animal inconnu, leur sang-froid. Quoique Henry ne se vantât pas de sa prouesse et de sa présence d'esprit, son regard était triomphant ; cette belle pièce de gibier nous assurait contre la faim pour trois jours au moins.

— Où est Cudjo ? me demanda tout à coup ma femme. Est-ce qu'il apporte les couvertures ?

— Oui, et différentes choses avec, répondis-je en souriant.

Bientôt nous entendîmes le grincement des roues, et la bande blanche se détacha sur l'obscurité.

— Oh ! maman, c'est le chariot, s'écria Frank en sautant de joie.

On juge du bonheur qu'occasionna la surprise ainsi ménagée.

Nous ne fûmes pas longtemps à débarrasser nos braves animaux de leur joug, pour leur permettre de boire, manger et se reposer à loisir.

Comme il était déjà tard et que nous étions brisés par les inquiétudes que nous avions subies et la fatigue physique que nous avions supportée, nous songeâmes au repos.

Marie prépara un lit dans le chariot. C'était notre unique abri, mais nous le trouvions excellent. Pendant que ma femme était ainsi occupée, Cudjo et moi nous dépouillâmes l'antilope, afin de nous avancer pour le déjeuner du lendemain. Les chiens guettaient cette opération avec intérêt. Ils avaient été si mal partagés jusqu'alors ! ce n'était que justice de leur donner une petite curée.

Quand tout fut prêt pour la nuit, nous nous agenouillâmes, et je laisse à penser avec quelle ferveur nous rendîmes grâces à la Providence.

XII.

LES BIGORNES.

Le lendemain, nous étions debout aux premières lueurs du jour. Nous étions bien reposés et nous ne redoutions plus d'être poursuivis par les sauvages à une si grande distance. La vue de notre antilope avait également un effet encourageant sur nos esprits.

Cudjo étant un habile boucher, je lui abandonnai le dépeçage de la bête, tandis que, la hache sur l'épaule, je me dirigeai vers les premières pentes de la montagne pour chercher du bois.

Marie avait fort à faire au milieu des pots, des plats et des terrines encrassés par la poussière de la route. Elle les récurait et les passait ensuite à l'eau fraîche. Nous étions assez bien montés sous le rapport des articles de ménage. Nous possédions un gril, un grand chaudron, deux casseroles, une tourtière, un moulin et une cafetière de premier choix, une demi-douzaine d'assiettes et de gobelets d'étain, et des couverts en nombre proportionné.

Je ne fus pas long à rapporter du bois et à rallumer le feu. Marie s'occupait du café, qu'elle grilla dans une petite poêle et moulut ensuite. Armé du gril, je procédai à la cuisson de nos tranches de venaison, et Cudjo, ayant recueilli des fèves de locuste en quantité suffisante, les faisait rôtir pour nous remplacer le pain absent.

Nous avions épuisé quelques jours auparavant notre provision de farine, et nous n'avions vécu que de bœuf conservé et de café. Encore avions-nous été fort économes de ce dernier article, qui était notre luxe suprême, notre réconfortant par excellence, et il ne nous en restait guère plus qu'une livre. Nous n'avions ni sucre, ni crème à y mélanger ; mais nous avions ce qui manque à la plupart des citadins, un appétit qui assaisonne tout et donne à toute chose une saveur particulière.

Quant à Frank, il avait trouvé le moyen d'adoucir le sien : après avoir extrait ses fèves de leur cosse, il grattait soigneusement la partie pulpeuse et saccharineuse de ces dernières et en recueillait le produit dans une assiette. Il ne manquait pas d'ingéniosité, notre petit gaillard !

La grande caisse à provisions avait été enlevée du chariot, et son couvercle, sur lequel on étendit une nappe bien blanche, nous servit de table ; tandis que de grosses pierres que nous avions placées autour remplaçaient les chaises, peut-être pas très avantageusement, mais en somme pas trop mal pour la circonstance, et je vous assure que nos tranches de venaison nous parurent savoureuses et le café délicieux.

— Oh ! massa Rolf, vous regarder ! s'écria tout à coup Cudjo en roulant des yeux blancs.

Chacun se retourna vivement. Il y avait de ce côté des assises de granit sur lesquelles cinq grands objets rougeâtres couraient avec une telle rapidité, que je les pris d'abord pour des oiseaux. Au bout d'un moment je reconnus des quadrupèdes; mais ils sautaient si prestement de roc en roc, qu'on ne pouvait distinguer leurs membres. Ils m'avaient tout l'air d'une variété de daims, un peu plus gros que les brebis ou que les chèvres; mais, au lieu d'andouillers, ils avaient une paire de grandes cornes recourbées. Comme ils sautaient du haut d'un escarpement assez élevé, il nous sembla qu'ils tournoyaient en l'air avec l'intention de se précipiter la tête en bas, ce qu'ils faisaient en réalité avec la grâce de saltimbanques, et l'on eût dit vraiment que, comme eux, ils s'arrêtaient à chaque culbute pour solliciter des applaudissements.

Bientôt ils ne furent plus qu'à cinquante pas de notre camp, et ils semblèrent tout étonnés de nous découvrir. L'aboiement des chiens ne tarda pas à leur faire comprendre le danger d'un tel voisinage. Ils se retournèrent brusquement et bondirent vers les premières pentes de la montagne.

Je tirai au hasard, craignant fort d'en être pour ma poudre, surtout quand je les vis commencer leur ascension, comme s'ils avaient des ailes; pourtant nous en remarquâmes un qui restait légèrement en arrière; nous le suivîmes du regard; bien nous en prit, car, voulant escalader une pente très raide, l'élan lui fit défaut, et il retomba au pied de la montagne.

Cudjo, les enfants et les chiens s'élancèrent sur lui; et quand les trois premiers arrivèrent, les derniers avaient mis fin aux souffrances du pauvre animal. Ce fut tout ce que Cudjo put faire de nous l'apporter.

Au premier coup d'œil il nous parut plus gros qu'un daim. D'après ses vastes cornes ridées, je le reconnus pour un argali ou mouton sauvage, plus connu des chasseurs sous le nom de bigorne et désigné dans quelques ouvrages sous celui de « mouton des montagnes Rocheuses ». Mais cette appellation me paraît impropre, car, avec ses cornes de bélier sur la tête, l'animal se rapproche davantage de la chèvre ou d'un grand daim fauve.

L'important pour nous était que cet animal est bon à manger, surtout par des gens dans notre situation. Dès que nous eûmes fini de déjeuner, nous aiguisâmes nos grands couteaux, et nous le dépouillâmes ; puis sa carcasse alla rejoindre les restes de l'antilope suspendus à notre arbre garde-manger.

Pour leurs peines, Castor et Pollux eurent un déjeuner qui leur donna une satisfaction complète, et nous, nous voyant munis de viande fraîche et d'eau limpide à discrétion, nous nous crûmes un instant quittes des maux et des périls du grand désert.

Toutefois nous nous mîmes à délibérer. Nous avions des provisions pour huit jours. Mais après?... Ce n'était que le hasard qui nous avait fait rencontrer les différents gibiers sur lesquels nous avions vécu ou comptions vivre ; ou plutôt non : nous n'étions pas assez ingrats envers la Providence pour n'avoir pas reconnu sa main paternelle dans ces événements successifs. Mais notre confiance en elle ne nous dispensait pas du devoir de faire tout ce qui dépendait de nous pour échapper au péril de la faim. Nous avions dix chances contre une de ne plus rencontrer de gibier dans cet endroit perdu.

Quelle décision prendre? Si nous en étions réduits à tuer notre bœuf, il fallait abandonner toute idée de faire avancer le chariot, et si, en fin de compte, nous mangions notre cheval, il nous fallait mourir de faim au désert, car nul ne l'a jamais traversé à pied. Quant à rester où nous étions, il n'y fallait pas songer. L'herbe n'y était pas assez abondante pour attirer et retenir la quantité d'animaux nécessaire à notre alimentation. Il fallait donc s'en éloigner à tout prix : premier point résolu.

Je le reconnus pour un argali.

Le second à examiner était celui-ci : le désert s'étendait-il au sud, comme nous savions qu'il s'étendait au nord? Pour m'en assurer, je pris le parti d'entreprendre seul le tour de la montagne.

Notre cheval était bien reposé, bien repu ; je le sellai et partis avec ma carabine. Je suivis le pied de la montagne du côté de l'est. Dans cette direction, je vis quelques arbustes rabougris et çà et là une apparence de verdure. J'aperçus en chemin une antilope et un autre animal qui me fit l'effet d'un daim, à l'exception de sa queue, d'une longueur comme je n'en avais jamais vu.

Après une marche de huit kilomètres, je me trouvai sur la côte occidentale de la montagne, d'où mes regards s'étendaient au sud à perte de vue. Je ne vis rien qu'une plaine ouverte, plus stérile peut-être que celle du nord. A l'est, on apercevait bien quelques signes de végétation ; mais elle était rare et bien maigre.

Notre unique espoir était de traverser le désert à l'ouest, du côté des établissements mexicains de la rivière Del Norte. Plus de trois cents kilomètres à franchir ! Il nous fallait donc commencer par faire reposer notre attelage si mal assorti, puis réunir des provisions suffisantes pour une semblable traversée. Comment faire ?

J'observai alors pour la première fois que la montagne, dans la partie sud, présentait vers la plaine une inclinaison plus douce que du côté nord, où elle est hérissée de précipices. J'en conclus qu'une grande quantité de neige fondue devait s'écouler par là, et que par conséquent ce versant pouvait être plus fertile que les autres.

Je poursuivis ma course dans cette direction, jusqu'au moment où j'aperçus les bouquets de saules et de cotonniers qui ombragent la partie supérieure de notre cours d'eau, avant d'atteindre la vallée. Je me dirigeai vers eux et découvris un ruisseau bordé de pâturages beaucoup plus considérables que ceux de notre camp.

J'attachai mon cheval à un arbre et je gravis la montagne à une certaine hauteur, pour me rendre compte de l'ensemble du pays au sud et à l'ouest. Ce fut ainsi que j'aperçus le singulier vide qui paraissait se creuser dans la plaine. J'en fus frappé et résolus de l'examiner de plus près. Je remontai à cheval et je fus bientôt au bord du précipice, où je m'arrêtai pour considérer le riant vallon qui se trouvait en bas.

Je ne pourrais vous décrire mes sensations du moment. Ceux-là seuls dont les yeux, pendant de longs jours, sont restés fixés sur le sol aride du désert, peuvent s'imaginer l'impression produite par une semblable fertilité. Je demeurai quelques minutes dans une sorte d'extase, croyant presque à un mirage qui allait s'effacer soudain. Nul bruit sous l'ombrage, à l'exception des voix de la nature, du chant des oiseaux et du murmure des eaux retombant en cascades. Pas la moindre fumée au-dessus des arbres. Tout semblait affirmer que ce paradis solitaire n'avait jamais été profané par la présence de l'homme et de ses passions.

Je serais resté là des heures entières; mais le soleil à son déclin m'avertit de presser mon départ. J'étais à trente kilomètres du campement, et mon cheval était loin d'être fort. Je tournai bride, bien déterminé à revenir le lendemain avec tout mon monde. Il était près de minuit quand j'arrivai. Ma pauvre femme était dans une mortelle inquiétude; heureusement mon retour et le récit de ma découverte l'eurent bientôt rassérénée, et nous résolûmes de partir dès l'aube le lendemain pour le nouveau campement dont je lui faisais une description si enthousiaste.

XIII.

LE GRAND ÉLAN.

Au lever du soleil, nous étions sur pied, pressant notre déjeuner matinal pour hâter le moment de quitter « le camp de l'antilope ». Quant au ruisseau, il porte encore le nom de « crique des bigornes », que nous lui avions donné la veille.

A une heure environ nous arrivâmes à l'extrémité supérieure du vallon; nous y passâmes la nuit. Le jour suivant, je me mis en quête d'un passage pour gagner le fond de la vallée. Je fis bien des kilomètres sur le bord de l'escarpement, sans voir autre chose que le précipice, et je commençais à redouter que ce paradis tentateur ne fût tout à fait inaccessible, lorsque je découvris enfin que la profondeur du précipice diminuait en raison de l'inclinaison de la plaine. Lorsque j'arrivai à l'extrémité de la pente, je trouvai un sentier qui serpentait graduellement vers la vallée et sur lequel je vis les traces d'animaux divers.

Oh ! bonheur, c'était ce que je cherchais. Je revins au chariot, mais mon exploration avait été longue. Il était trop tard pour que nous songions à partir ; nous passâmes une seconde nuit à l'endroit où nous avions campé la veille et que nous appelâmes « camp des saules ».

Nous partîmes de grand matin le lendemain. Quand nous fûmes au moment de nous engager dans le sentier tournant, je fis arrêter le wagon, et Cudjo et moi nous descendîmes seuls pour reconnaître le vallon. Les bois étaient très épais. Tous les arbres paraissaient liés entre eux par d'énormes sarments de vignes qui ressemblaient à un enchevêtrement de reptiles. Nous n'aperçûmes aucune trace d'homme, mais en revanche on voyait que des quantités d'animaux se frayaient journellement un passage dans ce taillis inextricable.

Nous nous attachâmes à suivre leur piste. Elle nous conduisait au bord de l'eau, qui était très basse. Une grande partie de son lit était à sec. C'était une excellente route pour le chariot, et nous en longeâmes le cours.

A environ cinq kilomètres de la partie basse de la vallée, la forêt s'éclaircissait, et il y avait à droite une hauteur formant éclaircie, où croissaient quelques arbres disséminés. Ce terrain, doucement incliné, était couvert d'un gras pâturage et d'un gazon émaillé de fleurs ; c'était charmant.

A notre approche, plusieurs animaux effarés se dissimulèrent dans les fourrés voisins. Des oiseaux, admirablement nuancés, sautillaient au milieu d'un feuillage multicolore, chantant, courant et se poursuivant de branche en branche. C'étaient des perroquets, des perruches, des loriots, des geais bleus, etc., écarlates ou azurés. Des papillons aux ailes bigarrées voltigeaient de fleur en fleur. Il y en avait d'aussi gros que des oiseaux, d'autres même beaucoup plus grands que la foule d'oiseaux mouches, gros comme des abeilles, qui, étincelant au soleil, se balançaient dans le calice entr'ouvert des fleurs.

Que tout cela nous parut enchanteur ! Nous convînmes, Cudjo et moi, que c'était le seul lieu convenable pour y dresser notre camp. A ce moment, nous entendions par camp l'endroit où nous demeurerions plus ou moins longtemps, jusqu'à ce que nos bêtes eussent recouvré leurs forces et que nous eussions recueilli les provisions nécessaires à notre traversée du désert.

Et cependant vous nous retrouvez à la même place. Oui, mes amis, cette maison s'élève au milieu même de la clairière que je viens de vous décrire, et vous serez bien plus surpris si je vous dis qu'il n'y avait en ce temps ni lac ni rien de semblable ici.

Notre lac actuel occupe une partie de cette ravissante clairière qui, dans sa beauté agreste, semblait un parc seigneurial.

Nous ne nous attardâmes pas plus longtemps qu'il ne le fallait pour examiner le terrain. Nous savions que ma femme était anxieuse de nous revoir, et nous retournâmes bien vite au chariot. Moins de trois heures après, le chariot, couvert de sa toile blanche, s'arrêtait dans ce site enchanté. Le bœuf et le cheval, débarrassés de toute entrave, broutaient avec avidité ces riches pâturages. Les fillettes s'ébattaient sur la verte pelouse à l'ombre d'un magnolia touffu, tandis que Marie, Cudjo, les deux garçons et moi-même nous nous livrions à des travaux d'aménagement. Les oiseaux babillaient, criaient et voltigeaient autour de nous, à la plus grande joie des enfants. Ils nous examinaient de très près, se demandant sans doute avec surprise quels bizarres intrus envahissaient ainsi leurs domaines.

J'étais enchanté de leur confiance ; c'était une preuve de plus que l'homme leur était inconnu et que nous ne risquions pas d'en rencontrer dans la vallée. N'est-il pas étrange que, dans notre position, la présence de nos semblables fût celle que nous redoutions entre toutes ? C'est qu'en fait d'êtres humains nous ne pouvions trouver que nos impitoyables ennemis les Indiens.

Il n'était pas tard ; mais nous avions eu tant de mal à conduire notre chariot jusque-là, sur ce sol accidenté et coupé de taillis, que nous résolûmes de nous reposer tout le reste du jour. Cudjo fit du feu et y établit une crémaillère, à laquelle nous pûmes suspendre nos pots et nos chaudrons. Cette crémaillère, fort primitive, consistait en deux bâtons fourchus, fichés en terre et surmontés d'une perche fixée horizontalement sur leurs fourches ; elle est généralement employée par les coureurs de bois pour leurs feux en plein air.

En peu de temps notre chaudière chantait gaiement sur la flamme et se disposait à livrer son contenu pour la confection de notre café. Les restes de l'antilope rôtissaient et se doraient à plaisir. Marie avait dressé la grande caisse couverte d'une nappe qu'elle avait blanchie la veille. Nos tasses et nos assiettes d'étain, brillantes comme de l'argent, étaient rangées dessus avec symétrie. Tout était prêt, et nous attendions, groupés autour du feu, que notre gibier fût cuit à point, quand notre attention fut éveillée par un bruit provenant des bois qui nous entouraient. C'était un bruit sourd comme un craquement de branches mortes foulées par le sabot de quelque gros animal. Tous les yeux se tournèrent dans cette direction, et bientôt nous vîmes apparaître trois bêtes arrivant à fond de train sur la limite de la clairière avec l'intention évidente de la traverser.

Nous crûmes d'abord que c'étaient des daims, car ils portaient des andouillers branchus ; mais leur grande taille les distinguait de toutes les espèces que nous avions rencontrées. Ils étaient aussi grands qu'un cheval flamand, et leurs vastes andouillers, qui s'élevaient à plusieurs pieds au-dessus de leurs têtes les faisaient paraître beaucoup plus grands encore. C'étaient bien des daims, si l'on veut, mais quelle différence avec ceux de nos parcs et de nos bois ! C'était le grand élan des montagnes Rocheuses.

En sortant du taillis, nos élans marchaient de front avec une allure majestueuse et fière, qui témoignait de la confiance que leur inspiraient leur force, leur haute stature et l'armure redoutable dont leur front est orné. Nous ne pouvions les regarder sans admiration.

Enfin ils aperçurent notre chariot et le feu, qui n'avaient point encore attiré leur attention. Ils s'arrêtèrent tout d'un coup, secouant la tête, reniflant d'étrange façon, et nous examinant avec une expression d'intense surprise.

— Ils vont s'enfuir, murmurai-je à l'oreille de Cudjo. Dans un moment ils auront repris leur course et seront hors de portée de ma carabine.

— Bien fâcheux, massa Rolf, oh ! bien fâcheux ! répondit Cudjo avec une véritable sympathie. Eux si gras, faire bons rôtis !

Je me demandais si je ne pourrais pas m'en rapprocher en rampant, quand, à notre grande surprise, au lieu de reprendre le

8

chemin des bois, les animaux avancèrent simultanément de plusieurs pas, et s'arrêtèrent, secouant la tête et humant l'air comme à leur première halte.

Ceci nous surprenait, parce que nous avions ouï dire que l'élan est particulièrement timide. Mais, pour cela, il faut qu'il connaisse le danger, car autrement, comme chez tous les animaux de sa race, la curiosité l'emporte chez lui sur la peur, et il s'approche volontiers pour examiner ce qui est nouveau pour lui.

C'est sous l'empire de la curiosité que les nôtres avançaient vers nous, et je conseillai à tout le monde une immobilité absolue, espérant qu'ils se rapprocheraient encore.

Le chariot, avec sa banne blanche, semblait être *the great attraction* pour nos étranges visiteurs. Ils le considéraient avec de grands yeux étonnés. Ils firent encore quelques pas en avant, s'arrêtèrent de nouveau et recommencèrent à avancer.

Comme le chariot se trouvait à quelque distance de l'endroit où nous étions assis près du feu, leurs mouvements pour s'en rapprocher nous les présentaient parfois de profil. Dans une de ces occasions, le chef de la bande arriva à portée de ma carabine. Je n'attendis pas davantage, je cherchai à viser au cœur et pressai la détente.

— Manqué ! m'écriai-je, en voyant les trois bêtes retourner sur leurs pas et détaler comme si de rien n'était.

Un nouveau sujet de surprise pour nous, c'est qu'ils ne galopaient pas comme font les daims ; ils trottaient à la façon du cheval, mais plus vite encore.

Les chiens que Cudjo avait jusque-là retenus furent lâchés après.

eux et les poursuivirent en aboyant. Elans et chiens furent bientôt
hors de vue.

Ne prévoyant pas que nos bêtes pussent rejoindre le gibier, je ne
m'étais pas dérangé. Quand tout à coup les aboiements changèrent
complètement, ils n'indiquaient plus la poursuite, mais la lutte
acharnée.

Je cherchai à viser au cœur et pressai la détente.

— Enfants, restez auprès de votre mère et veillez sur elle,
m'écriai-je. Et toi, Cudjo, mon brave, suis-moi; j'ai peut-être tout
de même blessé la bête, il faut y aller voir.

Ce disant, je saisis la carabine de Henry et m'élançai sur la piste.
Les feuilles étaient tachées de sang. Nous courûmes alors aussi vite
que nous pûmes à travers le fourré. Je laissai Cudjo se débarrasser
des broussailles où il s'était empêtré, et, guidé par la voix enrouée
des chiens, j'arrivai sur le théâtre du combat. L'élan agenouillé se

défendait avec ses cornes, tandis que l'un des dogues, étendu par terre, hurlait de douleur. L'autre s'efforçait en vain de prendre l'animal par derrière ; celui-ci tournait comme sur un pivot, présentant toujours ses cornes aux pointes multiples, de quelque côté que le chien risquât l'attaque.

J'eus grand'peur que l'élan ne mît encore ce fidèle animal hors de combat, et je tirai précipitamment sur lui ; puis, avec une témérité fort inconsidérée, je m'élançai pour l'achever à coups de crosse. Je le frappai de toutes mes forces en visant le crâne, mais je manquai le but, et, entraîné par cet effort, je tombai juste au milieu de ses cornes. Abandonnant ma carabine, je saisis les andouillers par leurs extrémités et cherchai à me dégager ; je n'en eus pas le temps. L'élan s'était déjà redressé et d'un coup de tête vigoureux m'avait lancé à une grande hauteur. Je retombai sur un épais treillis de vigne et de lianes ; et comme la présence d'esprit ne m'avait pas abandonné, j'eus le bonheur de pouvoir m'y retenir, évitant ainsi de tomber plus bas. Bien m'en prit ; car si j'eusse touché terre, c'en était fait de moi ; l'animal exaspéré bondissait au-dessous du treillis, me cherchant partout, et s'étonnant de ne pouvoir me mettre en pièces comme il avait certainement compté le faire.

Pendant quelques instants je restai immobile, surveillant ce qui se passait. Le chien continuait bravement son attaque, mais le sort de son compagnon influait néanmoins sur lui ; il se bornait à mordre la bête blessée, quand il pouvait la saisir au flanc. Tout ce temps, Castor, étendu sur le sol, continuait à remplir l'air de ses piteux gémissements.

Cudjo parut enfin. Qu'on juge s'il roula des yeux blancs et effarés en apercevant à terre la carabine de son maître, mais aucune trace de sa personne. J'avais à peine eu le temps de lui crier : « Gare », quand l'élan l'aperçut et se rua sur lui tête baissée, avec un cri de rage.

J'eus un moment d'indicible terreur. Qu'allait-il advenir de mon honnête et fidèle compagnon, armé seulement d'une lance indienne, qu'il avait trouvée au camp, après le massacre de nos amis ? Je ne le supposais pas capable de repousser une attaque aussi impétueuse. Il restait immobile comme une statue ; je le croyais paralysé de frayeur et je m'attendais à le voir empalé par la pointe aiguë du redoutable andouiller.

Comme je m'étais mépris sur le compte de mon brave Cudjo ! Quand les cornes ne furent plus qu'à deux pieds de sa poitrine, d'un bond il se déroba derrière un arbre, et l'animal, entraîné par son ardeur, passa devant lui. Ce mouvement avait été si rapide, que je ne m'aperçus pas tout d'abord de ce qui s'était passé. Ce ne fut que lorsque je vis Cudjo enfoncer sa lance dans le flanc de l'animal que je compris qu'il était sauvé.

Je poussai un cri de joie en voyant ce grand corps rouler par terre, et, descendant de l'endroit où j'étais resté perché, je courus à lui. Je trouvai l'élan en proie aux dernières convulsions, tandis que le vainqueur, sain et sauf, l'observait en triomphe.

— Bravo ! mon brave Cudjo, tu as fait là un coup de maître.

— Oui, massa, oui, répondit-il avec un calme qui ne déguisait qu'à demi son orgueil satisfait, nègre à vous avoir réglé le compte à grosse bête. Elle plus faire de mal à pauvre Castor.

En parlant ainsi, Cudjo caressait le malheureux chien si maltraité par l'élan.

Henry arrivait sur ces entrefaites. Il n'avait pu résister plus long-temps à la tentation de venir s'assurer du résultat de la lutte. Heureusement sa carabine n'avait pas été endommagée.

Cudjo ne perdait pas son temps. Armé de son couteau, il s'occu-pait à saigner la bête suivant toutes les règles de l'art. D'après son poids — elle pesait bien un millier de livres — nous vîmes qu'il nous serait impossible de la transporter sans le secours du bœuf et du cheval. Il valait donc mieux la dépouiller sur place. Il nous fallut aller chercher au camp les instruments nécessaires à cette opération, puis revenir l'accomplir.

Avant le coucher du soleil, près de mille livres de viande fraîche se balançaient aux arbres avoisinant notre lieu de halte. Et comme nous avions à dessein retardé notre repas, on juge si nous fîmes honneur au bifteck d'élan que ma femme nous servit pour nous réconforter.

XIV.

LE CARCAJOU.

Le lendemain, nous étions levés de bonne heure. Nous déjeunâmes de grand cœur, puis nous nous mîmes à considérer ce que nous avions de mieux à faire. Nous avions de la viande en quantité suffisante pour nous permettre d'entreprendre un long voyage, à la seule condition d'être préparée pour se conserver.

Mais comment la conserver sans un grain de sel? C'était une difficulté qui nous parut tout d'abord insurmontable; mais je ne tardai pas à me rappeler le procédé employé par les trappeurs et les Espagnols pour leur « tasajo » ou viande séchée.

Cudjo et moi nous commençâmes tout de suite notre tasajo. Nous allumâmes d'abord un grand feu, dans lequel nous jetâmes beaucoup de bois vert pour obtenir de la fumée. Nous enfonçâmes ensuite plusieurs pieux en terre autour du feu, et nous passâmes des cordes de l'un à l'autre; puis nous nous mîmes à découper notre gibier en tranches aussi minces que possible. On les étendit au fur et à mesure sur les cordes, assez près pour qu'elles sentissent la chaleur et la fumée, pas assez pour qu'elles pussent cuire.

Nous n'avions plus alors qu'à entretenir le feu et à veiller à ce que les loups et autres rôdeurs à quatre pattes ne vinssent pas prélever leur dîner sur nos provisions. Au bout de trois jours, la chair de l'élan serait prête à être transportée aussi loin que nous le voudrions, sans crainte d'en perdre un morceau.

Dès qu'elle fut sèche, nous la roulâmes en petits paquets, pour qu'elle tînt moins de place. Notre cheval et notre bœuf se refaisaient à plaisir dans ces gras pâturages. Quelques jours encore, et nous serions prêts à partir.

Combien sont vaines les prévisions de l'homme! Au moment même où nous étions si confiants dans l'espoir de quitter notre prison du désert, un événement imprévu se préparait, qui devait retarder de plusieurs années notre départ.

C'était dans l'après-midi du quatrième jour après notre arrivée dans la vallée heureuse; nous avions fini de dîner; assis auprès du feu, nous surveillions les jeux des deux petites, qui, dans leur insouciance, prenaient leurs ébats sur la pelouse.

Ma femme et moi nous causions de la petite Luisa, déplorant la fin tragique de ses parents, et nous demandant si nous la tiendrions dans l'ignorance de sa véritable situation, ou si, à l'âge de raison, nous lui révélerions les tristes circonstances qui l'avaient jetée entre nos bras. De là, par une pente naturelle, nous nous reportâmes à notre propre avenir brisé par la mort de notre ami l'Ecossais. Nous nous disposions à nous rendre dans une terre étrangère dont la langue même nous était inconnue, où nous ne pouvions nous réclamer de personne, et dont les habitants, généralement peu fortunés, étaient par ce fait même peu disposés à venir en aide à des inconnus d'une autre race. Nous allions y arriver sans un sou vaillant, pas même avec assez d'argent pour payer pendant les premiers jours notre hôtellerie. Qu'allions-nous devenir? Telles étaient les sombres perspectives que l'avenir nous montrait en réserve; mais nous ne leur permîmes pas de nous torturer longtemps.

— Ne crains point, mon Robert, me dit ma noble compagne, en plaçant sa main dans la mienne, et en m'enveloppant d'un regard de tendresse, celui qui nous a gardés dans le passé ne nous délaissera pas dans l'avenir.

— Chère Marie, lui répondis-je, rappelé à une nouvelle énergie par ces consolantes paroles, c'est toujours toi qui as raison.... Oui, nous devons placer en Dieu seul toute notre espérance.

Ces mots sortaient à peine de mes lèvres, quand un bruit étrange retentit à notre oreille dans la direction de la forêt. D'abord, il nous parut éloigné, mais il se rapprocha peu à peu. C'était le cri d'un animal en proie à une douleur ou à une terreur extrême. Je cherchai le bœuf du regard; seul le cheval paissait dans la clairière; son compagnon était invisible. Le cri qui venait des bois nous arrivait toujours plus fort et plus lugubre. C'était le beuglement d'un bœuf aux abois; mais qu'est-ce qu'il annonçait? Une fois encore il retentit dans les airs. Quel qu'il fût, l'animal qui poussait ce rugissement de douleur approchait. Je sautai sur ma carabine, Frank et Henry sur les leurs, Cudjo sur sa lance, et les chiens se mirent en arrêt, attendant le signal pour s'élancer.

De nouveau ce cri épouvantable retentit dans l'espace. Le bruissement des feuilles, le craquement des branches parvenaient jusqu'à nous, comme si elles avaient été brisées par un gros animal traversant le fourré. Les oiseaux s'envolaient des broussailles avec un cri d'effroi ; le cheval hennissait avec une énergie sauvage ; les chiens aboyaient avec impatience ; et nos enfants se serraient contre leur mère, épeurés et tremblants. Enfin, un objet rougeâtre se dégagea des taillis et vint à nous comme l'éclair : c'était notre bœuf ; mais qu'avait-il ? Etait-il poursuivi par un monstre, par un fauve ? Hélas ! non, pas poursuivi, mais bien plutôt atteint.

Nous demeurions comme paralysés. Entre les épaules du bœuf, et lui serrant le cou, se trouvait un animal assez gros. A peine si nous le distinguions d'abord, tant il semblait faire un tout unique avec notre pauvre ruminant. A mesure que celui-ci s'approchait, nous pûmes voir plus nettement les griffes allongées et les membres trapus d'une bête redoutable. Sa tête était penchée sur la gorge du bœuf, affreusement déchirée, comme nous en pouvions juger par le sang qui s'en échappait. La gueule de l'étrange animal était fixée sur la veine jugulaire, dont il suçait le sang.

Le bœuf ne galopait plus avec la même rapidité ; son beuglement était moins violent ; on le voyait déjà chanceler. Néanmoins il vint à nous ; mais, à quelques pas, il se laissa tomber en poussant un long gémissement, suivi du râle de la mort.

L'animal inconnu, dérangé par le choc, desserra son étreinte et se dressa sur le cadavre. Je reconnus alors le terrible carcajou ou couguar. Lui aussi s'aperçut pour la première fois de notre présence et se prépara à prendre son élan ; quelques secondes encore, et d'un bond formidable il arrivait sur Marie et sur les enfants terrifiés.

Nous fîmes feu tous à la fois ; mais l'émotion avait fait dévier notre coup d'œil, et nos balles se perdirent dans le vide. Je saisis mon couteau et me jetai en avant. Plus prompt que moi, Cudjo m'avait prévenu ; je vis le fer de sa lance briller comme un éclair, puis s'enfoncer dans l'épaisse fourrure de l'animal. Le monstre

Sa tête était penchée sur la gorge du bœuf.

poussa un cri rauque : la lance lui avait traversé la gorge. Mais au lieu de s'affaisser, il fit des efforts terribles pour se dégager, et Cudjo se vit contraint de lâcher l'arme pour se garantir de ses redoutables griffes. Avant que l'animal pût l'atteindre, je déchargeai mon pistolet à bout portant dans son poitrail. Le coup fut mortel ; l'horrible bête se débattit bientôt dans les convulsions de l'agonie.

Nous étions sauvés ; mais le bœuf sur lequel nous comptions pour nous traîner hors du désert gisait sans vie à nos pieds.

XV.

RECHERCHES INFRUCTUEUSES.

Toute espérance de sortir de notre oasis se trouvait ainsi définitive-ment anéantie. Le cheval ne pouvait suffire à traîner le wagon, et comment voyager sans lui ? En admettant même que nous eussions pu traverser le désert à pied, ma pauvre monture n'aurait pu porter à elle toute seule l'eau et les provisions nécessaires à un si long trajet. D'ailleurs, comment songer, en compagnie d'une femme délicate et de deux enfants qu'il fallait encore porter, à entreprendre un voyage devant lequel reculent les plus robustes trappeurs? Cette impossibilité évidente me sautait aux yeux et me réduisait au désespoir.

Et pourtant, si nous renoncions à ce moyen de sortir de ces lieux solitaires, quelle perspective avions-nous de les quitter un jour? Aucun être humain ne viendrait à notre aide ; ce vallon retiré, n'ayant

jamais été foulé par personne avant notre venue, ne le serait jamais
par d'autres, à cause de sa situation exceptionnelle si étrangement
dissimulée dans la plaine. En outre, nous étions complètement en
dehors des sentiers suivis par les trafiquants des Prairies.

Une seule chance me restait encore peut-être : c'était que le
désert ne s'étendît pas aussi loin au sud ou à l'ouest que cela m'avait
paru. Dans ce cas, en brisant le chariot pour en construire une
voiture légère, nous pourrions traverser la plaine. Je me décidai donc
à partir seul pour explorer la route dans ces deux directions. Si je
la reconnaissais praticable, je mettrais tout de suite mon projet à
exécution.

Le lendemain, je chargeai mon cheval de provisions et d'autant
d'eau qu'il en pouvait porter. J'embrassai tendrement ma femme et
mes enfants, puis, les recommandant à la protection divine, je
m'éloignai dans la direction de l'ouest.

Je la suivis pendant un jour et demi, et le vide s'étendait toujours à
perte de vue autour de moi. Je n'avais pas été bien loin, il est vrai,
car je marchais à travers des sillons et des monticules de sable
mouvant, où mon cheval enfonçait jusqu'au genou.

L'après-midi du second jour je renonçai à une entreprise déses-
pérée, craignant déjà de ne pouvoir regagner la vallée. J'y parvins
pourtant, mais avec quel effort ! Ma monture et moi nous étions
presque morts de soif en arrivant. Je trouvai tout mon monde en
parfaite santé, mais je n'apportais que de fâcheuses nouvelles, et je
m'assis auprès du feu en proie à un véritable désespoir.

Je ne pouvais entreprendre ma prochaine reconnaissance du
côté sud, avant que mon pauvre cheval épuisé se fût un peu refait.

Une autre journée s'écoula tristement. J'étais assis sur un tronc d'arbre, dans un abattement extrême ; je ne m'inquiétais de rien de ce qui se passait autour de moi, quand une main légère se posa doucement sur mon épaule et me tira de ma rêverie. Levant les yeux, je vis Marie assise à mes côtés. Elle me souriait tendrement, et une expression de sérénité, contrastant péniblement avec mon trouble, se lisait sur son doux visage.

Une main légère se posa doucement sur mon épaule et me tira de ma rêverie.

Je vis qu'elle avait quelque chose d'important à me communiquer.

— Qu'y a-t-il, Marie ? demandai-je

— Ne trouves-tu pas cet endroit charmant ? répondit-elle en faisant signe de la main comme pour embrasser toute la scène environnante.

Mes yeux suivirent les siens et se reposèrent un moment sur ce riant tableau. C'était sans contredit un lieu charmant. La clairière

ouverte, avec les gais rayons du soleil se jouant sur son vert gazon et
ses fleurs aux vives couleurs ; les teintes variées du feuillage des
bois, parés de leur brillante livrée d'automne ; les lointaines assises
de granit contrastant avec cette riche verdure par la teinte sombre
de leurs pins et de leurs cèdres ; plus loin encore, la cime neigeuse
qui se perdait dans l'azur du ciel en étincelant au soleil et prêtant à
l'atmosphère une délicieuse fraîcheur ; tous ces objets dans leur
ensemble formaient un panorama ravissant à contempler.

Et si l'on y joint le bruit paisible de la cascade, le concert
harmonieux des oiseaux, les parfums pénétrants qui nous arrivaient
de toutes parts, on comprendra que j'aurais eu mauvaise grâce à
répondre par la négative.

— Oui, Marie, répondis-je, ce lieu est en effet ravissant.

— Alors, Robert, pourquoi serions-nous si impatients de le
quitter ?

— Pourquoi ? répétai-je machinalement, sans bien comprendre sa
question.

— Oui, pourquoi ? continua-t-elle. Nous sommes à la recherche
d'un endroit où nous pourrions nous fixer. Pourquoi ne pas nous
fixer ici ? Rencontrerons-nous un site plus enchanteur et plus propice,
sur cette terre inconnue vers laquelle nous nous dirigeons ? Trouve-
rons-nous rien d'aussi bien que ce que nous avons sous les yeux, en
admettant qu'on nous laisse seulement nous y établir ?

— Mais, chère Marie, tu n'y songes pas ; comment pourrais-tu
vivre loin du monde civilisé, toi dont la jeunesse s'est écoulée au
milieu de la société et de ses raffinements ?

— Le monde ! répliqua-t-elle ; quel souci devons-nous avoir du monde ? Nos enfants ne sont-ils pas avec nous ? Ce sont eux qui sont notre monde, et leur société nous suffira bien. De plus, continua-t-elle en s'animant, souviens-toi que nous comptons pour bien peu dans le monde, et rappelle-toi comment il nous a traités jusqu'ici. Y avons-nous été heureux ? Réponds-moi. Non. Pour ma part, j'ai déjà éprouvé plus de bonheur dans cette solitude qu'au sein de cette société dont tu me fais l'éloge. Penses-y, Robert, réfléchis bien avant d'abandonner imprudemment cette douce retraite, où je serais tentée de croire que la main de Dieu lui-même nous a guidés.

— Mais tu n'as pas songé aux difficultés, aux fatigues auxquelles une telle existence t'exposerait.

— J'y ai pensé, au contraire ; j'ai mûrement réfléchi pendant ton absence. Je ne vois aucune difficulté à nous procurer de quoi vivre. Le Créateur a merveilleusement approvisionné cette singulière oasis. Nous y trouvons tout ce qui est nécessaire à la vie ; quant au superflu, je n'ai garde de m'en préoccuper. Nous saurons bien nous en passer.

Ces paroles me produisirent un effet singulier. Jusqu'alors l'idée de me fixer en ces lieux n'avait pas même effleuré ma pensée. Je ne m'étais occupé que du moyen de les fuir, et voici qu'une transformation soudaine s'opérait dans mon esprit. Les durs traitements que nous avaient fait subir les hommes civilisés, nos revers de fortune, nos déceptions continuelles, notre position de plus en plus dépendante et précaire, tout contribuait à amortir mon désir naturel de rechercher la société de mes semblables. Bien loin d'être opposé à la proposition émise par Marie, je me sentais tout prêt à l'accepter d'emblée.

Je demeurai néanmoins assez longtemps silencieux, supputant toutes nos chances de réussite ou d'insuccès. Nous savions que la vallée était pourvue de gibier en abondance. Nous avions des carabines, et par bonheur une quantité relativement grande de munitions. Outre ma poire à poudre, Frank et Henry en avaient chacun une contenant encore une livre environ. Et puis après....

Eh bien ! après, nous chercherions quelque autre procédé pour nous assurer le gibier. De plus, la vallée renfermait d'autres choses propres à notre alimentation, telles que des racines et des fruits. Nous en avions déjà rencontré divers spécimens, et Marie, très versée dans la botanique, nous en faisait connaître les applications. Nous avions donc à la fois la nourriture et l'eau assurées.

Plus je roulais ces pensées dans mon esprit, plus le projet me semblait réalisable, et je ne tardai pas à en être tout aussi enthousiaste que ma femme.

Cudjo, Frank et Henry furent admis à notre conseil et entrèrent avec joie dans ce dessein. Le fidèle Cudjo se déclarait satisfait de son sort tant qu'il le partagerait avec nous ; et les enfants n'imaginaient rien de plus ravissant que cette vie de complète indépendance.

Toutefois, pour n'avoir pas à nous reprocher d'avoir pris une si grave résolution à la légère, nous ne voulûmes rien résoudre le jour même, nous réservant d'achever la discussion du pour et du contre le lendemain.

Durant la nuit, une circonstance toute fortuite vint me déterminer à rester dans la vallée, au moins jusqu'à ce qu'une chance imprévue nous permît de la quitter dans des conditions plus favorables.

XVI.

L'INONDATION MYSTÉRIEUSE.

Une des raisons de mes hésitations était que toute entreprise a généralement pour but l'amélioration de la position de l'homme. Or, quelle que fût notre industrie, nous ne pourrions rien lui demander de plus que la satisfaction de nos besoins immédiats. Sans marché, nous ne pouvions trouver un débouché pour le superflu de notre production, lors même que nous arriverions à cultiver toute la superficie de la vallée. Nous ne pouvions donc nullement nous enrichir, et par conséquent nous préparer à reprendre notre place dans le monde civilisé ; car, malgré tout, je ne renonçais pas à cet espoir.

Marie, plus facile à contenter que moi, persistait dans cet argument que, notre bonheur ne dépendant pas de la possession des richesses, nous ne désirerions jamais quitter ces lieux, et que, par suite, nous n'éprouverions jamais le besoin des biens de ce monde.

Sa philosophie était peut-être bien la vraie ; en tous cas, c'était la plus naturelle. Mais les besoins artificiels de la société implantent en nous, pour les satisfaire, le désir d'accumuler, et je ne pouvais me débarrasser de ce sentiment de prévoyance.

— Si nous trouvions, disais-je, un seul objet qui nous permît d'exercer notre industrie de manière que notre temps ne fût pas perdu et que nous pussions travailler à préparer notre retour dans la société, je conviens que nous serions les êtres les plus heureux du monde.

— Qui sait ? me répondait Marie, cet objet qui nous permettrait de créer la réserve que tu souhaites, nous le trouverons peut-être dans la vallée aussi bien que si nous continuions notre route vers le Nouveau-Mexique. Quelle chance meilleure rencontrerons-nous là-bas ? Nous ne possédons plus rien ; où que nous allions, il nous faudra recommencer la vie dans de tristes conditions. Ici nous avons la nourriture et la terre. La terre dont on ne nous contestera pas, je crois, la propriété. Là-bas nous ne posséderons ni l'une ni l'autre. Ici nous aurons un chez nous ; et qui te dit, Robert, que nous ne finirons pas par faire fortune au désert ?

Cette idée nous fit rire tous les deux, comme Marie le désirait ; car, en lançant cette plaisanterie, elle avait cherché à m'égayer pour rendre notre projet plus séduisant.

Il était près de minuit ; nous avions veillé sans nous en apercevoir, entraînés par l'intérêt de notre discussion. La lune se levait au-dessus du précipice, et nous nous préparions à nous retirer pour la nuit, quand nos regards furent attirés par quelque chose qui nous fit pousser un cri d'étonnement.

Je vous ai dit qu'à notre arrivée dans la vallée, la place du lac était occupée par une verte pelouse, parsemée de taillis que traversait le ruisseau. Les nuits précédentes, quand la lune éclairait la vallée et que nous étions assis autour de notre feu, nous l'avions souvent regardé s'enfuir comme un filet d'argent se détachant du fond sombre de la clairière. Maintenant, à notre grande surprise, au lieu de cet étroit filet, une nappe d'eau étincelait sous nos yeux ; elle semblait couvrir un espace de plusieurs centaines de pas, et s'avançait assez près de notre campement. Dans la plaine, nous eussions pu croire au *fata morgana* ou mirage ; mais dans la vallée, ce ne pouvait être une illusion. C'était vraiment l'eau qui s'étalait devant nous. La lune se reflétait dans sa surface calme et unie.

Mais, craignant de nous en rapporter au seul témoignage de nos yeux, nous courûmes tous de ce côté, Cudjo, mes fils et moi. En quelques minutes nous avions atteint le bord d'un grand lac qui nous parut formé comme par une influence magique.

Nous avions d'abord considéré ce phénomène avec une vive surprise ; mais ce sentiment se transforma bientôt en une impression de terreur, quand nous nous fûmes aperçus que l'eau montait toujours. Elle arrivait déjà jusqu'à nos pieds, en petites vagues au murmure argentin, comme obéissant à l'impulsion du flux d'une marée.

— Mon Dieu ! qu'est-ce que cela signifie ? nous demandâmes-nous en échangeant des regards consternés.

C'était évidemment une crue subite de la rivière, mais d'où prove-

.nait-elle? Il n'y avait pas eu de pluie depuis bien des jours, ni de chaleurs assez fortes pour provoquer une fonte de neige inaccoutumée. Quelle pouvait être l'origine de ce singulier débordement?

Nous restions silencieux ; mais on eût pu entendre battre notre cœur. Nous crûmes qu'une convulsion terrible, l'effondrement d'une partie de l'assise du précipice avait obstrué ou peut-être fermé la grande fissure par laquelle le ruisseau s'échappait de la vallée. Si tel était le cas, trop probable, hélas ! la vallée serait submergée en quelques heures ; et l'eau couvrirait non seulement le terrain occupé par notre camp, mais jusqu'aux sommets des arbres les plus élevés.

Vous pouvez imaginer l'effroi dans lequel une telle éventualité nous plongeait. Nous courûmes vers le camp, déterminés à fuir la vallée le plus tôt possible. Cudjo attrapa le cheval ; Marie éveilla les enfants et les descendit du chariot, tandis que mes garçons et moi nous réunissions à la hâte quelques objets indispensables dont nous avions l'intention de nous charger.

Jusque-là nous n'avions pas songé à la difficulté, encore moins à l'impossibilité de sortir de la vallée. Tout à coup cette impossibilité se révéla à nous dans toute son horreur et claire comme le jour. Le chemin qui nous avait conduits dans la clairière et qui suivait le ruisseau se trouvait complètement couvert par l'eau montante, et, à notre connaissance, il n'existait pas d'autre issue. Nous en frayer une à travers l'épaisseur des bois nous eût demandé plusieurs jours de travail, tandis que le danger était pressant, des plus pressants. De plus, nous nous souvenions d'avoir traversé le ruisseau pour venir au camp, et il devait être tellement grossi, qu'il nous serait impossible de le traverser de nouveau.

Nous ne pouvions pas nous dissimuler que la vallée, dans sa partie basse, était maintenant pleine d'eau et qu'il n'y avait pas de retraite possible de ce côté.

Inutile d'essayer de vous décrire notre désespoir à cette découverte. Nous laissâmes tomber les objets dont nous étions chargés et nous regardâmes : l'eau montait toujours.

Les loups hurlaient, chassés de leurs repaires par l'élément envahisseur ; les oiseaux, troublés dans leur sommeil, criaient et s'agitaient parmi les arbres ; nos chiens aboyaient à cet étrange spectacle, et au clair de lune on voyait les daims et autres animaux sauvages se précipiter tout effarés au travers de la clairière. Oh ! Dieu, nous aviez-vous protégés jusque-là pour nous laisser périr, victimes de cette mystérieuse inondation ?...

Que faire ? Grimper au sommet d'un arbre, cela ne nous sauverait pas. Tout à coup une inspiration du ciel illumine mon esprit.

— Un radeau ! un radeau, et nous sommes sauvés !

Tout le monde me comprend. Cudjo saisit la hache, tandis que Marie court au chariot réunir les cordes qui s'y trouvent. D'un coup d'œil, je vois qu'elles sont insuffisantes. Je m'empare de la peau d'élan et me mets à la découper en longues lanières.

Nous avions remarqué près du camp un grand nombre de troncs d'arbres longs et minces, tombés de vétusté sans doute et tout à fait secs. C'étaient des liriodendrons ou tulipiers, dont les Indiens font leurs canots, quand ils en trouvent de taille convenable, parce que ce bois, extrêmement tendre et léger, ne pèse guère plus de vingt-six livres le pied cube.

Tout en travaillant de mon côté, je dirige les efforts de Cudjo. Je le charge de me préparer une certaine quantité de madriers de longueur égale, et bientôt mon habile ouvrier me les montre alignés et prêts à servir. Au moyen de nos cordes et de pièces transversales, nous les attachons solidement. Nous transportons dessus notre grande caisse contenant la viande sèche, nos couvertures et les ustensiles indispensables à conserver.

Près de deux heures se passent à construire et à aménager le radeau. Nous sommes si affairés, que nous regardons à peine du côté de l'inondation. Sitôt nos dispositions terminées, je retourne au bord de l'eau et je m'aperçois que *la crue s'est arrêtée*.

Je crie cette bonne nouvelle à mes compagnons, qui se hâtent de me rejoindre pour s'assurer par eux-mêmes de ce bonheur inespéré. Pendant une demi-heure, nous restons immobiles sur les bords du lac nouveau-né, et nous acquérons la certitude que non seulement l'eau n'augmente plus, mais qu'elle reste parfaitement stationnaire. J'en conclus qu'elle a atteint le sommet de l'obstacle quelconque qu'elle a rencontré et que tout danger est momentanément écarté.

— Qué malheur, massa Rolf, disait Cudjo, que nous avoir fait un si beau radeau pour rien !...

— Ah ! Cudjo, reprit ma femme, il ne faut jamais regretter une mesure de précaution. Le radeau peut être tout à fait inutile ; mais ne nous a-t-il pas déjà payés de nos peines et au delà ? Rappelons-nous à quelles angoisses la seule idée de ce radeau nous a arrachés ! Les mesures de prudence, quelque pénibles qu'elles soient, ne doivent jamais être négligées. Seul l'homme irrésolu ou le paresseux peut les négliger ou les regretter.

Il était alors très tard ou très matin, et Marie alla reprendre avec les enfants sa place habituelle dans le chariot. Cudjo et moi, redoutant quelque nouveau caprice du perfide élément, nous résolûmes de veiller jusqu'au jour, de peur de nous laisser surprendre par une nouvelle crue.

XVII.

LES CASTORS ET LE WOLVERENE.

Quand le jour parut, la mystérieuse inondation avait conservé son niveau. Je dis mystérieuse, parce que nous n'en pouvions imaginer la cause. Aussitôt le soleil levé, je résolus de tâcher d'en déterminer la raison d'être, car cet étrange phénomène ne laissait pas que de me tenir fort inquiet.

Je confiai la garde du camp à Cudjo et aux enfants, et, armé d'une hachette pour me frayer un chemin à travers les bois, je partis, mon fusil sur l'épaule, pour mon exploration.

Mon intention était de gagner le bord de l'eau un peu au-dessous de cet endroit, puis de suivre son cours. Après m'être ouvert un chemin à travers les broussailles, sur un parcours de près de deux kilomètres, j'arrivai tout d'un coup sur les bords du ruisseau, et, jugez de mon étonnement, non seulement il n'était pas enflé, mais, au contraire, son lit contenait beaucoup moins d'eau qu'à l'ordinaire.

Naturellement, je me tournai en amont, pensant que l'obstacle devait se trouver de ce côté, sans toutefois concevoir quel accident naturel aurait pu occasionner le trouble survenu dans son cours.

La chute d'un ou de plusieurs arbres n'aurait pu, me disais-je, produire un semblable effet, et il n'y avait pas à proximité de quartiers de rocs qui se fussent éboulés dans son lit. Je commençais à croire que la main de l'homme n'était pas étrangère à cet accident, et je me pris à chercher des empreintes de son passage. Je n'en vis point; mais en revanche il y en avait des milliers d'animaux divers.

J'avançais avec des précautions inouïes, craignant toujours, bien que je n'en visse pas les traces, de me trouver à l'improviste en présence d'Indiens, c'est-à-dire d'ennemis. Enfin j'atteignis un coude du ruisseau au-dessus duquel je me souvenais que le canal allait en se rétrécissant et coulait entre deux rives d'une élévation considérable. Je me le rappelais d'autant mieux, qu'en pénétrant dans la vallée, nous avions été obligés, par cette circonstance, de traîner le chariot hors du lit de la rivière et de lui frayer à grand'-peine un passage à travers les bois adjacents. Il me semblait certain de trouver là l'obstacle qui avait si mystérieusement intercepté le courant.

En atteignant ce coude, je grimpai sur le bord, et, me glissant tout doucement parmi les broussailles, je regardai à travers les feuilles. Un spectacle des plus singuliers s'offrit à mes regards.

Comme je l'avais pensé, le courant était barré à l'endroit où le canal se rétrécissait ; mais ce n'était point le résultat d'un accident. C'était bien une construction élevée à dessein. Un grand arbre avait été abattu en travers du ruisseau, mais non entièrement séparé de ses racines, auxquelles il adhérait encore par des fibres nombreuses.

De l'autre côté, ses branches supérieures étaient enterrées sous un tas de pierres et de vase, afin de les maintenir en place. De longs pieux étaient posés contre cet arbre et assujettis de la même manière, sous des amoncellements de pierres et de terre glaise. Derrière cette première rangée de pieux étaient empilées des branches habilement cimentées, de telle sorte que l'ensemble de la construction présentait l'aspect d'un mur de deux mètres d'épaisseur, très large à son sommet, et d'un côté descendant en pente vers l'eau, tandis que de l'autre il se dressait presque perpendiculairement. Le sommet était recouvert d'une couche de boue, et on avait, aux deux extrémités, ménagé une sorte d'écluse étroite à travers laquelle l'eau coulait doucement sans courir le risque d'endommager le parapet.

On aurait juré que cet ouvrage si merveilleusement construit sortait des mains de l'homme. Pourtant il n'en était rien. Les constructeurs, je les avais sous les yeux, et ils paraissaient se reposer de leur travail.

J'en voyais au moins une centaine accroupis sur le sol ou tapis le long du parapet de la nouvelle digue. Ils étaient d'une couleur brune ou plutôt marron foncé, et ils ressemblaient à des rats gigantesques, excepté par leur queue, essentiellement différente. Leur dos était voûté, et leur corps avait cette forme épaisse et arrondie particulière à l'espèce des rats. De plus, je distinguais les incisives dont leurs mâchoires étaient ornées, et qui caractérisent la famille des *rodentias* ou rongeurs. Ces dents s'apercevaient d'autant mieux, que plusieurs de ces animaux s'en servaient en ce moment. Du reste, elles forment saillie même lorsque leur bouche est fermée. Ils en avaient deux à chaque mâchoire ; elles étaient larges, fortes et de la forme d'un ciseau. Leurs oreilles étaient courtes et se dissimulaient presque dans leurs poils. Leur fourrure était longue et lisse. Une touffe de poils, comme les moustaches d'un chat, croissait de chaque côté de leur nez. Leurs yeux étaient petits et élevés comme ceux de la loutre. Leurs pattes étaient armées de griffes ; celles de derrière étaient plus longues que celles de devant, et surtout les pieds de derrière, grands et larges, avaient les doigts unis par une membrane.

La partie la plus singulière de ces animaux était sans contredit la queue, tout à fait sans poil, d'une couleur sombre, et qu'on aurait dite recouverte en peau de chagrin. Elle avait environ un pied de long, plusieurs pouces en largeur et en épaisseur ; et sauf qu'elle était plus épaisse et plus arrondie à l'extrémité, elle rappelait assez bien la raquette du jeu de volant. Ces animaux, un peu plus grands que des loutres, étaient moins allongés et beaucoup plus lourds de forme.

Ce que j'avais sous les yeux était le *castor fiber* des naturalistes.

Le mystère s'éclaircissait tout naturellement. Une colonie de castors avait émigré dans la vallée et construit la digue, cause de l'inondation.

Après cette découverte, je demeurai quelque temps à observer les mouvements de ces intéressants animaux. Le parapet me semblait tout à fait terminé. Mais ce n'était pas la raison pour laquelle ils n'y travaillaient plus. Il paraît que c'est pendant la nuit qu'ils exécutent ces sortes de travaux.

Castors.

Du reste, il est rare qu'on les aperçoive autrement que la nuit dans toute contrée où ils ont été poursuivis et traqués ; mais ceux que j'avais sous les yeux ne connaissaient pas l'homme. Ils paraissaient se reposer de leur travail. Il était fort probable qu'ils n'avaient pas construit cette digue en une seule nuit, mais seulement la partie finale qui avait déterminé l'inondation. La clairière au-dessous de laquelle ils avaient barré le ruisseau était presque de niveau avec la digue, un très petit obstacle avait donc suffi pour submerger une grande étendue de terrain.

Quelques-uns de ces industrieux petits travailleurs étaient couchés sur la nouvelle construction, rongeant les feuilles et les tiges qui sortaient de la vase. D'autres se baignaient ou jouaient dans l'eau ; d'autres enfin, accroupis sur des troncs d'arbres le long de la digue, battaient l'eau de temps en temps avec leur lourde queue, comme des lavandières lavant leur linge.

C'était un spectacle vraiment comique. Après m'en être amusé quelque temps, j'étais sur le point de me montrer pour voir l'effet que produirait ma présence, quand tout à coup je m'aperçus qu'un autre objet avait jeté un vif émoi parmi les castors. Un d'eux, qui était placé sur un tronc d'arbre, à quelque distance au-dessus du lac, comme une sentinelle, venait de frapper trois grands coups sur l'eau avec sa queue. C'était sans doute un signal ; car aussitôt, comme s'il était poursuivi, l'animal se jeta dans le lac la tête la première et disparut. Le reste de la bande tressaillit, et, regardant autour d'eux avec terreur, ils coururent tous vers l'eau et s'y plongèrent, chacun donnant son coup de queue avant de disparaître.

Quelle était la cause de cet effroi? En regardant dans la direction où se trouvait placée la sentinelle, j'aperçus un animal étrange. Il avançait lentement et sans bruit, se glissant parmi les arbres, jusqu'à ce qu'il eut atteint le parapet, le long duquel il se traîna pour éviter d'être aperçu.

Je pouvais l'examiner à loisir. Il n'était pas beau et surtout n'avait pas l'air bon. Il rappelait en quelques points les castors, malgré des dissemblances profondes. La couleur n'était plus la même, le nouveau venu ayant le dos et le ventre presque noirs, avec deux raies brun clair qui s'allongeaient sur les flancs et se rejoignaient à la croupe. Le nez et les pieds étaient tout à fait noirs, la poitrine et la gorge blanches et les yeux cerclés de blanc. Les oreilles étaient petites ; on retrouvait la touffe de poils des castors ; mais sa queue était courte et velue. Il appartenait à la famille des plantigrades et avait toutes les allures d'une bête de proie. C'était le wolverene, l'ennemi acharné des castors.

Vers le milieu de la digue il s'arrêta, et, posant ses pieds de devant sur le parapet, il leva la tête lentement et regarda par-dessus dans le lac.

Le wolverene se dressa sur sa branche, tout prêt à bondir sur sa proie.

Le castor est un animal amphibie et passe plus de la moitié de sa vie sous l'eau ; néanmois il ne peut y rester longtemps sans revenir respirer à la surface. Déjà bien des têtes émergeaient de l'eau en différents endroits. Quelques hardis individus s'étaient postés sur de petits îlots, où ils savaient bien que leur ennemi, très imparfait nageur, ne pouvait les atteindre ; toutefois aucun d'eux ne paraissait disposé à se hasarder sur le parapet.

De son côté, le wolverene semblait ne plus craindre d'être aperçu. Il regardait autour de lui, comme s'il eût cherché quelque moyen efficace de s'emparer de sa proie, et qu'à défaut il fût prêt à l'abandonner. Il parut enfin avoir pris ce dernier parti. Il sauta fort ostensiblement sur le parapet et s'en retourna par le chemin qu'il avait suivi pour venir. Une fois à une bonne distance, il s'arrêta un moment, puis, tournant le dos au lac, disparut dans les bois.

J'étais intrigué de savoir si les castors reviendraient au barrage, et je continuai à rester inaperçu. J'attendis tout au plus cinq minutes. Alors, rassurés, les petits travailleurs se remirent à l'eau, se dirigeant de mon côté; mais soudain un bruit sourd se fit entendre, et je ne tardai pas à voir le wolverene qui revenait en toute hâte au parapet. Néanmoins, au lieu de s'y hasarder comme la première fois, je le vis saisir de ses longues griffes le tronc d'un arbre et grimper dessus, en ayant soin de se tenir du côté opposé au lac. Les branches de cet arbre s'étendaient horizontalement au-dessus du barrage. En un instant il eut atteint l'une d'elles, sur laquelle il se tapit en regardant au-dessous.

A peine était-il immobile à son poste d'observation, qu'une demi-douzaine de castors, qui le croyaient loin à cette heure, sautèrent sur le parapet, qu'ils se mirent à frapper comme auparavant de leur lourde queue. Ils étaient maintenant sous la branche; aussitôt le wolverene se dressa, tout prêt à bondir sur sa proie. Mais il avait compté sans son hôte; car je levai le canon de mon fusil et je visai droit au cœur. Au bruit de la détonation, les castors surpris se rejetèrent précipitamment à l'eau, tandis que le wolverene roulait à terre, évidemment blessé. Je m'élançai vers lui pour l'achever d'un coup de crosse; mais grande fut ma surprise : le féroce animal s'en saisit et la mit presque en pièces avec ses dents.

Je dus l'assommer avec de grosses pierres, tout en me garant de ses griffes redoutables, toujours tendues pour m'enserrer. Il fallut un coup de hache pour en finir. Je n'essayai pas d'emporter sa carcasse, dont l'odeur fétide me soulevait le cœur, et je pris au plus court pour regagner le camp.

XVIII.

NOTRE MAISON.

Je ne m'étendrai pas sur la joie de ma femme et de mes enfants, quand je leur fis le récit de ce que j'avais vu. La question de séjour dans la vallée était maintenant résolue affirmativement par le seul fait que notre nouveau lac était dû à une digue de castors.

La présence de cette tribu de petits travailleurs devait être pour nous une source de richesses plus abondante que les mines du Mexique elles-mêmes.

Chaque fourrure de castor représentait au moins 40 fr., et j'en avais compté approximativement une centaine. Mais comme chaque couple produit annuellement quatre ou cinq petits, la race se multiplie assez vite. Nous n'avions qu'à les apprivoiser, à fournir à leur nourriture et à les protéger contre leurs ennemis naturels, pour que leur nombre augmentât rapidement. Il suffirait ensuite de détruire les plus vieux au fur et à mesure que cela deviendrait nécessaire, et de conserver soigneusement leurs peaux.

Au bout de quelques années ainsi employées, nous pourrions rentrer dans le monde civilisé, emportant avec nous une quantité suffisante de ces précieuses fourrures pour nous créer une jolie fortune.

C'était dès lors une perspective délicieuse de rester dans ces lieux enchantés. Si une forte paire de bœufs fût venue d'elle-même s'atteler à mon chariot, cela ne m'eût pas donné la tentation de partir. Les paroles de ma femme étaient prophétiques, et nous allions réellement *faire fortune au désert*.

La première chose à faire était donc de nous installer une habitation ; ce ne pourrait être qu'une maison en bois assurément ; mais aussi que serait sa construction pour notre brave Cudjo, qui en élevait une en huit jours ?... Une bagatelle, rien de plus.

Les matériaux ne manquaient pas. Les tulipiers croissaient en abondance autour de nous, avec leurs grands troncs sveltes, où la première branche ne se montre qu'à plus de seize mètres du sol.

La hache de Cudjo éveilla les échos de la forêt pendant deux jours entiers, ne variant son bruit régulier et monotone que par le craquement des arbres qui tombaient sous ses coups. Mais de notre côté nous ne restions pas inactifs : avec l'aide de Pompo, notre brave cheval, Frank, Henry et moi nous transportions les troncs d'arbre sur l'emplacement choisi.

Le troisième jour, Cudjo entailla ses madriers pour les ajuster les uns sur les autres ; le lendemain nous dressâmes les murs en carré ; le cinquième jour fut employé à placer les poutres et les solives.

Le sixième, Cudjo se mit à travailler sur un grand tronc de chêne qu'il avait abattu et débité en morceaux d'un mètre trente-trois centimètres de long.

Ruches d'abeilles.

Dès le commencement de notre opération le bois avait un peu séché et se fendait sans trop de difficultés. Cudjo en vint à bout assez facilement avec sa hache et ses coins. Au coucher du soleil nous avions une pile de planches d'un volume égal à celui de notre chariot et assez considérable pour former la toiture de notre maison, et moi j'avais pétri l'argile pour garnir les murailles et faire les cheminées.

Le septième jour se trouvait un dimanche. Nous commençâmes la journée par la seule offrande que nous pussions faire au Seigneur, celle de nos humbles et ferventes actions de grâces ; puis nous nous reposâmes, tenant à observer ce jour de repos. Les enfants furent habillés comme pour un jour de fête, et nous les emmenâmes faire une promenade sur les bords du lac.

Les castors avaient été aussi occupés de leurs demeures que nous de la nôtre ; déjà leurs constructions coniques, rappelant la forme des ruches d'abeilles, sortaient de l'eau ; quelques-unes la dépassaient de plus d'un mètre cinquante. Elles étaient faites en pierre, en bois et en mortier mêlé d'herbes. L'entrée s'en trouvait profondément immergée ; pour pénétrer chez lui, l'animal est obligé de faire un plongeon, qui du reste ne lui coûte guère ; de plus, cette entrée n'est jamais percée du côté de la terre, pour que le wolverene, peu ami de l'eau, ne puisse pas pénétrer facilement au sein de la petite colonie.

Toutes ces huttes étaient recouvertes de mortier, qui, grâce au battage de la queue du castor et du piétinement de ses larges pieds, était aussi uni que s'il avait été égalisé avec la truelle. Cela formait une sorte de terrasse sur laquelle le castor vient se chauffer au soleil. Façonnées de même à l'intérieur, ces huttes sont chaudes et commodes pour l'hiver. Elles étaient assez spacieuses et occupées par un couple mâle et femelle. Dans quelques-unes il y avait quatre ou cinq habitants. Ceux qui avaient terminé leurs habitations étaient déjà en train d'amasser leurs provisions d'hiver : feuilles et tiges de saule, de bouleau et de mûrier.

C'est ordinairement au printemps que les castors font leur œuvre de colonisation. Il fallait que les émigrants que nous avions sous les yeux eussent été chassés par des trappeurs ou des Indiens. Nous

supposâmes qu'ils avaient remonté le cours de la rivière qui se
dirigeait vers l'est.

Ils devaient être arrivés dans la vallée quelques jours avant nous.
Il leur avait fallu un certain temps pour abattre les arbres et accumuler les matériaux nécessaires à leur digue, dont les résultats nous
avaient si fort effrayés. Plusieurs de ces arbres avaient plus d'un
pied de diamètre, et la plupart des pierres qu'ils avaient roulées ou
transportées entre leurs pattes de devant et leur poitrine pesaient
plus d'une vingtaine de livres.

Arrivés fort tard dans la saison, ils avaient dû pousser leurs
travaux avec d'autant plus d'ardeur pour être prêts avant l'hiver.
Nous nous proposâmes, Cudjo et moi, de leur faciliter leurs approvisionnements.

XIX

L'INTELLIGENT ÉCUREUIL.

Tandis que nous observions les mouvements de nos castors, causant gaiement des mœurs et des habitudes de ces intéressantes créatures, survint un incident qui nous amusa beaucoup, et nous démontra que les castors ne sont pas les seuls animaux que la nature a doués d'une sagacité extraordinaire.

Sur le sommet d'un bouquet d'arbres situé vers le milieu du lac, nous remarquâmes de petits animaux sautant de branche en branche avec une agilité surprenante. C'étaient des écureuils en proie à une vive surexcitation, comme s'ils se sentaient menacés par quelque chose. Nul ennemi n'était pourtant en vue. Ils passaient d'un arbre à l'autre, courant le long de la tige aussi bas que l'eau le leur permettait. Il y en avait peut-être une douzaine ; mais la rapidité avec laquelle ils se transportaient d'un endroit à l'autre eût fait croire qu'ils étaient dix fois plus nombreux. Les branches et les feuilles étaient constamment agitées comme si une foule d'oiseaux eût voltigé dans ce bouquet d'arbres.

Nous n'avions d'abord attaché aucune importance à leur présence en cet endroit ; mais les arbres étaient dépouillés de leurs feuilles et l'écorce dégarnie de tous les jeunes et tendres rejetons. Il nous parut évident que ces petites bêtes avaient été surprises dans leur retraite par la crue, et, se trouvant prisonnières, cherchaient avec anxiété le moyen de quitter la place avant d'être réduites par la famine.

Nous découvrîmes bientôt la cause de cette agitation. Un petit tronc flottait sur l'eau, dérivant fort lentement, mais néanmoins dans la direction des captifs. C'était lui qui causait tout leur émoi ; ils le guettaient avec l'intention, s'il passait à portée, de s'en servir comme d'un radeau.

Nous nous assîmes pour suivre à notre aise leurs manœuvres. Le tronc avançait tout doucement ; aussi ne fut-il plus question de monter ou de descendre comme auparavant. Les écureuils s'assemblèrent du côté où il arrivait et restèrent en observation sur l'extrémité des branches.

Nous calculions que le bois en dérive ne passerait pas à moins de vingt pas.

— Pauvres petits ! disait ma femme, jamais ils ne sauteront à pareille distance. Quel malheur !

Une seule branche s'étendait dans cette direction et s'en rapprochait un peu. Les écureuils s'y groupèrent l'un derrière l'autre sur une longue file, et celui qui était en tête prenait déjà son élan pour sauter.

— Ils ne sauteront pas, disions-nous, retenant notre haleine avec une anxieuse curiosité.

— Li sauter.... missi ; hop ! l'y v'là.

Cudjo n'avait pas achevé, que le premier écureuil fendait l'air et s'installait triomphalement sur la modeste embarcation ; puis un autre suivit, et un autre, et un autre, comme autant d'oiseaux, jusqu'à ce que le tronc flottant fût couvert de ces petites bêtes et s'éloignât avec son léger chargement.

L'écureuil se balança gentiment sur sa mignonne nacelle.

Nous supposions qu'ils avaient tous réussi à y trouver place. C'était une erreur, car nous en aperçûmes un qui était resté en arrière. Il n'avait sans doute pu arriver à temps sur la branche.

La pauvre bête allait et venait dans un état de folle agitation, causée à la fois par l'impossibilité de s'échapper et la douleur de se trouver dans une solitude et un abandon aussi complets. Pendant quelques minutes, il continua à sauter d'arbre en arbre, montant et descendant de tous les côtés et ne s'arrêtant que pour jeter des regards désespérés à ses compagnons qui s'éloignaient.

A la fin il descendit sur un arbre dont l'écorce extrêmement épaisse se fend en grands morceaux de plusieurs pieds de long. Nous le vîmes disparaître dans une de ces fentes, et bientôt l'écorce se souleva lentement. Le petit être faisait tout ce qu'il pouvait pour en activer le détachement. Il rentrait, ressortait, rongeait d'un côté, puis de l'autre, et n'épargnait pas ses griffes.

Le morceau finit par se détacher du tronc ; il n'était plus retenu que par quelques fibres qui ne résistèrent pas longtemps aux dents du petit rongeur.

Le fragment d'écorce tomba à l'eau ; à peine en touchait-il la surface, que l'écureuil sautait dessus avec dextérité. Le courant ne se faisait guère sentir en cet endroit, et il nous paraissait douteux que le radeau improvisé pût l'emporter loin des arbres ; nous étions encore dans les transes pour l'intéressant petit prisonnier ; mais lui ne se troublait pas pour si peu. Il se balança gentiment sur sa mignonne nacelle, comme pour y asseoir son équilibre, puis dressa sa large queue en l'air en guise de voile ; un moment après, la brise, soufflant dessus, poussa lentement mais sûrement le joli marinier. Il eut bientôt quitté l'ombre des arbres, et le vent l'emporta vers le courant, qui l'entraîna dans la même direction que ses camarades.

Ces derniers approchaient du parapet de l'écluse, et Henry témoignait le plus vif désir de les arrêter au passage ; mais sa mère s'opposa formellement à ce dessein, en lui faisant remarquer avec justesse que ces gentilles créatures méritaient de conserver leur indépendance, après nous avoir si bien récréés par le spectacle de leur ingéniosité.

XX.

UNE MAISON BATIE SANS CLOUS.

Le lendemain, Cudjo et moi, nous reprîmes nos travaux. Nous consacrâmes ce jour-là à la toiture. La première rangée de planches dépassa de beaucoup nos murs, afin de rejeter l'eau aussi loin que possible. Ces planches furent assujetties à leur extrémité inférieure par une longue perche qui traversa le toit horizontalement dans toute sa longueur, et que nous fixâmes par des courroies de peau d'élan humectées, sachant que ces courroies se resserreraient en séchant et presseraient la perche plus solidement sur notre première rangée de planches.

Une seconde fut ensuite disposée de manière à recouvrir en partie la première; nous l'assujettîmes de la même façon, puis nous plaçâmes une troisième rangée, et ainsi de suite jusqu'au faîte.

L'autre côté fut arrangé pareillement, et le faîte lui-même se trouva préservé de l'eau par l'ajustement des planches qui débordaient d'un côté, de manière à couvrir les extrémités de l'autre. En outre, cette disposition avait l'avantage d'ajouter au pittoresque de notre toiture.

Notre demeure était construite et couverte avant même que nous eussions pénétré à l'intérieur; mais les espaces compris entre les troncs d'arbres n'étaient pas encore remplis, ce qui lui donnait plutôt l'aspect d'une immense cage que celui d'une maison.

Le jour suivant fut consacré à ménager les ouvertures, peu nombreuses du reste, qui devaient servir à ventiler notre habitation. Nous n'y voulions qu'une porte et une fenêtre.

Nous disposâmes d'abord les poteaux qui devaient soutenir la porte de chaque côté, et nous enlevâmes à la scie les troncs qui se trouvaient entre eux, puis nous ajustâmes les montants de la porte et nous fîmes de même pour la fenêtre.

Nous choisîmes ensuite un beau tulipier, dans lequel nous découpâmes le nombre de planches nécessaire pour faire une porte et une fenêtre ou plutôt un volet de fenêtre.

Quand elles furent à la grandeur voulue, nous les assujettîmes entre elles au moyen de chevilles taillées dans le bois si dur de l'acacia épineux. Nous attachâmes la porte et le volet avec des courroies de peau d'élan. Avant la nuit nous y transportâmes notre literie et nos ustensiles de ménage, et nous reposâmes de nouveau sous un toit.

Ce n'est pas que notre demeure fût terminée, loin de là. Le jour suivant, je m'occupai d'une cheminée et de son foyer. Comme nous avions fait pour la porte, nous ménageâmes un espace vide de la hauteur habituelle d'un manteau de cheminée. Par derrière, et tout à fait au dehors de la maison, nous construisîmes un foyer de pierres et de mortier ; et pour faire à la fumée un canal convenable, nous plaçâmes les uns en travers des autres des morceaux de bois entaillés comme ceux de la maison, seulement beaucoup plus courts. Plus notre cheminée montait, plus nos morceaux de bois se raccourcissaient. L'opération terminée, et les vides remplis avec du mortier, notre cheminée en pointe figurait assez bien le tuyau d'une petite fabrique. Cela nous prit toute la journée ; mais comme compensation, le soir, bien qu'il ne fît pas froid, nous y allumâmes, pour l'essayer, un feu splendide, et nous eûmes la satisfaction de voir qu'elle tirait à merveille.

Le lendemain, nous bouchâmes hermétiquement tous les vides, sans laisser un trou capable de livrer passage à une souris.

Le plancher, exigeant une quantité de planches considérable, dont le débit demanderait beaucoup de temps, fut remis à plus tard. Nous couvrîmes le sol, qui était parfaitement sec, de feuilles de latanier ; ce qui le rendit provisoirement assez confortable. Nous prîmes alors formellement possession de notre nouvelle demeure, qui du haut en bas n'avait pas exigé l'emploi d'un seul clou.

Notre premier soin fut ensuite de fournir un abri à notre cheval, ce qui était plutôt pour le préserver du triste sort de notre bœuf que pour toute autre raison. Ce fut l'affaire de deux journées ; et depuis ce temps, Pompo rentra tous les soirs dans son écurie.

Il fallut alors songer au mobilier. Nous entreprîmes une table et six chaises, plus solides qu'élégantes. Je n'avais pas de clous, je vous l'ai dit; mais je possédais quelques outils achetés à l'intention de notre belle ferme du Caire. Grâce à eux et à l'habileté de Cudjo dans tous les travaux manuels, nous pûmes faire à notre aise des mortaises et des queues d'aronde. Les cornes et les sabots de l'élan et du bœuf me fournirent une excellente colle forte. Nous soupirions après un rabot pour égaliser notre table; mais nous y suppléâmes au moyen de pierre ponce, dont la découverte me fit présumer que notre pic neigeux avait dû être autrefois un volcan.

Nous n'avions garde d'oublier nos castors. Ils étaient presque apprivoisés et ne craignaient pas de venir chercher leurs provisions de notre côté. Leur confiance nous détermina à leur procurer un régal qu'ils ne s'attendaient certes pas à recevoir de nos mains.

J'avais remarqué de beaux arbres sur le bord de la clairière, non loin de notre habitation. Les fleurs, blanches comme la neige, avaient la forme d'une rose, et leur parfum était si agréable, que ma femme en cueillait tous les jours un bouquet, dont elle décorait notre salle commune.

Marie, qui est une parfaite botaniste, nous renseigna sur cet arbre aux suaves senteurs. C'était, nous dit-elle, une sorte de magnolia, non pas celui qui est renommé pour ses grandes fleurs, mais le magnolia *glauca*, appelé aussi *sassafras* des marais, et par les trappeurs arbre des castors. Ces animaux sont si friands des racines de cette plante, qu'elles servent d'amorce pour les prendre au piège.

Que nos petits travailleurs eussent ou non constaté la présence de leur arbre favori dans la vallée, nous n'en prîmes pas moins la résolution de leur épargner la peine de déraciner ceux qui étaient à notre portée. En quelques heures nous eûmes arraché plusieurs souches garnies de fortes racines. Nous les jetâmes à l'eau à l'endroit fréquenté par les castors. Les racines parfumées furent bientôt découvertes ; nous vîmes arriver la colonie tout entière , et pas un de ses membres ne s'éloigna sans emporter tout ou partie d'une racine pour les besoins de son petit ménage.

XXI.

UNE BATTUE DE QUEUES NOIRES.

Nous ne pouvions rien faire de plus pour eux. Et bien que leur queue soit un manger d'une délicatesse inouïe, nous n'aurions jamais songé à nous priver d'un seul d'entre eux pour nous fournir un bon repas. Nous espérions d'ailleurs ne pas manquer de gibier, puisque nous trouvions partout des traces de daims et d'autres animaux.

Avant que nous eussions fini de meubler notre demeure, la viande d'élan touchait à sa fin, et nous résolûmes de faire une grande excursion de chasse, qui devait être à la fois une expédition de découverte, car nous ne connaissions bien de notre vallée que les environs immédiats de notre campement.

C'était Henri, Frank et moi qui devions y prendre part. Cudjo et sa grande lance étaient commis à la garde de la partie féminine de notre petite troupe.

Tout étant prêt, nous partîmes, la carabine sur l'épaule, dans la direction du haut de la vallée. En passant sous les grands arbres où serpentait notre route, nous vîmes de tous côtés des quantités prodigieuses d'écureuils, les uns assis sur leur derrière, comme de petits singes, les autres cassant ou grignotant des noix, d'autres encore aboyant comme des chiens minuscules; ceux-ci sautillant dans les branches, ceux-là s'enfuyant, à notre approche, avec une agilité qui tenait plus du vol de l'oiseau que de la course d'un quadrupède. Quand ils atteignaient l'arbre qu'ils avaient choisi comme refuge, ils prenaient généralement le côté opposé à nous pour se mettre en sûreté, à moins que la curiosité ne l'emportât sur la crainte, auquel cas ils s'arrêtaient pour jeter un coup d'œil vers nous, dès qu'ils avaient atteint la première ou la seconde branche, tout en exhibant à son plus grand avantage leur queue légère et touffue.

L'occasion était belle de tirer sur eux, et ce n'était pas l'envie qui en manquait à Henry, moins prévoyant que son frère. Je dus intervenir pour défendre expressément qu'on dépensât une seule charge de poudre pour un animal plus petit que le daim ou l'élan.

Quand nous eûmes remonté le courant l'espace d'une demi-lieue environ, nous remarquâmes que les arbres s'éclaircissaient et offraient çà et là de petites clairières tapissées de mousse et de fleurs, qu'on appelle des *coulées;* c'était là la vraie place pour rencontrer le daim, qui s'y trouve moins exposé que dans les fourrés aux attaques du couguard et du carcajou.

Nous n'allâmes pas loin dans ces coulées avant d'apercevoir des traces fraîches. Elles ressemblaient plutôt à celles d'une chèvre qu'à celles d'un daim ; seulement elles étaient presque aussi grandes que celles de l'élan.

Nous avancions avec précaution, nous dérobant, autant que possible, derrière les broussailles. Tout à coup nous aperçûmes devant nous une clairière beaucoup plus vaste que toutes celles que nous venions de traverser. Nous approchâmes sans bruit, et, à notre grande satisfaction, elle renfermait un troupeau tranquillement occupé à paître.

— Papa, ce n'est pas ce que nous pensions, s'écria Frank avec une indignation contenue. A-t-on jamais entendu parler de daims avec des oreilles de mulet?...

— Ou peut-être avec des queues noires? ajouta dédaigneusement Henry.

Moi-même je ne savais que répondre. Les animaux que nous avions sous les yeux appartenaient certainement à la famille des daims, comme l'attestaient leurs longues jambes minces et leurs grands andouillers branchus. Mais ils différaient de l'espèce commune et de l'élan. Ce qui les faisait paraître extraordinaires, c'était la singularité de leurs oreilles et de leur queue. Les premières atteignaient plus de la moitié de la hauteur de leurs andouillers, et leur queue, blanche en dessous, était courte, touffue, et d'un noir de jais en dessus.

Je me rappelai avoir lu quelque chose concernant ces animaux, peu connus du reste. Ce ne pouvait être que le *cervus marcotis* du naturaliste Say, ou daim à queue noire des montagnes Rocheuses, pour les chasseurs et les trappeurs de ces régions.

Nous étions trop désireux de les tirer pour les examiner très longuement. Mais comment les approcher suffisamment pour ne pas les manquer? Le troupeau, composé de sept têtes, était au milieu de la clairière, à plus de trois cents pas de nous, et tout à fait hors d'atteinte de mon fusil, cependant à longue portée.

De l'autre côté de la clairière s'ouvrait un passage conduisant sans doute à une autre coulée, et je craignais, en effrayant les daims, qu'ils ne prissent la fuite dans cette direction. Je me glissai donc vers ce passage pour leur en couper la retraite. Frank demeura où nous les avions aperçus, tandis que Henry se posta derrière un arbre, à mi-chemin entre son frère et moi. Les daims se trouvaient ainsi enfermés dans un triangle, et nous étions sûrs d'en avoir quelqu'un à portée de nos coups, avant qu'ils eussent réussi à s'échapper.

J'étais à peine à mon poste, quand je vis que, tout en broutant, le troupeau se rapprochait de Frank. Un nuage de fumée me déroba le feuillage. La détonation retentit, suivie du jappement des chiens. Un des daims faisait un grand bond et retombait mort sur la place. La confusion s'était mise dans le troupeau; tous tournaient en courant, sans savoir de quel côté se diriger. Enfin, après beaucoup d'hésitation, ils se précipitèrent du côté de l'avenue où je les attendais; mais ce mouvement les rejetait vers Henry, et je ne tardai pas à entendre le bruit sec de la détente. Un autre des queues noires gisait immobile sur le sol.

C'était maintenant à mon tour, et je tenais à ne pas faire moins bien que mes deux fils. Je tirai et je crus fort avoir manqué celui que j'avais visé. Je n'en étais pas plus fier : c'était vexant. Bientôt, néanmoins, Castor et Pollux, engagés sur les traces des daims dans la longue avenue, se ruèrent sur un retardataire et l'abattirent. Je courus à l'aide des braves bêtes, et, saisissant par un de ses andouillers l'animal blessé, d'un coup de couteau je mis un terme à ses souffrances. Je l'avais atteint au flanc ; ce qui avait permis à mes chiens de le rejoindre, tandis que ses camarades avaient une avance de plusieurs centaines de mètres.

Un nuage de fumée me déroba le feuillage.

Nous étions maintenant réunis, exaltant notre bonne fortune, qui nous avait procuré une véritable battue. Nous étions enchantés que nos trois coups eussent porté. La chasse n'étant pas pour nous un passe-temps cruel, mais une nécessité de premier ordre, cette quantité de belle et bonne viande avait pour nous le plus vif intérêt. Chacun félicitait les autres de leur prouesse et se taisait sur la sienne, quoiqu'il fût évident que nous étions tous les trois fort satisfaits de notre adresse. Pour rendre justice à qui de droit, le

coup de Henry fut réputé supérieur aux deux autres; car il avait
tiré l'animal à la course, ce qui n'est pas facile avec ces queues
noires, qui bondissent en levant leurs quatre pieds à la fois comme
font les moutons.

Après avoir soigneusement essuyé et rechargé nos armes, nous
les déposâmes contre un arbre et nous nous mîmes en devoir
d'écorcher notre gibier.

Pendant cette opération, Henry se plaignit de la soif. Du reste,
nous étions tous fort altérés par la chaleur, la longueur de notre
course et la peine que nous prenions. Nous ne pensions pas être loin
du ruisseau. Je laissai donc l'enfant emporter notre gobelet d'étain
et se mettre en quête d'un peu d'eau.

A peine nous avait-il quittés, que nous l'entendîmes nous appeler;
craignant qu'il ne fût menacé de quelque danger, je sautai sur ma
carabine et m'élançai dans le bois à sa rencontre, suivi de Frank,
également inquiet.

En arrivant, nous l'aperçûmes tranquillement assis au bord d'un
ruisseau, sa tasse pleine d'eau à la main.

— Pourquoi nous fais-tu venir? lui demanda son frère.

— Goûte-moi ça. Est-ce assez détestable?

— Oh! père, c'est de la saumure; on ne peut pas la boire, dit
Frank en me passant la coupe.

— L'eau de mer n'est pas plus mauvaise, ajouta Henry en faisant
une horrible grimace.

Quelle ne fut pas ma joie de goûter à mon tour un liquide qui
n'était autre que du sel en dissolution! Les enfants ne partageaient
nullement mes transports. Ils eussent préféré un verre d'eau fraîche

à cet utile ruisseau. Je dus leur expliquer l'importance de cette découverte. Depuis notre arrivée dans la vallée, nous avions déjà beaucoup souffert de la privation de cet ingrédient si indispensable à la santé. Ceux qui n'ont jamais manqué de sel ne peuvent se faire une idée de ce qu'a de terrible l'obligation de se passer de ce condiment, si apprécié dès qu'on en est sevré.

La viande de notre élan, sur laquelle nous vivions depuis si longtemps déjà, était tout à fait insipide, faute de sel. Il nous était impossible de faire une soupe potable. Maintenant nous aurions du sel à discrétion, rien qu'en faisant bouillir cette eau dans notre chaudière jusqu'à complète évaporation.

L'idée de la joie que cette nouvelle causerait à leur mère les réconcilia entièrement avec la nécessité de se passer de boire.

Comme récompense de leur vertu, les braves enfants rencontrèrent bientôt une autre source où nous étanchâmes longuement notre soif; puis nous revînmes à notre besogne, que nous menâmes avec toute la diligence possible, pressés que nous étions d'apporter un moment de plaisir à ma chère compagne.

Nos trois daims ne tardèrent pas à être écorchés, dépecés et suspendus aux arbres, afin de les mettre hors de la portée des loups. Puis nous regagnâmes l'habitation au pas accéléré.

XXII.

LE PUTOIS.

La satisfaction de la mère de famille au récit de notre trouvaille ne désappointa pas notre attente. Un des premiers besoins de la ménagère est certainement une bonne provision de sel, et nous lui promîmes de la lui fournir dès le lendemain. Nous résolûmes de porter la chaudière au bord du ruisseau, et de fabriquer le sel sur place ; ce qui nous paraissait plus logique que de transporter la quantité d'eau voulue chez nous. Mais comme il n'était pas encore tard, nous emmenâmes Pompo pour rapporter à l'habitation nos queues noires.

Cela nécessita plusieurs voyages, car nous n'avions pas de charrette pour porter nos trois bêtes, qui avaient chacune la taille d'une belle génisse. Nous parvînmes néanmoins à tout rentrer avant le coucher du soleil, à l'exception des peaux, que nous laissâmes pendues aux arbres.

Pendant que mes deux fils et moi nous étions occupés à ce travail, Cudjo ne demeurait pas inactif.

Nous voulions, non plus fumer notre viande, mais la saler ; et pour cela, il nous fallait des vaisseaux convenables.

Henry avait bien proposé de la mettre dans la saline elle-même, en la maintenant sous de larges pierres, mais son frère se moqua de lui, et la difficulté resta la même.

Dès que notre brave nègre s'aperçut de ce qui nous préoccupait, il déclara en riant que s'il n'avait jamais d'autre souci, sa vie serait trop heureuse, et il promit à sa maîtresse un baquet de taille respectable. Aussitôt, se mettant à l'œuvre, il choisit un énorme tronc de tulipier et entreprit avec ardeur de le creuser. Comme nous amenions la dernière charge à la maison, il achevait son travail et nous présenta un récipient capable de contenir nos trois queues noires à la fois dans la saumure que nous devions nous procurer le lendemain.

L'idée ne fut pas perdue. Nous nous rappelâmes tous les ustensiles que nous avions vu employer chez les nègres, et nous résolûmes d'achever de nous monter en vaisselle par ce procédé peu coûteux.

Le lendemain, après déjeuner, nous nous rendîmes au ruisseau ; nous y allâmes tous ensemble : Marie à cheval, et les deux fillettes dans mes bras et dans ceux de Cudjo. Frank et Henry tenaient d'une main leur carabine et de l'autre un bout de la perche qui supportait la chaudière. Les chiens nous suivaient allègrement et notre habitation fut laissée à la garde de Dieu.

Marie était enchantée du tableau qui se déroulait sous nos yeux, surtout quand nous fûmes hors des bois épais, dans les coulées que j'ai déjà mentionnées. De temps à autre, elle s'arrêtait pour mieux observer les différentes espèces d'arbres que nous rencontrions. Dans une de ces occasions, elle poussa un petit cri joyeux, comme si elle eût fait une découverte qui lui fût particulièrement agréable.

Aussitôt nous nous groupâmes autour d'elle pour apprendre la cause du plaisir qui éclatait sur sa physionomie. Mais elle ne voulut pas satisfaire notre curiosité. Elle affirmait seulement que sa découverte à elle n'avait pas une importance moindre que la nôtre de la veille. Cela ne faisait qu'exciter notre envie de savoir de quoi il s'agissait.

— A quoi bon? nous dit-elle; dans ce moment nous sommes tous réunis, heureux et contents; ne vaut-il pas mieux que je garde mon secret jusqu'au moment où nous serons rentrés à l'habitation? Vous serez fatigués ce soir, peut-être moins portés à voir les choses en beau, et ma surprise agréable aura d'autant plus d'influence pour vous remonter le moral.

Elle n'en voulut pas démordre; et tout en insistant, je ne pouvais m'empêcher d'admirer le bon sens et la patience de ma femme, qui nous réservait ses bonnes nouvelles pour le moment où nous serions le plus aptes à en ressentir les heureux effets.

Nous traversions une petite clairière, causant et riant de tout notre cœur, lorsqu'un animal sauta hors des buissons et se mit à trotter à nos côtés. C'était une charmante petite bête, à peu près de la grosseur d'un chat, avec une fourrure sombre et lustrée, tachetée sur la tête et le cou, mais rayée de blanc sur le dos. Elle n'alla pas loin sans s'arrêter, et, remuant sa longue queue fourrée, elle nous regarda de l'air innocent et folâtre d'un jeune chat.

J'avais reconnu à quoi nous avions affaire, mais non mon impétueux Henry, qui, s'imaginant trouver en lui le petit favori qui manquait à son bonheur, laissa tomber sa perche et la chaudière et courut après l'animal.

J'eus beau lui crier de s'arrêter, il ne m'écouta point, soit que les aboiements des chiens l'empêchassent réellement d'entendre, soit qu'il eût trop envie de faire cette capture pour s'en désister, comme je le lui ordonnais. Mais la chasse ne fut pas longue. La petite bête, sans avoir l'air de se soucier beaucoup des ennemis attachés à ses pas, s'arrêta tranquillement sur le bord de la clairière comme pour les attendre.

Henry, tout en courant, cherchait à faire reculer les chiens. Il était si désireux de s'emparer vivant de ce joli animal, qu'il redoutait l'intervention de nos mâtins ; mais c'était peine perdue, ils n'étaient plus qu'à deux pas de leur proie, la gueule enflammée, l'air terrible, quand la bête se leva sur ses pattes de derrière, agita sa longue queue par-dessus son dos, et secoua tout son train de derrière comme pour insulter à ses persécuteurs.

L'effet de ce singulier mouvement ne se fit pas attendre : les chiens tournèrent sur eux-mêmes, et leurs aboiements victorieux se changèrent en un hurlement de terreur. Ils se mirent à courir en se frottant le nez sur l'herbe avec fureur et en cabriolant, comme s'ils eussent été en proie aux convulsions.

Henry, fort étonné de leur conduite, s'arrêta à son tour ; mais l'instant d'après nous le vîmes porter les mains à sa figure en jetant un cri d'angoisse et revenir à nous plus vite qu'il ne s'en était allé.

Le putois (car c'était un putois, le *mephitis chinga*, ou moufette d'Amérique), après avoir lancé sa fétide liqueur, resta un moment immobile à contempler l'effet de sa malice ; il semblait positivement rire de la mine piteuse de Henry, et le narguer ; puis, agitant de nouveau sa queue avec une grâce follichonne, il sauta au milieu des ronces, où il se perdit.

Quant à nous, nous eussions bien ri de la mésaventure, si nous n'avions été pressés de nous éloigner de la coulée remplie d'une odeur suffocante. Je dis à l'enfant de reprendre au plus tôt sa part du fardeau, et nous quittâmes ces lieux avec empressement.

Henry, tout en courant, cherchait à faire reculer les chiens.

Malheureusement les chiens apportaient avec eux les horribles effluves, et nous fûmes obligés pendant longtemps de les tenir à distance respectueuse, et pour cela de leur lancer des pierres. Henry s'en était tiré à meilleur compte que je ne l'espérais, le putois ayant tout dirigé contre les chiens. Il n'en avait eu pour sa part que juste assez pour le punir de sa désobéissance.

En continuant notre route, je saisis cette occasion pour instruire mes enfants des habitudes de ce singulier petit être.

— Il est, leur dis-je, à peu près de la grosseur d'un chat, bien que son corps soit plus large et plus charnu, ses membres plus courts et son museau plus allongé et plus fin. Il est à la fois tacheté et rayé; comme les chats, pas un de ces animaux n'est exactement semblable aux autres sous le rapport de la fourrure. Quant à son moyen de défense, vous avez pu juger par vous-mêmes de son originalité et de son efficacité.

C'est un animal carnivore, qui détruit et mange une foule de créatures vivantes. Aussi est-il muni de fortes griffes et de trois espèces de dents, dont l'une — les canines — est le signe caractéristique des carnassiers. C'est toujours à la forme des dents qu'on s'en rapporte pour savoir si l'on est en présence de ces derniers ou de tout autre animal. Les chevaux, les moutons, les lapins, les daims, n'ont point de canines.

Le putois en possède quatre, deux à la mâchoire supérieure et deux à l'inférieure. Elles sont très aiguës et lui servent à dévorer sa proie, quelle qu'elle soit : volailles, lapins, oiseaux, souris, grenouilles ou lézards. Par exemple, il est très friand d'œufs et en dérobe dans les cours de ferme et dans les nids où il peut s'introduire.

Mais, par justes représailles, il ne manque pas d'ennemis à son tour : le fermier d'abord, puis le loup, le grand duc et le wolverene.

Il n'est point léger à la course, et ce n'est pas dans son agilité que réside son salut. Il ne le cherche que dans cette liqueur fétide, que par un jeu des muscles il peut lancer sur quiconque le poursuit. Elle

est renfermée dans deux petits sacs placés sous sa queue, à l'extrémité de deux conduits presque aussi gros que le tube d'une plume
d'oie. L'exhalaison elle-même est causée par un fluide clair, qu'on
ne peut voir de jour, mais qui de nuit paraît comme un double
courant de lumière phosphorescente. Le jet de ce fluide, qui peut
atteindre à cinq mètres, manque rarement de mettre en fuite l'enne-

Grand duc.

mi. Quelquefois il occasionne des maladies, des vomissements, et
l'on cite des Indiens qui ont perdu la vue à la suite de l'inflammation
qu'il avait déterminée. Les chiens éprouvent souvent de l'enflure et
de violents malaises pendant des semaines entières, après s'être
trouvés exposés à cette singulière décharge.

Le pire de tout est l'impossibilité presque absolue de se débarrasser
de cette horrible odeur, une fois que les vêtements en sont impré-

gnés. Elle persiste plusieurs mois de suite après la mort de l'animal, alors même qu'une neige épaisse a recouvert le sol ; mais si on le tue d'un seul coup, avant qu'il ait eu l'occasion de « faire feu » lui-même, on ne remarque rien de semblable.

Le putois est un animal terrier. Dans les pays froids, il se retire dans son trou et y demeure endormi, ou dans une sorte de torpeur, tant que dure l'hiver. Dans les pays chauds, au contraire, il rôde toute l'année, faisant du jour la nuit, comme toutes les bêtes de proie. Son terrier a plusieurs mètres de profondeur ; il y vit générale-ment en compagnie d'une douzaine de ses camarades. La femelle a son nid à part. Elle y élève des portées de cinq à neuf petits.

Les trappeurs et les Peaux-Rouges s'accordent à affirmer que la chair de cet animal est à la fois agréable et savoureuse et qu'elle vaut le meilleur rôti de cochon.

XXIII.

LA SOURCE SALÉE.

Tout en devisant de la sorte, nous avions atteint les bords de la crique salée. Comme nous étions tout près de la montagne et par conséquent dans le voisinage de la source, nous résolûmes de remonter jusqu'à elle. Ce fut l'affaire de quelques centaines de pas, et nous fûmes bien payés de nos peines.

Au pied de la muraille de granit, nous trouvâmes une grande quantité d'objets arrondis formant des demi-globes ou des bols renversés. Ils étaient blanchâtres et ressemblaient à du quartz blanc. Il y en avait de toutes les dimensions, depuis celle d'un four à boulanger jusqu'à celle d'un plat de bois. Au sommet de chacun se trouvait une cavité, ronde également, et pareille au cratère d'un petit volcan, dans laquelle une eau bleuâtre bouillonnait comme si un feu ardent eût été allumé dessous. Il en existait une vingtaine en activité;

mais il y en avait un bien plus grand nombre qui n'avaient plus leur cavité ; c'étaient les anciens qui avaient tari à la longue.

Il était évident que ces monticules arrondis s'étaient formés lentement sous l'action de l'eau elle-même. Aux alentours croissaient des plantes et des arbrisseaux couverts de fleurs. Sur les premières pentes de la montagne serpentaient des lianes grimpantes aux bouquets écarlates, et des buissons de groseillers sauvages embaumaient l'air de leur parfum ; c'était vraiment un coin de terre ravissant.

Notre curiosité satisfaite, nous nous occupâmes de la fabrication de notre sel. A cet effet, Frank et Henry réunirent des quantités de bois mort, tandis que Cudjo établissait une crémaillère de sa façon. Il y suspendit notre chaudron rempli de l'eau cristalline et alluma dessous un feu vif et pétillant.

Il ne nous restait plus qu'à attendre patiemment l'évaporation ; pour cela nous choisîmes un site enchanteur dont le sol était couvert d'un épais tapis de mousse sur lequel nous nous assîmes.

Ai-je besoin de dire l'importance que nous attachions au résultat de notre entreprise ? Si, après tout, ce n'était pas du sel.... Sans doute, l'eau avait bien certainement un goût salé très prononcé, mais cela pouvait provenir de ce qu'elle était imprégnée de sulfate de magnésie ou de sulfate de soude ; et peut-être qu'après l'évaporation nous allions nous trouver en présence de l'une ou l'autre de ces substances. Comme j'en causais avec Marie, Frank me demanda tout à coup :

— Qu'est-ce que le sulfate de magnésie, papa ?

— Peut-être le connaîtrais-tu mieux sous le nom de sel d'Epsom, lui dit sa mère en souriant.

— Alors je peux dire en vérité combien je souhaite que cela n'en soit pas, répondit-il avec une grimace de dégoût. Mais qu'est-ce que c'est que le sulfate de soude ? Rien de semblable, j'espère ?

— C'est le nom scientifique du sel de Glauber.

— Encore pis ! Je ne pense pas que nous ayons besoin ni de l'un ni de l'autre, hein ! qu'en dis-tu, frère ?

— Je pense absolument comme toi, répondit Henry, tout secoué par la seule pensée de ces spécifiques bien connus. Je préférerais cent fois que cela se trouvât être du salpêtre et du soufre. Au moins nous pourrions en faire de la poudre.

Une des craintes de Henry, mon habile tireur, était de voir arriver le terme de nos provisions de chasse et d'être obligé de renoncer à un exercice favori.

C'est en devisant ainsi de choses et d'autres que nous cherchions à passer le temps et à donner le change à notre très réelle inquiétude.

Pour ma part cependant, j'avais bon espoir. J'avais maintes fois remarqué que le Créateur a disposé toutes choses de telle manière, que le sel, si essentiel à la vie animale, se rencontre dans toutes les parties du globe sous des formes diverses, soit comme roches, comme sources, comme lacs, comme incrustations, ou comme il se présente à nous dans l'Océan. Il n'existe pas d'étendue vraiment importante qui en soit totalement dépourvue. Dans les territoires intérieurs du continent américain, où la mer est trop éloignée pour être fréquentée par les animaux, la nature a placé d'innombrables sources salées qui, de temps immémorial, sont le rendez-vous de tous les animaux sauvages de la région.

Par conséquent, notre vallée, habitée par une si nombreuse colonie animale, ne me paraissait pas appelée à faire exception à cette prévoyante mesure de la Providence. Je profitai de nos dispositions présentes pour faire part à mes fils de ma théorie à cet égard, désirant leur montrer en cela, comme en toutes choses la main du divin organisateur de tout ce qui intéresse la créature vivante.

— Papa, me demanda Frank, qui avait hérité du goût inné de sa mère pour l'histoire naturelle, comment se fait-il que ce petit ruisseau roule de l'eau salée ?

— Probablement, répondis-je, parce que cette eau a passé sur une couche de roches de sel et s'en est imprégnée.

— Des roches de sel, papa ! Est-ce que le sel dont nous nous servons ordinairement provient de ces sortes de roches ?

— Non pas tout, mais une partie. Il y a des couches de sel en roches ou sel gemme dans un grand nombre de pays. On en trouve en Angleterre, aux Indes, en Russie, en Hongrie, en Espagne. On en a même découvert des quantités considérables dans ce désert. Quand ces couches sont exploitées, elles prennent le nom de mines de sel. Les plus célèbres sont près de Cracovie en Pologne. Elles fournissent du sel depuis des centaines d'années, et des siècles s'écouleront avant qu'elles soient épuisées. On les dit magnifiques. On y a sculpté des maisons, des chapelles, des colonnes, des obélisques et mille autres motifs décoratifs. Si bien qu'à la lueur des multitudes de lampes et de torches qui les illuminent, elles paraissent aussi éblouissantes et non moins féeriques que les palais d'Aladin.

— Oh ! combien j'aimerais voir toutes ces merveilles ! s'écria Henry avec transport.

— Mais, papa, demanda Frank, qui cherchait toujours à mieux

Mine de sel gemme.

élucider de pareils sujets, je n'ai jamais vu de fragments de ces
roches de sel. Comment se fait-il qu'au lieu d'être comme une pierre,

il nous parvienne toujours écrasé ou en grandes briques, comme s'il avait été cuit? Est-ce dans les mines qu'on le prépare ainsi?

— Dans quelques-unes, il n'y a qu'à écraser la roche pour l'obtenir; mais dans beaucoup d'autres, le sel ne se trouve pas à l'état pur. Il est mélangé de substances étrangères, d'oxyde de fer, par exemple, ou d'argile. Dans ce cas, on est obligé de le faire dissoudre dans l'eau pour en extraire les impuretés, puis de faire évaporer cette eau de la même manière que nous nous y prenons en ce moment.

— De quelle couleur est le sel gemme, papa?

— Pur, il est blanc; mais il affecte des couleurs différentes, suivant les substances qui s'y trouvent mêlées. Quelquefois il est jaune ou couleur de chair, ou encore bleu.

— Que ce doit être joli! s'écria Henry; absolument comme des pierres précieuses.

— N'en est-ce pas par le fait, lui répondit son frère, plus précieuses même que le diamant, à mon avis. Qu'en dis-tu, papa?

— Tu as parfaitement raison, mon fils. Le sel de roche est plus utile à l'espèce humaine que le diamant, bien qu'en dehors de sa valeur ornementale et futile, ce dernier ait une valeur intrinsèque qu'on ne saurait lui contester. Il est d'un usage important dans les arts et les manufactures.

— Mais, papa, reprit encore Frank, peu disposé à abandonner un sujet qui l'intéressait, j'ai entendu dire que le sel était tiré de l'eau de mer. Est-ce exact?

— Parfaitement exact, mon enfant, mais seulement dans un rayon peu éloigné des rives de l'Océan. Il existe dans ce cas trois manières de se le procurer. D'abord, dans les pays chauds, où le

Marais salants de la Méditerranée.

soleil a beaucoup de force, l'eau de mer est recueillie dans des étangs peu profonds, où on la laisse s'évaporer aux rayons du soleil. Des écluses sont adaptées à ces étangs pour les débarrasser de l'eau qui ne s'évapore pas. C'est ainsi qu'on le recueille sur tout le littoral de la Méditerranée, aussi bien que dans l'Inde, en Chine et à Ceylan.

La seconde manière est identique, si ce n'est qu'au lieu de se produire dans des étangs artificiels, l'évaporation a lieu sur de vastes étendues de terrain couvertes par la mer aux époques des grandes marées. La mer, en se retirant, laisse une certaine quantité d'eau, qui, bientôt desséchée, fait place à de véritables champs de sel d'une extrême pureté. C'est le meilleur de ceux donnés par l'évaporation, bien qu'il ne puisse être comparé au sel des mines. Celui-ci est appelé sel blanc par opposition à celui extrait de la mer, que l'on désigne sous le nom de sel gris.

La troisième manière, très dispendieuse et peu productive, est celle que nous employons nous-mêmes en ce moment.

— Qu'est-ce qui rend la mer si salée, papa?

— C'est un des phénomènes sur lesquels les savants ont le plus de peine à se mettre d'accord. Les uns prétendent qu'il existe au fond de la mer de vastes couches de sel, dont l'eau est incessamment imprégnée. Cette raison me semble puérile et ne soutient pas l'examen. D'autres, au contraire, affirment gravement que l'eau salée est un fluide primordial ; ce qui revient à dire : « Elle est salée parce qu'elle l'a toujours été. » Quelques-uns enfin attribuent cet état de chose aux quantités de fleuves salés qui se jettent dans l'Océan.

De ces trois opinions, la dernière est la plus vraisemblable, bien

que ceux qui la soutiennent n'aient pas réfuté d'une manière victorieuse toutes les objections qui y ont été faites.

— La mer est-elle également salée partout?

— Non ; elle l'est plus à l'équateur qu'aux pôles ; tandis qu'elle
l'est moins dans les golfes et à proximité des terres qu'au milieu
de l'Océan. Néanmoins ces différences sont comparativement insi-
gnifiantes.

— Combien y a-t-il de sel dans l'eau de mer ?

— Trois et demi pour cent environ ; c'est-à-dire qu'en faisant
bouillir cent litres d'eau, il resterait à peu près trois litres et demi
de sel.

Mais il y a bon nombre de lacs et de sources qui en contiennent
des proportions beaucoup plus considérables. Dans ce désert, par
exemple, au nord-ouest de l'endroit où nous sommes, il existe un
grand lac connu sous le nom de *lac Salé*, dont les eaux contiennent
plus d'un tiers de sel pur. Souhaitons, mes enfants, que notre crique
en contienne davantage ou tout au moins autant. Mais venez vite,
nous avons presque oublié notre chaudière, qui semble réclamer
notre présence. Nous touchons au moment critique.

Nous approchâmes. Une écume épaisse flottait sur notre liquide,
sensiblement diminué, semblable aux cristaux que forme la glace sur
une neige à moitié fondue. Nous en prîmes une parcelle que nous
portâmes à nos lèvres avec une véritable émotion. O bonheur !
c'était du sel !

XXIV.

COMBAT DE SERPENTS.

Cette nouvelle excita de joyeuses acclamations. Grands et petits, tous voulurent goûter de ce produit de notre fabrication. En refroidissant, il se cristallisait en petits cubes multiformes et d'une blancheur de neige, ce qui prouvait son extrême pureté.

Nous avions mis environ dix-huit litres d'eau et nous obtînmes près de dix pintes de sel, ce qui nous démontra que notre saline possédait beaucoup plus de principes actifs que la mer.

Quand nous eûmes mis en lieu sûr le résultat de notre première opération, nous remplîmes de nouveau notre chaudière et la remîmes sur le feu. A côté d'elle, nous installâmes notre poêle à frire avec plusieurs tranches de venaison, assaisonnées de sel nouveau pour le dîner. Ma femme ne laissa pas échapper cette occasion d'appeler l'attention des enfants sur la tendre sollicitude dont la Providence faisait preuve à notre égard.

Tout à coup nous entendîmes des cris assez forts retentir dans le voisinage. C'étaient ceux d'un geai bleu, qui jette un appel tout particulier quand il y a quelque chose dans l'air. S'il se trouve en présence d'un ennemi redoutable, ses notes deviennent discordantes et aigres, comme dans le cas présent. Nous regardâmes du côté d'où venait le bruit. Les branches d'un arbre peu élevé étaient agitées par le battement des ailes bleues d'azur de l'oiseau. Rien qui justifiât son trouble n'était visible ni sur cet arbre-là, ni sur les autres environnants. Toutefois, en ramenant nos regards par terre, nous découvrîmes la raison de tout cet émoi. Au milieu de l'herbe et des

Serpent.

feuilles sèches, mais sans déterminer le moindre bruit, s'avançait un hideux reptile, un serpent dont le corps jaunâtre, parsemé de pustules noires, étincelait partout où le soleil venait à toucher ses écailles. Il se levait ou s'abaissait, suivant les ondulations de sa marche en avant. Il progressait lentement par sinuosités verticales, presque en droite ligne, la tête un peu au-dessus du niveau de l'herbe. Par moment il s'arrêtait, dressant le cou et abaissant sa tête hideuse, comme un cygne qui mange. Il la faisait osciller doucement dans un sens horizontal et effleurait les feuilles de sa langue enflammée, comme s'il cherchait une piste.

Dans ses pauses fréquentes, nous pouvions évaluer sa taille à deux mètres environ et sa grosseur à celle de l'avant-bras d'un homme. Sa queue se terminait par un appendice calleux d'un pied de long peut-être, ressemblant à un chapelet de grains inégaux et jaunâtres, ou à une partie de ses vertèbres dépouillées de chair.

Avec cela, nous n'avions plus besoin de lui demander son extrait de naissance ; ce que nous avions sous les yeux était le *crotalus horridus*, le terrible serpent à sonnettes.

Mes compagnons s'élançaient déjà pour le détruire. Je les retins, ainsi que les chiens. Ayant entendu parler de la puissance de fascination de ces hideux reptiles, j'éprouvais le vif désir d'en juger par moi-même. Parviendrait-il à charmer l'oiseau ? C'était ce que je voulais voir.

Le serpent continuait à ramper vers l'oiseau, et celui-ci à voltiger de branche en branche en criant de toutes ses forces. Ni l'un ni l'autre ne songeaient à s'apercevoir de notre présence, que nous dissimulions autant que possible par notre immobilité et notre silence.

Le serpent à sonnettes atteignit le pied d'un magnolia. Il en fit une ou deux fois le tour, flairant l'écorce sur son passage, puis se roula lentement et avec précaution en spirales tout près du tronc. Son corps nous faisait ainsi l'effet d'un câble tacheté et luisant, car il était disposé comme ceux qu'on rencontre à chaque pas sur le pont d'un navire. La queue avec son appendice calleux pointait en dessous, tandis que la tête reposait sur le repli supérieur, la membrane de la nictation était abaissée sur ses yeux. Il paraissait endormi. Or, comme le pouvoir fascinateur réside dans le regard, ce sommeil me parut étrange ; évidemment ce n'était pas l'oiseau qu'il avait en vue ; car celui-ci, dès qu'il vit le serpent tranquillement enroulé, se calma et disparut bientôt dans les arbres.

Pensant que la scène avait perdu son intérêt pour nous, j'allais atteindre ma carabine pour me défaire de cet incommode et hideux voisin, quand un mouvement de sa part me convainquit que son repos apparent n'était qu'une feinte et qu'en réalité il guettait quelque chose.

Quoi ? Je regardai vers la cime du magnolia, qui est réputée un des lieux préférés de l'écureuil pour y placer sa nichée. Il y avait un trou dans le tronc à une certaine hauteur. Autour de l'orifice l'écorce était légèrement décolorée par les pattes de ses habitants. Une toute petite passée, juste assez large pour un rat, s'ouvrait dans l'herbe au pied de l'arbre, à l'endroit où le crotale s'était enroulé. Aussi versée dans les mœurs de l'ennemi qu'un naturaliste, l'horrible bête s'était postée de manière à couper la retraite aux habitants de l'arbre. Je renouvelai mes avertissements de silence, et nous attendîmes ce qui allait se passer.

Nous observions le trou, pensant voir paraître l'écureuil. Enfin une petite tête se montra avec précaution ; mais comme, de sa position élevée, elle nous apercevait parfaitement, le possesseur de ces petits yeux vifs et mutins ne témoigna aucun empressement à descendre.

Une fois encore, j'étais sur le point de renoncer à tout espoir d'assister à un petit drame de la nature, lorsqu'un léger bruit de feuilles sèches attira notre attention. C'était un autre écureuil qui se dirigeait vers l'arbre à toutes jambes, comme s'il eût été poursuivi.

Il l'était en effet, car presque en même temps débouchait l'animal qui cherchait à l'attraper. Deux fois long comme l'écureuil, il était mince et d'un beau jaune brillant. C'était dame belette.

Les deux bêtes n'étaient pas à vingt mètres de distance, et je vous réponds qu'elles luttaient de vitesse avec une égale ardeur.

J'examinai l'attitude du serpent à sonnettes. Elle était bien ce que j'avais présumé. Sa large gueule était démesurément ouverte ; sa mâchoire d'en bas touchait presque sa poitrine, et ses crocs empoisonnés étaient à découvert ; sa langue se projetait en avant ; ses yeux étincelaient comme des diamants, et tout son corps était agité par une respiration haletante. Il semblait deux fois plus gros.

L'écureuil courait vers l'arbre, uniquement occupé de l'ennemi de derrière, et comme un trait de lumière passa sur le corps enroulé du serpent et commença son ascension. La tête du crotale l'effleura au passage ; mais l'action avait été si rapide de part et d'autre, que nous crûmes que l'écureuil n'avait pas été touché.

— Bonne chance ! lui disaient les enfants, enchantés de son salut.

Toutefois, avant d'avoir atteint la première branche, son effort se ralentit ; il hésita, puis s'arrêta ; ses pieds de derrière glissèrent de l'écorce ; son corps oscilla un moment, suspendu par les griffes de devant, et enfin il tomba lourdement entre les mâchoires mêmes du serpent.

La belette, en apercevant le reptile, s'était arrêtée court. Maintenant elle tournait en courant, repliant son long corps comme un ver, et, parfois se dressant debout, elle crachait et grondait comme un chat en colère. Elle était furieuse en effet d'être privée de sa proie, et nous crûmes un moment qu'elle allait livrer bataille au serpent, qui, la gueule toujours ouverte, semblait défier son attaque. Le cadavre de l'écureuil était si près de lui, que, pour s'en saisir, la belette devait inévitablement s'exposer à ses crocs venimeux ; ce que voyant, elle cessa ses démonstrations hostiles et s'enfuit en bondissant vers les bois.

Tranquille maintenant, le crotale déroula lentement la moitié supérieure de son corps, étendit son cou vers l'écureuil et se prépara à l'avaler. Il allongea soigneusement le petit cadavre, de façon à ce que la tête fît face à la sienne, et commença à le lubréfier avec la salive que sécrète sa langue fourchue, pour en rendre le poil plus lisse et le passage plus facile.

Pendant que nous observions cette curieuse opération, un mouvement se produisit dans le feuillage, droit au-dessus du crotale. A plus de sept mètres de hauteur, une énorme liane fleurie s'étendait d'arbre en arbre, et autour d'elle remuait quelque chose de vivant. C'était le corps d'un grand serpent presque aussi gros que la liane elle-même.

Ce ne pouvait être un autre serpent à sonnettes, car ils ne grimpent pas sur les arbres. En outre, la couleur du dernier venu était d'un noir uniforme, poli et luisant. C'était le serpent noir ou « constrictor » du Nord.

Quand nous l'aperçûmes, il était roulé en spirale autour du sarment, en restant toujours étroitement serré contre la liane. Après un nombre suffisant d'évolutions, les anneaux avaient complètement disparu, à l'exception d'un ou deux près de la queue, et le reptile se redoubla sur lui-même. Ces manœuvres s'exécutaient sans bruit et avec des précautions infinies. Il parut ensuite se reposer et observer ce qui se passait en bas.

Absorbé par ses préparatifs, le crotale ne songeait qu'à son repas. Dès que sa victime eut été enduite de salive à sa satisfaction, il la redressa de nouveau, et, la posant bien en face de lui, la saisit entre ses mâchoires pourpres et commença à l'engloutir lentement. En quelques secondes la tête et les épaules de l'écureuil eurent disparu.

Il ne tenait plus à la liane que par un seul repli de sa queue.

Mais le glouton n'était pas destiné à jouir en paix de son dîner. Le serpent noir s'était remis en mouvement. A ce moment, nous remarquâmes qu'il ne tenait plus à la liane que par un seul repli de sa queue préhensible ; son corps long s'était déroulé et pendait droit au-dessus du crotale. En un clin d'œil, avant même que nous nous fussions rendu compte comment il était à terre, il avait enveloppé de ses noirs replis le corps tacheté du crotale.

C'était un spectacle étrange que ces deux créatures enlacées et se tordant sur l'herbe. Il nous fallut un certain temps pour nous expliquer comment se passait la lutte. Le serpent noir possédait sur son adversaire un avantage qui ne tarda pas à se manifester. Son agilité était dix fois supérieure à celle du serpent à sonnettes. Il s'enroulait ou se déroulait à volonté autour du corps de ce dernier, le comprimant chaque fois de toute la puissance de ses muscles. A chaque nouvelle étreinte le crotale semblait se tordre et se contracter sous l'influence écrasante de son noir antagoniste.

Le serpent à sonnettes n'aurait eu qu'une arme effective, ses crocs empoisonnés, et l'on sait comment il était pour l'heure dans l'impossibilité de s'en servir. Il ne pouvait se défaire du corps de l'écureuil, déjà trop engagé dans son gosier ; et tandis que les deux reptiles luttaient sur l'herbe, sa pauvre petite queue en panache tournoyait au milieu de leurs replis tortueux.

Enfin nous vîmes que le combat ne pouvait durer longtemps encore. Les mouvements des deux gigantesques lutteurs devenaient de plus en plus lents. Nous pouvions distinguer comment ils se battaient. Les crocs du constrictor étaient enfoncés dans les pièces cornées de la queue du crotale, et, chose étrange, sa propre queue se levait et s'abaissait avec une impétuosité musculaire d'une violence extrême, et frappait l'ennemi jusqu'à la mort.

La lutte fut bientôt terminée. L'horrible crotale était bien mort. Le serpent noir continua quelque temps à s'acharner sur son cadavre, comme s'il y eût trouvé du plaisir ; mais bientôt il se déroula avec lenteur, se posta face à face avec sa victime et commença tranquillement à s'approprier l'objet en litige : le malheureux écureuil.

Ce petit drame était joué, c'était à nous qu'appartenait d'en modifier à notre gré le final. Très reconnaissant au serpent noir de nous avoir débarrassés d'un ennemi comme le crotale, j'eusse été disposé à la clémence ; mais Cudjo, qui avait horreur de tout ce qui rampe, m'avait précédé ; et avant que je pusse intervenir, le constrictor se balançait au bout de la lance de notre brave nègre.

XXV.

L'ÉRABLE.

Nous ne revînmes chez nous que le soir, avec Pompo chargé d'un sac de sel de taille fort respectable. Nous en avions assez pour saler toute notre venaison, et pour fournir pendant plusieurs semaines à nos besoins journaliers. Quand il ne nous en resterait plus, nous savions où en prendre d'autre.

A la fin du souper, Henry, qui, toute la journée, avait été dévoré de curiosité à l'endroit de l'importante découverte annoncée par sa mère, lui rappela enfin sa promesse.

— Maintenant, maman, dit-il d'un petit ton provocateur, que peux-tu bien avoir trouvé qui puisse rivaliser avec ce beau sac de sel, lequel, veuillez tous vous en souvenir, est le résultat de ma découverte ?

— Mais ai-je promis de parler ce soir, enfant ? J'ai dit : « Quand vous aurez l'esprit abattu, » ce me semble, et je vous vois tous, grâce à Dieu, en fort bonnes dispositions.

— Oh ! c'est égal, maman, dis-le-nous ce soir. Du reste, ajouta-t-il d'un ton chagrin, je me sens fort abattu, je t'assure. J'ai été ainsi toute la journée depuis que.... depuis que....

— Depuis que tu m'as jeté la chaudière dans les jambes pour aller te faire asperger par la moufette, interrompit Frank en riant de bon cœur ; ce à quoi nous ne pûmes nous empêcher de faire écho.

Cette allusion à sa mésaventure du matin, sur laquelle on l'avait à maintes reprises plaisanté, ne fut pas du goût de maître Henry, et son expression chagrine *pour rire* se transforma aussitôt en mauvaise humeur *pour tout de bon*.

Sa mère, qui s'en aperçut, vit qu'il était temps d'employer son spécifique et changea bien vite le cours des idées en annonçant qu'elle était prête à dévoiler son secret.

— Pendant que nous traversions la vallée ce matin, dit-elle, j'ai vu à quelque distance dans le bois les feuilles d'un arbre aussi beau qu'utile.

— Un arbre ! s'écria Henry. Oh ! c'était sans doute un cocotier.

— Non, mon enfant.

— Alors c'était un oranger ou un arbre à pain. Ce sont les trois seuls arbres qui vaillent la peine d'être admirés, parce que leurs fruits sont parfaits.

— Mais tu n'y songes pas, mon enfant ; nous ne sommes pas sous la latitude où ces arbres croissent et se développent. Nous sommes beaucoup trop au nord.

— J'en suis bien fâché, maman, car je ne vois pas d'autre arbre qui puisse nous être d'aucune utilité.

— Petit nigaud, lui dit sa mère en riant, tu parles d'une manière inconsidérée, et tu le regretteras. Ecoute plutôt. Celui dont je parle appartient à la zone tempérée, et parvient à un immense développement dans les parties chaudes de cette région. N'avez-vous pas remarqué de grands arbres droits avec un feuillage d'un beau rouge brillant ?

— Certainement, mère, reprit Frank. Je connais un endroit de la vallée où il y en a des quantités. Les uns sont cramoisis, tandis que les autres sont orangés.

— C'est bien cela ! Mais les feuilles sont de cette couleur, parce que nous sommes en automne ; si la saison était moins avancée, elles seraient d'un vert lustré par-dessus, et blanches ou plutôt glauques en dessous.

— Oh ! dit Henry, décidément fort désappointé de la tournure que prenait la découverte maternelle, je les ai remarqués aussi : ce sont de beaux arbres, c'est vrai ; mais alors....

— Alors.... quoi?...

— Je ne vois pas à quoi ils pourraient nous servir, car ils sont beaucoup trop gros. Ils ne portent point de fruits, j'en suis sûr ; qu'en faire alors?

— Voyons, maître Henry, n'allons pas si vite, s'il vous plaît. N'y a-t-il pas dans un arbre bien des parties qui peuvent être utilisées en dehors de son bois ou de son fruit?

— Les feuilles..., reprit l'impatient enfant. Qu'est-ce que nous pourrions bien en faire?

— Il ne faut pas tant dédaigner les feuilles, interrompit Frank. Dans l'arbre à thé, de quoi se sert-on, je te le demande?

Henry ne répondit pas.

— Ce ne sont pas les feuilles que nous utiliserions, reprit la mère, mais une autre partie qui n'a point encore été nommée.

— Qu'est-ce que ça peut être, maman?... Il n'a pas de fleurs, je l'ai bien observé; pas de fruits, excepté de petites graines ailées, dont nous ne saurions que faire; car je n'ai jamais vu employer celles du sycomore commun, qui leur ressemblent tout à fait.

— Tu as raison, mon enfant; ce sont deux arbres de la même famille; mais n'y a-t-il rien autre chose de commun à tous les arbres, et qui peut acquérir une importance plus ou moins grande?

— Non, je ne crois pas; à moins pourtant.... que ce ne soit la sève!

— C'est la sève en effet, reprit la mère avec une emphase toute particulière.

— Oh! mère, serait-ce un érable? demanda Frank.

— Oui, mon fils, l'érable à sucre. Eh bien! qu'en dis-tu, Henry?

Ces paroles produisirent sur nous un effet magique. Frank et son frère avaient souvent entendu parler du fameux arbre à sucre, mais sans en avoir jamais vu. Pour les fillettes, le mot sucre suffisait à éveiller un monde de visions plus *douces* les unes que les autres, où le candi et les bonbons jouaient le principal rôle. Cudjo lui-même eût volontiers sauté de joie à la perspective de retrouver dans la vallée ce précieux condiment dont nous nous croyions sevrés pour bien des années.

Quand les transports de notre petit cercle se furent un peu calmés, Marie expliqua aux enfants la nature de cet arbre remarquable.

— L'érable, leur dit-elle, se distingue aisément des autres arbres par la teinte claire de son écorce et ses feuilles palmées à cinq lobes, vertes l'été et rouges en automne; son bois est très dur et s'emploie pour la fabrication des beaux meubles, ainsi que pour la construction des navires, des moulins et de certaines machines. Mais sa principale richesse consiste dans sa sève. Par une mystérieuse mais toujours sage répartition de la nature, il semble avoir été donné aux peuples des climats tempérés ou froids, en remplacement de la canne à sucre, qui ne réussit, vous le savez, que dans les pays chauds et sous les tropiques.

Chaque érable, continua-t-elle, produit annuellement trois à quatre livres d'excellent sucre. Pour cela, il faut le percer au commencement du printemps. La sève ne coule ni pendant l'été ni pendant l'hiver; elle coule bien un peu en automne, mais moins facilement qu'au printemps; néanmoins nous pouvons espérer de nous procurer encore une provision suffisante pour attendre le retour du printemps.

— Mais, maman, interrompit Henry, toujours impatient, quand et comment nous procurerons-nous la sève?

— Si tu poses tes questions par deux à la fois, mon cher enfant, ce n'est pas le moyen de me faciliter les réponses. Je vais donc résoudre d'abord le *quand?* Il nous faut attendre après la première gelée. La sève coule mieux lorsque les nuits sont froides et les jours encore chauds et ensoleillés.

Quant aux procédés d'extraction de la sève et de sa transformation en sucre, ils sont des plus simples. En premier lieu il nous faudra une grande quantité de petits baquets, un pour chaque arbre que l'on voudra mettre en perce. J'espère, mon brave Cudjo, que la besogne ne va pas vous manquer. Heureusement elle ne vous fait pas peur. En dehors de ces baquets, il ne nous faudra plus que des petits bouts de canne, et il en croît ici en abondance. Il faut ensuite forer un trou avec la tarière dans chacun de ces arbres, à trois pieds du sol environ, y introduire un simple tube de canne pour former gouttière et conduire la sève dans les baquets placés au-dessous. Elle y tombera goutte à goutte, puis nous la verserons dans la chaudière, où nous la traiterons par une simple ébullition, comme nous avons fait pour le sel.

Et maintenant, mon cher Henry, il ne faut plus qu'un peu de patience ; ce qui, j'en conviens, n'est pas ta vertu dominante. Souhaite l'arrivée du froid, et tu pourras mettre en pratique tout ce que je viens de t'apprendre.

Il n'eut pas longtemps à attendre. La troisième nuit qui suivit, une belle gelée blanche couvrait la terre, et nous nous occupâmes de nos érables. Cudjo avait déjà préparé plus de vingt baquets en coupant des tulipiers, de trente-trois centimètres de diamètre, en billes d'un mètre de long qu'il avait bientôt fait de creuser. Les tubes de canne ne furent pas plus difficiles à avoir.

Nous nous transportâmes en corps à l'endroit où devait avoir lieu l'opération. Nous passâmes d'arbre en arbre, forant un trou, y adaptant la petite gouttière et le récipient. En peu de temps le liquide cristallin commença à dégoutter de l'intérieur des tuyaux jusqu'à ce qu'il s'établit un véritable petit courant. Nous gardâmes pour nous la première eau qui s'échappa. Elle était délicieuse. Les enfants ne pouvaient s'en rassasier. Marie et Luisa en particulier ne

consentaient pas à dire « assez ». Quant à Henry, il déclarait hautement que l'érable à sucre était le plus bel arbre de la forêt et valait à
lui seul l'arbre à pain, le cocotier et l'oranger réunis.

Nous avions apporté notre plus grand chaudron. On alluma le
feu ; on organisa une crémaillère très primitive, mais solide, et
au bout de quelques heures le liquide exquis bouillait à gros
bouillons.

En peu de temps le liquide cristallin commença à dégoutter de l'intérieur des tuyaux.

Chacun de nous avait sa tâche : Cudjo avait mission de recueillir
dans un seau le contenu des divers baquets, tandis que Marie et moi
nous nous occupions d'entretenir le feu et d'écumer la liqueur. Quand
une chaudière avait suffisamment bouilli, nous en versions le contenu
dans de petits vases où le sucre se cristallisait en refroidissant ;
aussitôt froid, il se solidifiait en une sorte de brique très dure et
très foncée. Ce qui ne se cristallisait pas était soigneusement égoutté

à part et faisait de la mélasse plus belle et plus agréable au goût que celle fournie par le sucre de canne.

Frank et Henry avaient aussi leur tâche, qui consistait à se promener de long en large, l'arme au bras, pour veiller sur les baquets. C'était d'une véritable importance ; car, sauvages ou apprivoisés, presque tous les animaux risqueraient leur vie pour boire la sève de l'arbre à sucre ; et comme nos arbres étaient encore assez loin les uns des autres, nos deux jeunes sentinelles avaient bien assez à faire de monter leur garde en se relevant fréquemment.

La sève ne cessa de couler qu'au bout de plusieurs jours, qui furent, je vous l'affirme, consciencieusement employés Si nous avions été au printemps, nous eussions certainement été occupés, non des jours, mais des semaines, car elle coule alors et plus vite et plus longtemps. Nous eûmes la chance d'avoir une bonne gelée toutes les nuits, ce qui la retenait de couler ; autrement nous en eussions beaucoup perdu et nous n'eussions pas pu tenir les fauves à distance.

Pendant tout ce temps, nous couchâmes auprès du feu, où nous avions établi un campement à l'américaine ; nous n'allions à l'habitation que pour y chercher les objets qui nous étaient nécessaires. Nous avions dressé une petite tente faite avec la banne de notre chariot ; et cet endroit reçut le nom de Camp du Sucre, en usage chez les fermiers du fond des bois.

Cette vie en plein air avait pour nous un charme inexprimable : c'était délicieux de camper ainsi à l'ombre des grands bois et des arbres majestueux qui se dressaient à plus de trente-trois mètres au-dessus de nos têtes ; de savourer cette profonde tranquillité que troublaient seuls les soupirs de la brise se jouant dans ce feuillage multicolore, ou les concerts des oiseaux se livrant sans contrainte à leurs joyeux ébats.

La nuit toutefois, les bruits qui parvenaient à nos oreilles étaient d'une nature moins poétique et moins tranquillisante. On entendait les hurlements des loups, le cri monotone du grand duc et celui plus effrayant encore du couguard. Mais nous entretenions toutes les nuits un grand feu flamboyant qui suffisait à écarter de notre voisinage immédiat ces farouches visiteurs.

A la fin notre tâche fut terminée. La délicieuse liqueur coulait de plus en plus lentement et s'arrêta un beau jour. Alors nous levâmes le camp ; nous regagnâmes nos pénates, et nous calculâmes qu'en pains divers et bizarres de forme, nous avions récolté plus de cinquante kilos de sucre. Pour la mauvaise saison c'était un résultat qui n'était pas à dédaigner, et nous nous promîmes de faire de nouvelles visites au Camp du Sucre.

XXVI.

LE PIN.

Ce même soir, au souper, ma femme nous annonça la triste nouvelle que notre dernier grain de café avait été moulu et mis dans notre cafetière. De toutes les provisions que nous avions apportées de Saint-Louis, notre café était celle qui nous avait duré le plus longtemps et fait passer sur bien des privations et sur bien des heures pénibles. Voyant le fâcheux effet produit sur l'esprit de notre petite colonie par cette communication :

— Eh bien ! alors, mes amis, leur dis-je, il nous faut apprendre à nous en passer. Nous avons maintenant de quoi faire d'excellentes soupes ; que nous importe le café? Nous avons à discrétion les gibiers les plus variés, des volailles exquises, des poissons excellents, les fruits les plus divers. Que de gens seraient heureux de posséder le luxe qui nous environne ! Que celui qui ose n'être pas reconnaissant lève la main.

— Mais, papa, en Virginie, n'as-tu pas vu comme nos nègres se faisaient du café avec du maïs ? J'en ai bu souvent ; c'est très bon, je t'assure ; n'est-ce pas, Cudjo ?

— Si c'est bon ! fit le gourmet en faisant claquer sa langue contre son palais. Moi vouloir bien avoir encore café de maïs, oh ! oui, pour sûr !

— Eh bien ! père, qu'en dis-tu ?

— Que veux-tu que je dise, mon enfant, si ce n'est que tu parles sans aucune réflexion. Nous avons un besoin autrement impérieux que celui du café ; et si nous avions le maïs dont tu parles tellement à la légère, nous commencerions par en faire du *pain*, et je ne songerais pas à en distraire un grain de cet usage. Malheureusement nous n'en avons pas.

— Mais je te demande pardon, papa, il y en a ici tout près.

— Tu t'es trompé, mon cher enfant ; j'ai assez observé la vallée pour être certain qu'il n'y croît ni blé ni maïs.

— Mais je n'ai pas dit que je l'avais trouvé dans la vallée. C'est au contraire dans le chariot ; nous l'avons apporté de Saint-Louis.

— Quoi ! Y aurait-il vraiment du blé dans le chariot ? Es-tu sûr de ce que tu avances là, Henry ? m'écriai-je avec une telle véhémence, que les enfants reculèrent épouvantés.

— J'en ai touché ce matin. Il y en a au fond d'un vieux sac, répondit avec assurance le petit bonhomme.

— Vite au wagon, Cudjo, une torche ! Courons ; il faut que je m'assure du fait ce soir même.

Nous ne fûmes pas longtemps à gagner la réserve où était remisé notre chariot. Le cœur palpitant, je me précipitai à l'intérieur. Il contenait une vieille peau de buffle usée et le harnais de notre pauvre bœuf. Jetant tout cela de côté avec impatience, je découvris dessous un de ces sacs grossiers dont on se sert dans le Far-West pour conserver le maïs. C'était un de ceux qui avaient contenu les provisions de nos bœufs et de notre cheval, et j'avais la conviction de

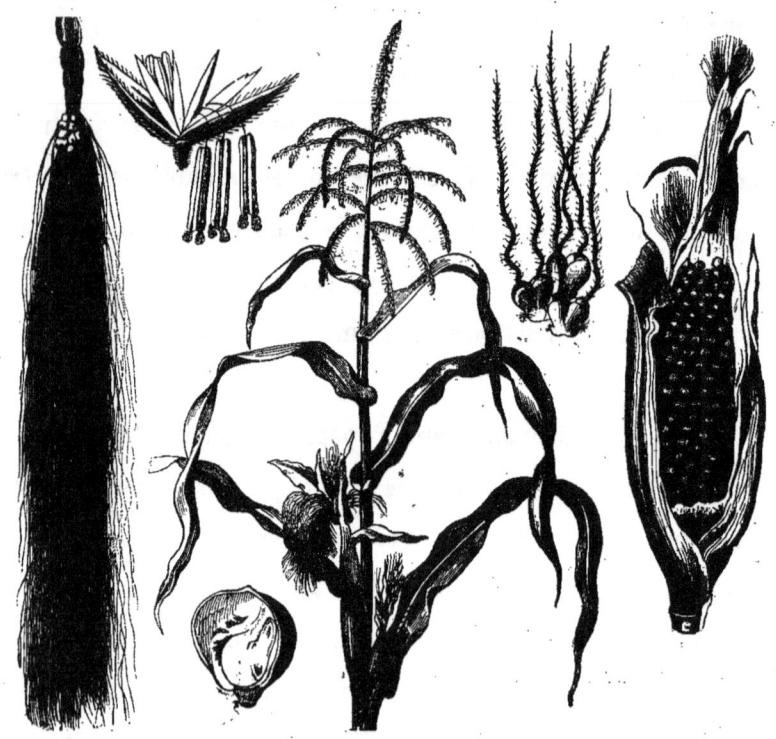

Feuilles de maïs.

l'avoir vidé depuis longtemps. Quelle ne fut donc pas ma joie d'y retrouver quelques-uns de ces grains précieux, sans compter qu'il y en avait partout dans les fentes et rainures du wagon ! Nous les ramassâmes tous avec un soin jaloux, puis, emportant mon sac à la maison, j'en versai le contenu sur la table et je pus l'évaluer à un peu plus d'un litre.

— Maintenant, mes amis, m'écriai-je, nous sommes certains d'avoir du pain.

Ce fut un véritable bonheur pour ma femme. Nous avions essayé de tout pour suppléer au manque de pain. Nous avions grillé le fruit du hêtre, le gland, la fève de l'acacia épineux, essayé de la pulpe de différents fruits; mais rien n'avait pu remplacer le vrai pain, après lequel nous soupirions à chaque repas. Nous estimions cette découverte plus intéressante pour nous que celle du sucre.

L'hiver étant court sous ces latitudes, nous pourrions bientôt semer notre blé. Nous en ensemencerions environ quarante ares. Il viendrait à maturité en six ou huit semaines; et comme nous pouvions compter sur deux récoltes par an avant la venue du second hiver, nous en aurions plus que pour nos besoins.

Pendant que nous devisions gaiement autour de la table sur ces riantes perspectives, Frank s'écria tout à coup :

— Du froment! du froment!

Je me penchai pour vérifier cette assertion. En remuant les grains dorés du maïs, il avait découvert parmi eux plusieurs grains de froment. Le sac avait contenu du blé autrefois; car, en le retournant et en examinant scrupuleusement les coutures, nous en trouvâmes encore quelques autres. Le nombre de nos grains de froment s'élevait en tout à une centaine. C'était peu assurément pour les débuts d'une ferme; mais nous ne nous décourageâmes pas, nous souvenant du dicton : « Les grands chênes viennent des petits glands. »

— Vous voyez, dis-je en m'adressant à ma petite famille, ce que la Providence s'est montrée pour nous; au sein même du désert, en dehors de tout secours humain, elle nous a accordé tout ce qui est indispensable à la vie; et maintenant, avec un peu de patience, nous pouvons entrevoir le moment où nous aurons, non plus le nécessaire, mais le superflu. Qu'est-ce qui embarrassera une habile ménagère comme votre maman, quand elle aura en main toutes les ressources que le ciel nous envoie?

— Oh! rien assurément, s'écria Frank avec conviction. Nous aurons des pâtés de gibier.

— Et des tartes aux fruits, ajouta Henry. Je sais où il y a des prunes sauvages, des cerises, des airelles et des mûres plus grosses que mon doigt.

Caféier.

— Vous voyez qu'on pourra se passer de café, ajoutai-je.

— Oui, oui, nous tâcherons de n'y plus penser.

— Et alors vous en aurez, dit la mère en leur souriant d'une façon toute particulière.

— Quoi! mère, aurais-tu trouvé un autre arbre merveilleux?...

— Oui, certainement, mon fils.

— Ce n'est pas le vrai caféier?

— Non; mais l'arbre à café.

— Un arbre à café? Je croyais, maman, qu'il ne s'en trouvait que dans les régions tout à fait tropicales?

— Tu confonds, mon enfant; ce que tu dis est vrai pour l'arbuste qui produit le café que nous avons bu jusqu'ici; mais il y a tout près de l'habitation un grand arbre dont les graines le remplaceront assez bien. En voici un échantillon.

Ce disant, Marie étala sur la table une grande cosse brune en forme de croissant, qui renfermait plusieurs grosses graines de couleur grise. Ces graines, séchées, broyées et traitées comme le vrai café, donnent, paraît-il, un breuvage tout aussi salutaire et presque aussi bon.

— L'arbre, dit-elle, sur lequel j'ai cueilli cette cosse croît dans la plupart des régions de l'Amérique. Ne l'avez-vous pas remarqué?

— Oui, maman, dit Henry; car, depuis que j'ai vu comme tu sais tirer parti des arbres qui me paraissent les moins intéressants, je t'assure que je les examine tous avec soin.

— N'est-ce pas que son écorce est rugueuse et s'enlève en grandes écailles crispées? demanda Frank, qui avait hérité de sa mère son goût pour la botanique. Les branches en sont très bizarres et pleines de chicots qui donnent à l'arbre une apparence grossière et disgracieuse.

— C'est très bien observé, mon garçon. C'est de là que lui vient son nom de chicot chez les Français du Canada, et de *stumptree* aux États-Unis. Son nom scientifique est *gymnocladus*, ce qui veut

dire « aux branches nues » , parce que , durant l'hiver, comme vous
le verrez, il est dépouillé de toutes ses feuilles. On l'appelle aussi
l'arbre à café, parce que les premiers pionniers établis dans ces
contrées, quand ils étaient à court de café, employaient ses graines,
comme nous allons le faire.

— Papa, interrompit Henry, pour avoir plus tôt du pain à
manger, ne pourrions-nous pas semer notre maïs tout de suite ?

— Non ; les gelées détruiraient les jeunes plantes. Il faut absolument attendre le printemps.

— Oh ! c'est trop long, fit-il avec humeur. Quand est-ce que nous
aurons toutes les bonnes choses qu'on nous promet ?

— Allons, maître Henry, lui répondit sa mère, je crains que
tu ne sois de ces gens qui ne sont jamais contents et tiennent
pour peu de chose les plus riches bénédictions du ciel. Songe
combien il y a d'enfants qui sont plus à plaindre que toi, qui se
passent de pain là où il y en a cependant en abondance. Que de
pauvres affamés sont en ce moment même arrêtés devant les vitres
des boulangers, dévorant du regard le pain doré auquel il leur est
interdit de toucher ! Voilà ceux qui ont le droit de se plaindre. Toi,
tu as de la nourriture à discrétion ; eux n'en ont pas, et leur faim est
d'autant plus difficile à supporter, que le pain tentateur n'est séparé
de leurs mains que par l'épaisseur d'une vitre. Pauvres petits ! tâche
de penser à eux, mon enfant, pour apprendre à être plus satisfait
de ton sort et à te montrer reconnaissant.

— Oui, maman, je le ferai. Je n'avais pas l'intention de me
plaindre ; je souhaitais que cela vînt plus vite, voilà tout, répondit
l'enfant tout contrit.

— Eh bien! puisque te voilà revenu à de meilleurs sentiments, je vais te parler d'un autre arbre qui t'est encore inconnu.

— Oh! cette fois, ça va être l'arbre à pain. Mais non, je le connais, au moins de réputation.

— Pour beaucoup de gens c'est vraiment l'arbre à pain pourtant ; car, durant les longs mois d'hiver, les imprévoyantes tribus indiennes n'ont pas autre chose pour se sustenter.

— Non, je ne connais pas cet arbre-là.

— Cet arbre est un pin.

— Quoi! un pin avec des fruits?

— En as-tu jamais vu sans fruits, du moins en sa saison?

— Sont-ce ces objets en forme de cône que tu appelles des fruits?

— Oui, sans doute.

— Ah! je croyais que c'était de la graine.

— C'est à la fois la graine et le fruit. Ce que tu appelles fruit n'est jamais que l'enveloppe de la graine.

— Mais, maman, tu ne veux pas dire qu'on mange ces choses rugueuses qu'on trouve sur le pin?

— Ces choses rugueuses sont les cônes qui enveloppent et protègent les graines durant une partie de l'année. Elles s'ouvrent comme les noix, et l'on trouve dedans l'amande qui est le véritable fruit, en même temps que la graine.

— J'en ai goûté, c'est très amer.

— Parce que tu as goûté le fruit du pin commun ; et tu dis vrai, ce n'est pas mangeable. Mais il en existe d'autres espèces dont la graine constitue un aliment non seulement très sain, mais très agréable au palais.

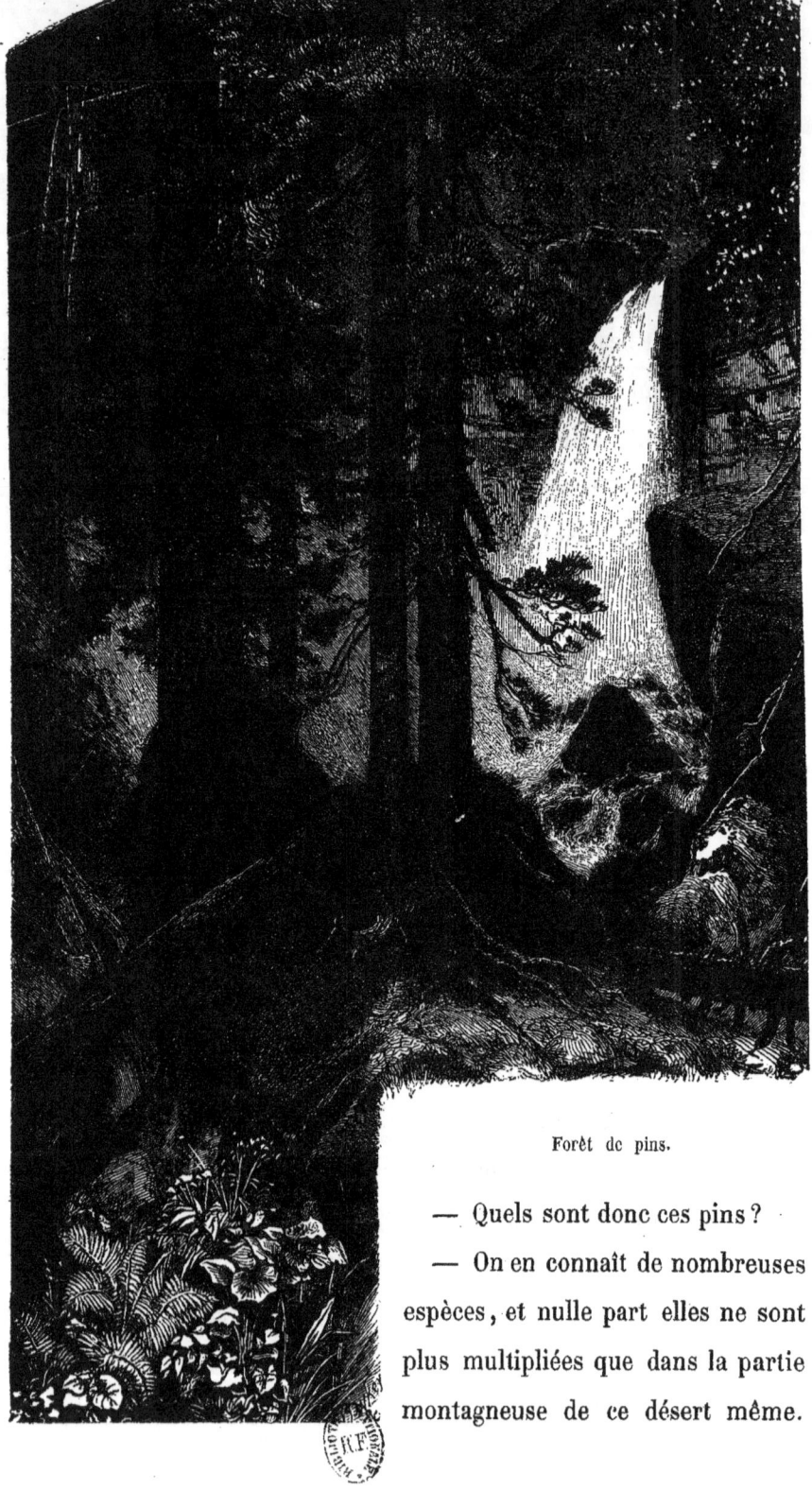

Forêt de pins.

— Quels sont donc ces pins ?

— On en connaît de nombreuses espèces, et nulle part elles ne sont plus multipliées que dans la partie montagneuse de ce désert même.

En Californie, il y en a une espèce que les Espagnols appellent colorado, à cause de la couleur rougeâtre de son bois, quand il est scié. Ce sont les plus grands arbres du monde ; ils dépassent cent mètres de hauteur. Il en existe d'immenses forêts dans la Sierra-Nevada. Il y en a aussi dans ces montagnes une espèce à peine moins haute, le *pinus lambertiana*, remarquable par la dimension de ses cônes, qui ont l'énorme longueur de quarante-six centimètres. Vous figurez-vous un de ces arbres gigantesques avec des fruits longs comme des pains de sucre pendant à ses branches ?

— Que ce doit être beau ! s'écrièrent les deux enfants d'une même voix.

— Est-ce de ces fruits-là que se nourrissent les Indiens, mère ?

— En temps de disette seulement ; car l'espèce dont ils font leur nourriture habituelle est essentiellement différente. Ils la trouvent sur un petit arbre qui atteint rarement plus de dix à treize mètres de haut, et dont la feuille est d'un vert beaucoup plus tendre que celui de la majorité des pins. Ses cônes ne sont pas plus grands que ceux de l'espèce commune ; mais l'amande en est aussi huileuse que la noix d'Amérique et d'une saveur tout aussi agréable. Elle est extrêmement nourrissante, puisqu'elle peut à elle seule suffire pendant des mois à l'alimentation de l'homme. On peut la manger crue ; mais rôtie, desséchée et broyée ou moulue, elle fournit une sorte de farine, assez grossière en apparence, mais qui donne un pain délicat et salubre. Cet arbre est le pignon des Mexicains, le *pinus monophyllus* des savants, et pourra réellement devenir pour nous l'arbre à pain.

— Cet arbre existe-t-il dans la vallée, mère? Nous ne l'y avons pas vu.

— Peut-être pas dans la vallée elle-même, mais assurément à peu de distance. Le jour que nous avons passé au camp de l'Antilope, je crois l'avoir aperçu sur la montagne.

— Et pourquoi n'allons-nous pas tout de suite nous en assurer, maman? demanda Henry, fidèle à son habitude de ne jamais différer ce dont il avait envie. Veux-tu que nous organisions une excursion à la montagne, papa?

— Je ne demande pas mieux, mon cher enfant, aussitôt que nous aurons fait une carriole à Pompo pour éviter à ta mère et à tes sœurs une trop grande fatigue.

Ce projet fut accueilli avec joie, car nous désirions tous aller visiter le pic majestueux qui se dressait au-dessus de nous, et chacun s'en promettait plaisir et profit.

XXVII.

LA LIGNE DE NEIGE.

En trois jours notre charrette fut achevée.

Disons bien vite, pour expliquer une pareille célérité, que le plus difficile était fait : c'étaient les roues, dont nous possédions deux paires. Les plus grandes, qui étaient en parfait état, répondaient à notre besoin du moment. Cudjo y adapta un corps et des brancards, puis arrangea de son mieux le harnachement de notre cheval.

Le délicieux climat de la vallée ne nous laissant que le choix des beaux jours, nous partîmes le lendemain de ces aménagements par un temps superbe, qui répondait bien à notre gaieté et à notre entrain. Inutile d'ajouter que toute la famille était de la partie.

Marie et les deux fillettes étrennaient la carriole, où l'on avait disposé pour elles des feuilles de palmier nain et une épaisse couche de mousse. Pompo, qui semblait partager l'allégresse générale, enlevait le véhicule, comme s'il n'y avait eu personne dedans, et que ce fût pour sa satisfaction personnelle. Cudjo, armé d'un immense fouet, qui n'était que pour la montre, faisait retentir les plus gigantesques clics-clacs de son répertoire, et poussait des *hue dia* plus consciencieux que nécessaires, tandis que Castor et Pollux trottinaient gaiement, tantôt près des uns, tantôt près des autres, fourrant leur nez dans tous les buissons.

Nous eûmes bientôt traversé la vallée et atteint la plaine. La vaste solitude du désert s'étendit de nouveau autour de nous, mais aujourd'hui nous la contemplions sans crainte. Elle s'offrait à nous, au contraire, revêtue d'un nouvel intérêt. Au sud, on voyait tourbillonner au soleil d'immenses nuages de sable épais et blanc qui affectaient les formes les plus diverses. Ici c'étaient d'énormes tours qui marchaient côte à côte et soudain se transformaient en une nuée volante, ou bien une nuée qui reprenait une forme très nette de pilier ou de cône. C'était vraiment curieux à regarder de loin, abrités de tous côtés comme nous l'étions.

Bientôt néanmoins nous reprîmes notre route vers les hauteurs. Le pic neigeux, but de notre voyage, brillait devant nous. Les rayons du soleil levant le faisaient apparaître dans une splendeur nouvelle, rouge et or, comme si une pluie de roses était tombée sur sa robe virginale. La neige était beaucoup plus abondante que la première fois que nous l'avions considéré d'aussi près et descendait beaucoup plus bas sur ses flancs.

Frank demanda l'explication de ce phénomène, que sa mère lui donna bien volontiers.

— Plus on s'élève dans l'atmosphère, dit-elle, plus l'air devient rare et froid. Passé une certaine limite, il devient impossible à l'homme ou aux animaux de vivre à une altitude élevée. Ce fait est confirmé par l'expérience de ceux qui ont gravi de hautes montagnes. Arrivés seulement à quatre ou cinq mille mètres de hauteur, ces hommes aventureux ont couru le risque de périr gelés. Il en est ainsi sur toutes les parties du globe ; mais, chose bizarre, on peut sous l'équateur s'élever beaucoup plus haut que dans les contrées

La ligne de neige.

qui avoisinent les pôles, sans rencontrer l'extrême froid ; de même qu'on peut, en été, grimper plus haut que pendant l'hiver, avant d'atteindre la région glaciale. Or, puisqu'à de certaines altitudes il fait si froid, que les hommes peuvent y être gelés et y mourir, n'est-il pas naturel que la neige n'y fonde pas ?

— Maman, n'est-ce pas singulier, reprit Henry, que la neige s'entasse avec autant de régularité, descendant de tous côtés à la même hauteur, et finissant juste comme le bord d'un bonnet de nuit? Ne dirait-on pas qu'une ligne bien nette a été tracée autour de la montagne?

— Cette ligne, lui répondit sa mère, est, comme tu le dis, un phénomène curieux, produit par les lois de la chaleur et du froid. On l'a nommée la ligne de neige. Sous les tropiques, elle se trouve à une grande hauteur au-dessus du niveau de la mer. A mesure qu'on se rapproche des pôles, soit nord, soit sud, elle s'abaisse graduellement, et finit par disparaître dans les zones glaciales, où, la neige couvrant toute la terre, il ne peut plus exister de ligne de démarcation.

De plus, l'éloignement ou la proximité de la mer produisent des variations de température, d'où il résulte que la même montagne peut avoir un climat plus chaud d'un côté que de l'autre.

La ligne en question varie également suivant la saison, comme vous pouvez en juger par vous-mêmes sur notre montagne. Voyez comme elle s'est abaissée depuis la venue des froids. Ainsi la nature, bien qu'elle affecte parfois des allures capricieuses, agit en ceci, comme en toutes choses, avec un plan rationnel bien facile à saisir pour celui qui en cherche de bonne foi la raison.

Nous avions atteint le pied de la montagne, et, faisant halte à l'entrée du ravin, nous mîmes Pompo en liberté, et nous nous groupâmes autour du petit ruisseau pour nous reposer un moment. Puis nous commençâmes l'ascension du défilé en quête de nos pignons.

Chemin faisant, Marie nous indiquait les arbres qu'elle avait remarqués la première fois. Ils étaient en effet d'un vert beaucoup plus clair que celui des autres pins au milieu desquels ils croissaient. Nous nous dirigeâmes vers celui qui nous parut le plus proche et le plus accessible, et ce fut avec une véritable anxiété que nous nous en approchâmes.

Nous ne fûmes pas longtemps à gagner son ombrage. Son délicieux parfum nous disait que c'était bien l'arbre que nous cherchions. La terre était couverte de cônes d'un pouce et demi de longueur; seulement, ô regrets! ils étaient ouverts et l'amande en avait été retirée. Nous avions été devancés par quelque animal qui n'avait laissé que l'enveloppe, ce qui déjà était une preuve certaine que la graine était bonne à manger. Mais une grande quantité de cônes pendaient encore aux branches de l'arbre; nous en atteignîmes quelques-uns, et d'une main impatiente nous les ouvrîmes.

— C'est bien cela! s'écria ma femme avec joie. O mon ami, nous aurons du pain d'ici à ce que ta récolte de blé puisse nous en fournir.

Nous nous hâtâmes de gagner un endroit où un certain nombre de ces fruits à noyaux croissaient en groupe, et je laisse à penser si nous rivalisâmes d'ardeur à former chacun notre tas de ces précieux cônes. Quand enfin nous crûmes en avoir réuni autant que nous en pouvions emporter, nous nous reposâmes.

Un peu plus tard, nous retournions à la vallée, notre carriole à moitié pleine d'amandes, et ce soir-là nous mangeâmes du pain pour la première fois depuis bien des semaines.

XXVIII.

MÉNAGERIE, VOLIÈRE ET JARDIN BOTANIQUE.

Nous avions beaucoup à faire et vraiment peu de loisirs. Nous fîmes un plancher pour notre demeure et une clôture pour deux champs que nous avions tracés. L'un était défriché pour recevoir nos semailles, l'autre simplement destiné à empêcher Pompo de s'égarer dans les bois et à le mettre à l'abri des ennemis qui eussent pu l'assaillir.

Nous étions également obligés de songer à nos provisions d'hiver. La chair des queues noires n'était pas fameuse; et dès que nous eûmes salé à la place quelques daims et une couple de superbes élans, nous la réservâmes généreusement aux soupers de Castor et de Pollux.

Le plus occupé de nous tous était sans contredit Cudjo; il avait à nous fournir d'une infinité d'ustensiles qui nous faisaient défaut.

De plus, il s'était fait pour son usage personnel une charrue de bois
très commode pour labourer le sol léger que nous avions choisi, et
qui était couvert de fleurs, que nous regrettions presque d'arracher.

Préoccupés du moment où les munitions nous manqueraient
complètement, nous nous exercions à la chasse avec des armes que
nous voulions substituer à nos carabines, désormais réservées pour
les grandes occasions. Nous avions trouvé du bois d'arc, ou oranger
des Osages, dont, à l'instar des Indiens, nous nous façonnâmes
trois arcs, tendus comme les leurs avec des nerfs de daim. Cudjo
nous fournissait des flèches fabriquées avec des roseaux très droits,
auxquels il adaptait des clous de fer que nous avions extraits du
chariot.

Nous nous exerçâmes avec ardeur tout l'hiver, si bien qu'avant le
retour du printemps nos armes n'étaient plus lettre morte entre nos
mains. Henry surtout se distinguait à ce tir spécial. A la grande
satisfaction de sa mère, il abattit un écureuil de la cime de l'arbre
le plus élevé de la vallée. Frank était bien loin de l'égaler à cet égard ;
mais il semblait que les succès de son frère, loin de produire chez
lui la moindre jalousie, l'enorgueillissaient au contraire. Grâce à
cette habileté, tout l'hiver, notre table fut abondamment pourvue
de perdrix, d'écureuils, de lièvres et de dindons sauvages. Entre
parenthèse, ces derniers sont ici d'une finesse extrême, qui en fait
une volaille de prix.

Ma femme contribuait aussi pour sa bonne part aux richesses
gastronomiques de notre table. Pendant les derniers jours
d'automne, elle avait fait maintes excursions botaniques dans la
vallée, excursions où naturellement nous l'accompagnions pour la

protéger, et de presque toutes elle avait rapporté quelque production utile. Elle découvrit ainsi plusieurs espèces de fruits, tels que groseilles, cerises, cornes, dont nous fîmes d'amples récoltes qui se transformèrent en confitures.

Nous trouvâmes pas mal de racines comestibles, telles que la « pomme blanche » ou sorte de navet, et la patate sauvage. Mais, sans contredit, la plus intéressante pour nous était cette dernière, qui est indigène des hauts plateaux de l'Amérique. Sans les connaissances de ma femme, nous n'eussions jamais pu la reconnaître et nous eussions été privés d'une utile ressource. Les racines n'étaient pas plus grosses que les œufs d'un roitelet, et il y en avait si peu, que nous n'eussions jamais pu en tirer parti, si Marie ne m'avait suggéré l'idée que la culture, en les multipliant, les développerait sans doute. Dans cet espoir, nous mîmes de côté, pour semer au printemps, tout ce que nous en découvrîmes.

Avec les cosses de l'acacia nous brassâmes une sorte de bière très agréable. Mais dans l'innombrable quantité de vignes qui treillissaient la vallée, nous trouvâmes de quoi nous procurer un breuvage plus réconfortant. Je me souvenais de la manière dont se fait le vin en France, et notre vendange réussit à merveille. Que de fois, durant les longues soirées d'hiver, après une rude journée de fatigue, Marie est-elle venue ranimer notre entrain en nous versant une rasade de ce liquide généreux, tandis que nous travaillions autour d'un grand feu de bois sec! Néanmoins ce n'était que dans des circonstances exceptionnelles que nous avions recours à ce stimulant, car nous ne voulions point abuser de notre petite provision.

Vers cette époque, il me vint une idée nouvelle qui fut très chaleureusement accueillie de tous : c'était de capturer vivants le plus grand nombre d'animaux sauvages, pour entreprendre de les apprivoiser et de les domestiquer. Diverses considérations me dictaient cette résolution. D'abord je remarquais que, bien que la vallée renfermât plusieurs espèces de daims, chaque espèce n'était représentée que par un très petit nombre d'individus, et ne paraissait pas se reproduire avec abondance. Les nombreux carnassiers qui fréquentaient les alentours leur faisaient une guerre acharnée, et nous avions nous-mêmes sur la conscience d'en avoir détruit un nombre respectable. Dans ces conditions, à moins d'aviser au plus tôt à cet état de choses, le daim deviendrait bientôt extrêmement rare, et si sauvage, qu'il ne serait presque plus possible de l'approcher.

Une fois notre poudre épuisée, nos carabines ne nous seraient plus d'aucune utilité, et nos flèches n'étaient pas des armes bien redoutables pour les fauves ; car autrement, en dirigeant nos chasses contre ces derniers, nous aurions pu espérer de les détruire tous, et de transformer à la longue notre vallée en une immense réserve de gibier, où la chasse n'eût pas présenté plus de difficultés que dans les parcs royaux. Les circonstances étant toutes différentes, il ne nous restait qu'à chercher à enfermer dans un enclos un petit nombre des animaux qui nous seraient le plus utiles. Ils ne tarderaient pas à s'y multiplier, et alors notre subsistance se trouverait assurée. Sans compter que les périls auxquels nous nous exposions diminueraient et ne tiendraient plus la bonne mère sur un douloureux qui-vive toutes les fois que nos enfants étaient occupés à chasser loin de nous.

Une autre considération m'encourageait dans cette voie. Grand amateur de l'histoire naturelle en ce qui touche aux quadrupèdes, je me faisais un plaisir de pouvoir étudier de près les mœurs de ces animaux, non seulement de ceux qui nous intéressaient au point de vue alimentaire, mais de tous ceux qui arriveraient à nous tomber sous la main. C'était, pour ma part, une petite ménagerie que je me proposais de monter.

Henry, qui partage mon goût prononcé pour la zoologie, entra dans mes vues avec plus d'ardeur que personne, et me seconda fort utilement. Quant à Frank, grand amateur d'oiseaux, il sollicita l'adjonction d'une volière à notre ménagerie, ce à quoi nous consentîmes de grand cœur, tandis que ma femme ruminait déjà dans sa tête le plan qu'elle nous fit mettre plus tard à exécution, de réunir dans un jardin spécial toutes les plantes qui nous offraient un intérêt d'utilité ou de curiosité, de manière à former une sorte de jardin botanique aussi complet que nous le permettrait cette région.

A chacun donc fut dévolu un titre, ainsi qu'un département spécial. Henry et moi, nous fûmes les dompteurs d'animaux; Frank le charmeur d'oiseaux, et Marie la jardinière en chef.

Cudjo eut sa part de toutes nos besognes, et s'y prêta avec sa bonne grâce et son ingéniosité habituelles. Il fut chargé d'enclore le parc réservé aux daims, aussi bien que les champs destinés au jardin botanique. Il fabriqua des pièges et façonna des cages et des volières. On eût dit qu'il n'avait fait que ça toute sa vie; et naturellement nous étions toujours disposés à lui prêter notre ministère toutes les fois qu'il le réclamait.

Ainsi l'avenir se présentait à nous sous les plus riants auspices. Nous n'avions pas de livres, il est vrai, mais nous étions disposés à nous en passer, certains de suppléer à l'instruction et au plaisir qu'ils pourraient nous fournir, en puisant au plus important et au mieux renseigné de tous : le grand livre de la nature.

XXIX.

PIÈGES DE TOUTE NATURE.

Ce fut Henry qui réussit le premier à faire une capture. Il prit sur un arbre, au fond de leur trou, une paire d'écureuils gris. On leur fit une grande cage, et ils devinrent bientôt si familiers, qu'ils venaient prendre de nos mains les noix que nous leur offrions. Ces pauvres petits ne nous étaient d'aucune utilité; mais, par leur gentillesse et les mille petites grimaces qu'ils faisaient dans leur cage, ils contribuaient beaucoup à notre amusement et nous tenaient réellement compagnie.

Peu après, ce fut au tour de Frank de devenir le héros du jour, et sa capture avait pour nous une véritable importance. Depuis quelques jours il guettait des dindons sauvages, et, dans l'espoir d'en prendre quelques-uns vivants, il avait construit, non loin de la maison, un piège connu en Amérique sous le nom de « piège de bois ». Il rappelle un peu certains pièges à rats où l'on entre facilement, mais dont la sortie est presque impossible. Il y plaça des graines, des racines, tous les appâts qu'il put imaginer; mais rien n'y fit, les jours se passèrent, et les volatiles conservèrent leur liberté.

Désolé de cet insuccès, notre jeune oiseleur se prit à imiter le gloussement du dindon, et, après un apprentissage assez fastidieux, réussit à le contrefaire si admirablement, que nous nous y laissions prendre, et les dindons aussi. Par ce moyen, il pouvait les attirer dans la direction où il se tenait caché; mais décidément son appât n'était pas assez irrésistible pour arriver à tenter les prudents personnages.

Enfin il eut recours à un expédient après lequel, s'il ne réussissait pas, il fallait y renoncer. Il tua un dindon à coups de flèche, le mit dans la trappe et le disposa de telle façon, qu'il semblait manger le plus naturellement du monde. Quant à lui, embusqué à quelque distance, il se mit à glousser comme auparavant. Trois gros volatiles parurent bientôt, sortant avec précaution des broussailles. Comme tous les dindons sauvages, ils offraient une vague ressemblance avec l'autruche. Dès qu'ils aperçurent leur camarade mangeant tranquillement dans le piège, ils voulurent aller le rejoindre et s'approchèrent sans inquiétude, ayant l'air de chercher l'entrée. Frank, qui épiait chacun de leurs mouvements, sentait son cœur battre à se rompre dans sa poitrine. Son anxiété toutefois ne fut pas de longue durée. Les trois grands oiseaux se précipitèrent tout à coup dans la trappe. Frank sortit alors de sa retraite, ferma l'entrée du piège avec de grosses pierres, puis sauta à son tour à l'intérieur et n'eut plus que la peine d'attraper par la patte les prisonniers, qu'il garrotta solidement. Quand il eut rajusté son dindon et réparé le désordre de son piège, il ramassa sa prise, la jeta sur son épaule et revint en triomphateur. Vous jugez s'il fut accueilli avec des démonstrations de joie. Malheureusement c'étaient trois vieux coqs. Mauvais début pour une basse-cour.

Le lendemain cependant, il remédia à cet inconvénient en faisant une capture vraiment importante. Revenu à son piège avant le lever du soleil, il aperçut de loin un dindon bien vivant, entouré, à ce qu'il lui sembla, d'une quantité de perdrix. Bientôt il reconnut son erreur; c'était une nombreuse couvée de dindonneaux qui avaient suivi leur mère dans le piège. Mais ils allaient et venaient, sortant entre les barreaux et y rentrant, apparemment en grand émoi de la détention de leur mère.

Dans la crainte que les petits ne vinssent à s'échapper, s'il tentait de les capturer à lui seul, Frank vint nous requérir, son frère, Cudjo et moi. Pour éviter cette catastrophe et ne pas rater un si beau coup, nous ajustâmes ensemble la longue banne du chariot et deux couvertures, puis nous nous approchâmes avec toutes les précautions voulues, considérant cette prise comme étant de la plus haute importance pour nous. N'était-ce pas une basse-cour constituée d'un seul coup, et assez largement pour suffire à tous nos besoins futurs? Nous entourâmes complètement la trappe; et tandis que les oiseaux cherchaient à s'éparpiller de côté et d'autre, nous leur jetâmes dessus la banne et les couvertures, de manière à leur couper toute retraite.

En un tour de main nous prîmes la dinde et tous les petits, au nombre de dix-huit, et nous n'eûmes plus qu'à faire un autre enclos à barreaux plus rapprochés pour empêcher les petits de passer au travers. Après quoi nous félicitâmes chaleureusement notre habile opérateur.

Encouragé par ce succès, Frank tendit de nouveau son piège et prit encore quelques volatiles ; mais les oiseaux finirent par en suspecter les attraits et par se tenir sur une sage réserve.

A la longue cependant notre volière prit un développement considérable. Il ne se passait pas de jour où quelque richesse nouvelle ne vînt y trouver place. Frank avait découvert que l'écorce de l'*ilex opaca* (houx américain), macérée dans l'eau et convenablement préparée, donnait de la glu excellente ; ce qui lui fut d'une grande utilité.

On dut faire une immense cage, divisée en compartiments innombrables, pour que les diverses espèces s'y trouvassent autant que possible séparées. En peu de temps elle se trouva remplie de geais bleus, d'oiseaux rouges ou rossignols de Virginie, de différentes espèces d'orioles et de deux sortes de colombes, sans compter plusieurs perroquets de la Caroline.

Notre jeune amateur était arrivé à s'emparer d'un individu d'une espèce fort rare, le *wakou* des Indiens, mais en réalité l'oiseau de paradis d'Amérique. Comme ses congénères de l'Orient, il a la queue ornée de plusieurs longues plumes retombantes qui lui prêtent une grâce et une légèreté inouïes.

Parmi les autres citoyens de notre république emplumée, se trouvaient de tout petits oiseaux d'un plumage ravissant : l'oiseau vert, le rouge-gorge, le coq des bois, le petit oiseau bleu, le bouvreuil aux ailes rouges, le troupiale à tête orange, qui émigraient en troupes nombreuses dans la vallée. Plus d'une douzaine d'oiseaux-mouches occupaient de mignons compartiments préparés pour leur délicate beauté, et toujours ornés des fleurs les plus fraîches et les plus embaumées.

Enfin, une autre cage renfermait à elle seule un personnage qui certes, à première vue, ne paraissait pas mériter tant d'honneur. Il était de couleur grisâtre et rappelait involontairement le hoche-queue; il avait de longues pattes noires et des griffes d'une teinte sale; sans grâce et sans beauté, il était vraiment aussi commun qu'un moineau franc. A ne le juger que sur l'extérieur, on ne le trouvait pas digne d'un second regard; mais dès qu'il ouvrait son bec noir et que son gosier, aux tons plombés, se gonflait pour laisser passer la note harmonieuse, on oubliait bien vite son triste et vilain uniforme. On ne songeait plus aux ailes brillantes du perroquet, à la forme gracieuse de l'oriole, du geai bleu, de l'oiseau rouge ou du wakou aux plumes diaprées. On oubliait même la grâce de l'oiseau-mouche, pour fixer sur le doux musicien toute son attention et son admiration.

Au bout d'un moment on s'apercevait qu'il imitait tous les sons qui se faisaient entendre autour de lui. Un autre oiseau commençait-il à chanter, il s'emparait de l'air commencé, qu'il continuait en le faisant sien par la force et la souplesse de sa voix; si bien que l'autre, tout honteux, en était réduit à se taire. C'était le rossignol américain, le fameux oiseau moqueur.

Tandis que Frank augmentait chaque jour sa collection d'oiseaux, Henry ne demeurait pas en reste quant à ses quadrupèdes. Il avait déjà cinq espèces d'écureuils : le gris, le noir, le rouge, qui vivent sur les arbres, et deux variétés de terriers, dont l'une, peu connue encore, avait été rapportée du désert, où nous l'avions trouvée entre les racines de l'*artemisia*. C'était un amour de petite bête à peine plus grosse qu'une souris et rayée comme un petit zèbre. Je n'en ai jamais trouvé la description chez les naturalistes ; aussi, un peu pour sa rareté et beaucoup pour sa beauté, était-il le petit favori de nous tous, et tout particulièrement celui de Luisa et de Marie, sur les genoux desquelles il aimait à jouer, à se coucher et à dormir.

En outre, Henry avait encore un lièvre et deux racouns ou ratons provenant d'une chasse de nuit faite par Cudjo. Bien que ces derniers, qui se rapprochent du renard, ne nous fussent d'aucune utilité, toutefois nous les avions pris en amitié, à cause de l'amusement que l'étude de leurs mœurs nous procurait.

XXX.

LE PORC-ÉPIC.

Bientôt nous organisâmes une grande excursion de pêche.

Souvent Cudjo nous avait apporté des poissons dans le genre de la perche, mais bien supérieurs aux espèces communes.

Il s'agissait cette fois de se rendre à un petit étang naturel, où maître Cudjo, notre gourmet, prétendait avoir découvert une pêcherie sans égale. Nous emportâmes nos lignes fabriquées avec le lin sauvage qui croît dans la vallée. Marie nous avait appris que cette plante se trouve dans toute la région avoisinant les montagnes Rocheuses. Nos lignes ne nous avaient donné que peu de mal; c'étaient de longs roseaux flexibles qui abondaient dans notre voisinage. Nos hameçons, peut-être fort primitifs, consistaient en épingles recourbées; et quant aux appâts, ils pullulaient dans la terre sous forme de toutes espèces de vers. Henry et Frank portaient

16

tout notre attirail, Cudjo et moi avions la charge des fillettes, et ma femme pouvait herboriser à loisir.

Nous marchions tranquillement depuis un quart d'heure, quand nous fûmes arrêtés par une exclamation de Marie, qui nous montrait du doigt quelques arbres sur notre droite.

— Oh! maman, encore un arbre phénomène! Vois-tu, je ne désespère pas qu'en dépit de la latitude ou de la longitude, tu ne nous découvres quelque jour tous les arbres qu'il faudrait pour notre bonheur.

— Très flattée de ta bonne opinion, mon fils, mais désolée de ne point la mériter. La seule chose qui m'ait frappée ici, ce sont les traces fort apparentes du passage d'un dévastateur. Demande à ton père, c'est de son ressort, car il s'agit d'un quadrupède.

— Où donc vois-tu un animal? Je n'en vois aucun, maman, s'écria fort étourdiment maître Henry.

— Moi non plus; je t'ai simplement parlé des traces du passage d'un quadrupède. Regarde, ne les vois-tu pas toi-même?

Et elle désignait un bouquet de jeunes cotonniers, dépouillés en partie de leur écorce et de leurs feuilles, comme si elles avaient été rongées par une chèvre ou ratissées avec un couteau; plusieurs des arbustes étaient déjà morts, et les autres, attaqués depuis moins longtemps, ne pouvaient tarder cependant à succomber à leur tour.

— Ah! je comprends ce que tu veux dire, maman; tu penses que c'est l'ouvrage d'un rongeur. Mais quel peut-il être? Les castors ne grimpent pas, et ni les écureuils, ni les racouns, ni les opossums ne sont capables de peler un arbre de cette manière.

— Aussi n'as-tu pas besoin de les accuser. Ton père nous dira quelle espèce d'animal a pu détruire ces pauvres arbrisseaux, qui étaient des cotonniers de la plus belle venue : le *populus angulatus* des botanistes.

— Pour que la leçon soit plus complète, tâchons d'abord de trouver le coupable, m'écriai-je.

Nous fîmes le tour du malheureux buisson. A peine avions-nous fait une vingtaine de pas, que juste en face de nous se présentait l'animal que nous cherchions. Il avait un mètre de long, était trapu, large des reins et voûté du nez à la queue. Il était tacheté de gris et recouvert des plus rudes poils qu'on puisse imaginer. Sa tête et son nez étaient extrêmement petits et disproportionnés, comparés au reste du corps. Ses jambes courtes, fortes, armées de longues griffes, étaient à peine visibles sous son épaisse armure. Les oreilles disparaissaient dans les poils ; on l'eût pris pour une grosse boule touffue plutôt que pour un animal. Il était dans les hautes herbes touffues fort occupé à fuir notre approche ; ce qui ne veut pas dire qu'il se sauva très rapidement, car ce n'est point un habile marcheur.

Dès que je l'aperçus à terre, plutôt que dans les branches où je croyais le trouver, je me retournai pour retenir les chiens. En vain je les sifflai pour les faire revenir ; emportés par leur ardeur pour la chasse, Castor et Pollux étaient déjà lancés, et déjà la bête s'était arrêtée, avait caché sa tête dans sa poitrine et doublé de volume, tout en brandissant de côté et d'autre dans une agitation furieuse sa queue lourde et menaçante.

Ce qu'on aurait pu dès l'abord prendre pour une fourrure épaisse était une véritable armure de longues épines, et Henry s'écria :

— Un porc-épic ! un porc-épic !

Les chiens, malheureusement, n'en savaient pas si long. Ils se jetèrent la gueule ouverte sur l'inconnu et s'en revinrent bientôt, la gueule plus ouverte que jamais, en poussant de piteux hurlements. Leurs narines, leurs lèvres, leurs mâchoires étaient pleines de piquerons aigus. Pendant ce temps, l'animal reprenait sa forme accoutumée et, s'étant traîné au pied d'un arbre, espérait en être quitte et avoir bientôt un abri dans ses branches.

Mais le malheureux avait compté sans Cudjo; Cudjo que toute offense à ses favoris, Castor et Pollux, mettait hors de lui, et qui, courant sus à l'animal avec sa grande lance, l'abattit aussitôt.

Henry, rendu fort circonspect par son aventure avec le putois, ne se montrait pas très empressé d'approcher du porc-épic. Il avait entendu dire que cette bête a la faculté de lancer ses piquerons à une certaine distance et d'atteindre ses ennemis comme avec des flèches.

Frank demanda si c'était exact.

— Non, répondis-je, ce n'est qu'une histoire fabuleuse que Buffon s'est plu à raconter, mais qui n'a aucun fondement réel. Les pointes du porc-épic peuvent être arrachées par un corps qui s'y frotte trop rudement, comme ont fait nos malheureux chiens, et cela parce qu'elles ne tiennent que fort légèrement d'une part et que de l'autre elles sont munies à leur sommet d'un petit revêtement barbelé qui les rend très adhérentes. C'est le seul moyen de défense auquel l'infortuné puisse prétendre, et sa lenteur en ferait une proie facile, s'il ne savait en tirer un si excellent parti, que les carnassiers les plus redoutables trouvent plus prudent de le laisser tranquille. On dit qu'une fois sur la défensive, il est invulnérable, tandis que ses piqûres occasionnent souvent la mort de ses victimes. On a maintes fois rencontré des couguars, des lynx et des loups qui n'avaient succombé dans les bois qu'aux suites d'une prise de corps avec lui.

En vain je les sifflai pour les faire revenir.

Je racontai donc à mon petit monde ce que les livres m'avaient appris sur ce singulier animal; mais un incident dont nous fûmes témoins peu de temps après, Henry et moi, nous prouva qu'en dépit de son armure hérissée, le porc-épic avait des ennemis qui s'entendaient à le terrasser. Bien que l'aventure n'ait eu lieu que plusieurs mois après notre excursion de pêche, je vais, pour en finir, l'intercaler à la suite de celle-ci.

XXXI.

COMBAT ENTRE LA MARTRE ET LE PORC-ÉPIC.

C'était au milieu de l'hiver. Une légère couche de neige recouvrait le sol ; il y en avait juste assez pour qu'on pût suivre les traces d'animaux qui s'y trouvaient empreintes. Cela nous donna l'envie de chasser, et nous partîmes, Henry et moi, à la piste d'une couple d'élans qui avaient traversé notre clairière peu de temps avant notre lever.

Ces traces côtoyaient notre lac, puis remontaient la rive gauche du ruisseau. Castor et Pollux étaient avec nous ; mais nous avions pris l'habitude de les tenir en laisse pour les empêcher d'effrayer le gibier trop longtemps avant notre arrivée.

A un kilomètre de la maison, les élans avaient traversé le ruisseau, et nous nous préparions à en faire autant, quand tout à coup, se dirigeant vers les bois, nous vîmes une autre trace, la plus inattendue et la moins désirée : c'étaient des empreintes humaines, des traces de pieds d'enfant.

Vous vous figurez sans peine notre surprise, notre trouble, notre émoi !... Ces empreintes étaient telles que les devaient laisser des marmots de six ans, et elles se suivaient comme si deux enfants eussent passé l'un après l'autre dans le même chemin. Qu'est-ce que cela pouvait être? Existait-il dans la vallée des êtres humains autres que nous? Etait-ce l'indice du passage de deux jeunes Indiens?

Et aussitôt mon esprit battit la campagne. Je me voyais aux prises avec les Yamparicos, ces Troglodytes du désert qu'on rencontre partout, vivant ou plutôt végétant dans des trous plus semblables aux tanières des fauves qu'à des abris humains, et se nourrissant de racines crues et d'herbe desséchée.

De chasse il ne fut plus question, comme bien vous pensez. Nous abandonnâmes la trace des élans, pour voir où iraient aboutir celles de ces jeunes sauvages.

En arrivant à une éclaircie où la neige était plus unie, les empreintes nous parurent plus nettes, et je m'agenouillai pour les examiner de plus près. Hélas! c'était bien la forme des talons, l'élargissement régulier du pied près des orteils, et les cinq orteils eux-mêmes bien dessinés sur la neige. Mais voici bien un autre mystère. En comptant les doigts du pied, j'en trouvai cinq dans une partie des traces et quatre seulement dans d'autres.

Ceci me conduisit à étudier plus attentivement encore la trace de ces doigts, et je finis par me rendre compte que chacun d'eux était armé d'une griffe, qui, en raison sans doute de son enveloppe poilue, n'avait laissé sur la neige qu'une marque à peine perceptible. Ce n'étaient donc plus des pieds d'enfants, mais bien la piste d'un quadrupède quelconque. Eh bien ! j'aimais mieux ça....

Quoique rassurés, nous n'en désirâmes pas moins tirer au clair le reste de l'aventure, et savoir au juste quel était l'animal qui nous avait occasionné une pareille venette. Nous n'allâmes pas loin sur cette piste bizarre. Un fourré de jeunes cotonniers dépouillés de leur écorce attira notre attention et nous barra le passage.

Je me souvins alors que le porc-épic est un plantigrade avec cinq orteils à ses pattes de derrière et quatre seulement à celles de devant.

Le mystère était éclairci, l'aventure se dénouait de la façon la plus banale, et nous étions les gens les plus vexés du monde de nous être laissés détourner d'une chasse qui promettait d'être fructueuse, pour venir contempler les hauts faits d'un bien vilain quadrupède.

Mus par ces mauvais sentiments, nous résolûmes de faire un mauvais parti à l'infortuné plantigrade à la première occasion qui se rencontrerait : ayant pour ennemi notre amour-propre blessé, il n'avait qu'à se bien tenir.

Tout en raisonnant de la sorte, nous avions fait une cinquantaine de mètres, quand nous l'aperçûmes qui, gauche et lent, se mouvait dans le feuillage d'un arbre.

C'était lui, et nous allions lui courir sus, quand apparut soudainement un autre animal qui avait avec lui aussi peu de ressemblance que le jour avec la nuit.

Cette créature avait bien au moins un mètre vingt de longueur et n'était cependant pas plus grosse que le bras d'un homme. Sa tête large et tant soit peu aplatie avait des oreilles courtes et droites et se terminait par un museau pointu. Elle avait la barbe d'un chat et l'expression d'un chien. Ses jambes étaient courtes, mais fortes ; en un mot, tout son ensemble dénotait l'agilité et la vigueur. Son pelage était d'un beau roux, avec une marque blanche sur la poitrine. Il fonçait beaucoup sur le dos, les jambes, les pieds, le nez et la queue. On eût dit une belette énorme; et par le fait c'en était presque une, puisque c'était la martre d'Amérique. Elle était postée comme pour l'attaque, et nous nous arrêtâmes pour l'observer.

Occupé à peler son cotonnier, le porc-épic n'avait pas encore aperçu l'ennemi. Après être restée quelques instants en suspens, la martre s'élança du tronc qu'elle occupait vers l'arbre du plantigrade. Celui-ci l'aperçut alors et jeta un cri en témoignage d'une vive terreur. Cependant, à notre grande surprise, au lieu de rester où il était, il se laissa tomber à terre presque sur le nez de son adversaire. Je m'expliquai bien vite la tactique de l'animal. En restant sur les branches dont quelques-unes étaient très minces, il eût laissé son ventre, la seule partie de son corps qui ne soit pas défendue par des piquerons, exposé aux morsures de son ennemi. Dès qu'il toucha terre, il se pelotonna, présentant de tous côtés sa formidable armure.

La martre se mit aussitôt à courir autour de lui, repliant avec agilité son corps souple comme un ver, montrant les dents, crachant et grondant comme un chat. A tout moment nous nous attendions à la voir sauter sur sa proie; mais elle était trop avisée pour se livrer à pareille imprudence, bien qu'elle parût fort ennuyée et embarrassée de ces délais.

Le porc-épic demeurait immobile, à l'exception de sa queue, qui battait l'air sans interruption, et dont le mouvement incessant paraissait porter sur les nerfs de la martre. Elle alla bientôt se poster sans bruit derrière le porc-épic, comme si elle méditait contre lui quelque coup de traîtrise.

Le plantigrade, ne voyant et n'entendant plus rien, cessa peu à peu ses oscillations et laissa son appendice caudal reposer un instant sur le sol.

La martre se précipitait sur son ventre.

C'était ce qu'attendait la rusée commère ; car, une seconde après, elle s'était emparée de l'extrémité de cette malheureuse queue dépourvue de piquants, et elle la tenait ferme, je vous en réponds. Il n'y avait qu'à en juger par les cris de douleur de l'infortuné porc-épic ; mais la martre, parfaitement insensible aux cris de sa victime, se mit à marcher à reculons, l'entraînant à sa suite. Le porc-épic ne pouvait offrir aucune résistance, l'adversaire étant de beaucoup le plus fort.

Ils arrivèrent ainsi, l'un traînant l'autre, au pied d'un arbre, dont la martre commença l'ascension en tirant toujours son fardeau après elle, ce qui était fort délicat. Quand une fois elle l'eut appuyé, la tête en bas et les jambes de derrière soulevées de terre, contre une branche peu élevée, elle s'élança de manière à donner un choc au porc-épic et à le renverser sur le dos. C'était là le point principal de ses efforts. Avant que le gauche quadrupède se fût retourné, la martre se précipitait sur son ventre, lui enfonçait ses griffes dans les chairs, tandis que ses dents lui labouraient la poitrine.

En vain la malheureuse victime luttait et se démenait; la martre déployait une agilité telle, qu'en peu d'instants elle fut réduite à l'immobilité. Il était temps d'intervenir, nous rendîmes la liberté à nos chiens.

Ils eurent bientôt fait d'éloigner la martre, mais ce fut contre eux qu'elle tourna sa rage. Bien loin de les fuir, elle leur cracha à la figure et les maintint à distance comme une véritable petite tigresse; et peut-être leur eût-elle fait passer un mauvais quart d'heure, si nous n'eussions été à portée. Quand nous nous démasquâmes, l'animal témoigna seulement de son effroi en se sauvant sur un arbre, à la façon d'un écureuil. Une balle l'eut bientôt étendu sans vie à nos pieds; mais il dégagea en tombant une forte odeur de musc qui était vraiment fort peu agréable.

En revenant au porc-épic — dont nos chiens eurent grand soin de se garer — nous le trouvâmes plus d'à moitié mort. Nous l'achevâmes par pitié ; puis nous enlevâmes la martre, avec l'intention de la dépouiller et de conserver sa peau, qui n'est pas sans valeur. Ce fut une compensation pour notre chasse à l'élan manquée.

Ceci dit, je reviens à notre expédition de pêche.

XXXII.

LES RUSES D'UN VIEUX RACOUN.

Dès que Cudjo eut vengé sur le porc-épic les injures subies par nos chiens, nous nous occupâmes de ceux-ci. Ils avaient cessé leurs hurlements, mais il était urgent de les débarrasser des épines barbelées dont leur gueule était garnie. Nous le fîmes avec autant de délicatesse que possible pour ne point ajouter à leurs souffrances ; ce qui n'empêcha pas que leur tête enflât et qu'ils parussent fort mal à leur aise. Ils étaient guéris pour quelque temps du moins de l'amour de la chasse au porc-épic.

Nous continuâmes notre course interrompue vers notre lieu de pêche. Cudjo avait suspendu l'animal à un arbre pour s'en charger au retour. Son intention était de l'écorcher et de le manger. Il affirma que sa chair était aussi fine et délicate que celle du cochon de lait, et personne ne semblait disposé à lui en contester l'entière jouissance.

Nous arrivâmes enfin au bord d'une crique formée par une grande étendue d'eau profonde, ombragée par des arbres touffus. L'autre rive très basse s'en allait en pente et était couverte de troncs d'arbres à demi baignés dans l'eau.

Ce fut à l'ombre de ces grands arbres, sur une pelouse fleurie, où les fillettes pouvaient jouer à leur aise, que nous nous groupâmes pour achever nos préparatifs. Nous jetâmes nos lignes en parlant à voix basse, de peur d'effrayer le poisson. Au bout de cinq minutes nous remarquâmes, çà et là, des signes d'agitation dans l'eau et des points noirs semblables à des têtes de serpents. Mais Cudjo ne s'y trompa pas, lui, il avait trop souvent pêché au bord de criques semblables dans sa chère Nigritie.

— Massa, massa, des tortues, s'écria-t-il, tout plein, tout plein !

— Alors il n'y a pas de poisson, demanda Henry, fort désappointé.

— Meilleur pour Cudjo que poisson, chair ou volaille. Très bon, écailles molles, très bon !

Cudjo parlait avec une conviction profonde. On voyait que l'eau lui en était venue à la bouche.

Tandis qu'il s'exprimait ainsi, les yeux brillants de convoitise, une des tortues sauta près de l'endroit où nous étions assis. Je la reconnus pour appartenir à l'espèce *tryonix* ou tortue à écailles molles. Le *trionix ferox* est celle que les gourmets recherchent le plus pour leur table.

Je me détournais pour demander à Cudjo ce qu'il fallait faire pour s'assurer cette prise avantageuse, quand mon flotteur disparut et ma ligne se tendit soudainement. Je commençai à tirer avec précaution, pensant ramener un poisson. Quelle ne fût pas ma surprise de voir, au contraire, une belle tortue se débattre après l'hameçon ! Nous l'eûmes bientôt ramenée à terre, et Cudjo la réduisit à l'impuissance simplement en la tournant sur le dos. Nous vîmes, d'après cela, que c'étaient des créatures voraces qui mordaient facilement au premier appât venu, et peu après nous en eûmes une nouvelle preuve.

Dès que le racoun sentit la morsure faite à sa queue, il fit sauter la tortue hors de l'eau.

En peu de temps chacun de nous avait pris plusieurs poissons de belle taille, et, encouragés par ce succès, nous observions nos lignes avec un redoublement d'ardeur, quand notre attention fut détournée par les mouvements d'un animal sur l'autre rive, à environ cent pas de nous. Henry murmura :

— Maman ! papa ! regardez là-bas ce racoun.

Il n'y avait pas à s'y méprendre : son large dos brun, sa face et son museau de renard, sa longue queue velue, ses jambes courtes et épaisses, ses oreilles droites et sa face tachetée de blanc et de noir, tout nous était familier.

A la vue du racoun, les yeux de Cudjo s'animèrent de nouveau, car il n'y a pas pour les nègres d'amusement comparable à la chasse de cet animal, et ils en mangent la chair, bien qu'elle soit fort inférieure à celle de l'opossum.

Le racoun ne nous avait pas aperçus ; car il se fût gardé de rester en notre compagnie. Il rampait avec précaution le long de la rive, tantôt sautant sur un tronc d'arbre, tantôt s'arrêtant pour regarder dans l'eau.

— Lui vouloir pêcher aussi, murmura Cudjo ; lui vouloir manger tortue.

— Des tortues ! Et comment les attrapera-t-il, le malheureux ? s'écria Frank en riant.

— Vous pas en peine, massa Frank, lui savoir bien comment faire.

Nous résolûmes d'observer ses manœuvres ; car, à l'exception de Cudjo, aucun de nous ne pouvait admettre que ce fût pour lui chose facile que d'en venir à ses fins ; s'il eût voulu attaquer la tortue dans son élément, il se fût fait dévorer avant d'en venir à bout. Mais ce n'était pas son intention.

Près de l'extrémité d'un tronc d'arbre qui avançait sur l'eau, plusieurs têtes de tortues avaient fait leur apparition. Le racoun les aperçut en même temps que nous, s'approcha tout doucement de l'arbre et grimpa dessus ; puis il cacha sa tête entre ses jambes de devant, tourna sa queue du côté de la crique et se mit à descendre à reculons, jusqu'à ce que l'extrémité de sa longue queue touffue touchât la surface de l'eau. Alors il l'agita de côté et d'autre, se pelotonnant de telle façon, qu'on ne pouvait distinguer quelle espèce d'animal se trouvait sur le tronc.

A peine était-il dans cette position, qu'une tortue, nageant de ce côté, aperçut cet objet en mouvement, et, moitié par curiosité, moitié par voracité, elle s'approcha et saisit le bout des longs poils dans ses mâchoires. Dès que le racoun sentit la morsure faite à sa queue, d'un brusque mouvement de cet appendice il fit sauter la tortue hors de l'eau, dans la direction du rivage. En trois bonds il l'eut rejointe et renversée sur le dos. Il se mettait en devoir de la dépecer à sa manière, quand Cudjo jugea utile d'intervenir en faisant coup double. Il avait traversé le ruisseau, suivi des chiens; et quand nous arrivâmes, il tenait déjà le racoun défunt par la queue et s'apprêtait à nous rapporter la tortue.

Ce fut la dernière que nous prîmes ce jour-là; mais le poisson nous dédommagea assez amplement de nos peines pour que nous n'eussions pas à nous plaindre de notre journée.

XXXIII.

MARIE ET L'ABEILLE.

Durant l'hiver, nous ne vîmes que peu de castors. Pendant la froide saison, ils restent calfeutrés chez eux, mais non dans la torpeur des marmottes; ils vont et viennent, s'occupant de leurs petites affaires domestiques. On ne les aperçoit que lorsqu'ils sortent pour leur toilette ; car c'est un animal très propre que le castor, et qui ne passe guère de jour sans se laver et se nettoyer avec soin.

Pendant plusieurs semaines le lac fut gelé et la glace assez forte pour nous porter. Nous profitâmes de l'occasion pour aller examiner de près les demeures de nos castors, qui s'élevaient du champ de glace comme autant de meules de foin. Elles étaient si solidement construites, que nous pûmes grimper et sauter dessus sans danger de défoncer le sommet; sage mesure que prend l'animal afin que le wolverene ou tout autre ennemi ne puisse l'attaquer avec ses griffes. L'ouverture de l'habitation était bien au-dessous de la glace et demeurait par conséquent toujours accessible à ses propriétaires.

Quand l'un de nous piétinait avec force sur la terrasse supérieure, nous pouvions à travers la glace transparente distinguer les castors effrayés qui s'enfuyaient dans l'eau. Souvent nous attendions long-temps leur retour, mais jamais nous ne pûmes en être les témoins : ce qui nous surprenait fort, sachant que l'animal, bien qu'amphibie, ne peut vivre longtemps au fond de l'eau. Nous ne tardâmes pas cependant à en découvrir la raison. Les prudents animaux avaient pris leurs dispositions pour échapper au danger d'être bloqués sous l'eau.

Sur un des côtés du lac s'étendait une rive assez escarpée, dans laquelle ils avaient creusé de grands trous dont l'entrée était faite de telle manière que l'eau n'y pouvait geler. Chaque fois que les castors étaient troublés ou effrayés, ils quittaient en toute hâte leur demeure et venaient se réfugier dans ces trous, d'où ils pouvaient en toute sécurité monter à la surface pour respirer en liberté. Bien que ce fût le moment d'ouvrir la chasse, nous n'y songeâmes pas, voulant leur donner le temps de croître et de se multiplier.

La glace du lac était très unie, ce qui nous donna l'idée de patiner. Frank et Henry étaient très amateurs de cet exercice, pour lequel j'avais moi-même un véritable faible. Aussi nous n'eûmes ni trève ni repos avant de nous être fabriqué des patins.

Nous essayâmes du bois d'arc, qui se trouva être le seul bois assez léger et assez dur en même temps pour l'objet que nous nous proposions. Cudjo trouva le moyen d'y adapter une mince lame de fer. Nous nous étions bien un moment fait scrupule de détourner une partie quelconque de ce précieux métal, dont nous n'étions pas riches, pour notre agrément ; mais nous réfléchîmes que nous pourrions toujours reprendre notre plaque de fer. Bref, nous nous en fabriquâmes trois paires, que nous ajustâmes à nos pieds avec des courroies de peau de daim.

Grâce à ces récréations innocentes, nous passâmes un hiver charmant. Du reste, à vrai dire, il fut de courte durée.

Dès le retour du printemps, Cudjo, avec sa charrue de bois, retourna notre champ, dans lequel nous fîmes notre ensemencement de maïs, avec l'agréable perspective d'en récolter au bout de six semaines environ quinze boisseaux. Nous n'oubliâmes pas nos cent grains de froment, et nous les semâmes avec soin dans un coin à part, ainsi que les patates sauvages que ma femme se proposait d'améliorer par la culture.

Un jour que nous errions comme à l'ordinaire à travers les échappées de la forêt, nous nous assîmes un moment, pour nous reposer, près d'un fourré de magnolias. Non loin de là croissaient en touffes de charmantes fleurs bleues. Frank, prenant sa sœur par la main, s'en alla les cueillir pour faire un bouquet à leur mère. Tout à coup l'enfant poussa un cri terrible, suivi de plaintes lamentables. Un serpent l'avait-il mordue ?...

Horriblement inquiets, nous nous élançâmes vers notre pauvre fillette, dont les pleurs continuaient et qui nous tendit sa petite main, siège de la douleur. Elle avait froissé une abeille, dont l'aiguillon l'avait piquée. Nous nous empressâmes de soulager notre chère enfant ; et quand la douleur fut calmée, nous nous livrâmes à nos réflexions.

Là où sont les abeilles, on doit trouver du miel. Ce mot eut un effet magique sur notre petite communauté. Nous nous dispersâmes parmi les fleurs pour nous assurer si c'était bien une abeille ou quelque méchante guêpe qui avait blessé notre petite Marie. Nous ne pouvions manquer de rencontrer d'autres individus de la même espèce.

Bientôt nous entendîmes Henry crier à droite : « Une abeille, une abeille ; » tandis qu'à gauche Frank criait : « Par ici, par ici, en voici plusieurs, papa ».

— Oh ! oh ! exclamait Cudjo de son côté, en voilà une, massa Rolf, toute couverte de cire !

Et moi-même j'en suivais deux ou trois du regard. Assurément il devait y avoir une ruche dans quelque coin de la vallée. Le tout était de la découvrir.

Elle était sans doute dans quelque creux d'arbre ; mais comment s'en assurer, au milieu de centaines d'arbres tout pareils ? Il ne fallait pas y songer, et nous étions sur le point d'y renoncer, lorsque notre ingénieux Cudjo, réellement propre à tout, nous annonça que c'était la chose la plus simple du monde. C'est qu'il était aussi friand de miel qu'un ours lui-même, l'ami Cudjo, et que maintes fois il avait fait la chasse à la ruche dans sa vieille Virginie.

Mais il lui fallait des préparatifs, qui nécessitèrent notre retour à la maison. Il était trop tard pour revenir ce jour-là, et nous remîmes au lendemain cette chasse d'un nouveau genre.

XXXIV.

COMMENT SUIVRE UNE ABEILLE
A LA TRACE.

Le lendemain se trouva être une journée radieuse et comme faite exprès pour notre expédition. Après déjeuner, nous partîmes tout joyeux de la perspective de plaisir qui se déroulait devant nous.

Henry était le plus ardent de tous. Il avait beaucoup entendu parler des chasseurs d'abeilles et ne se faisait aucune idée du procédé auquel ils pouvaient avoir recours. En outre, Cudjo, ayant gardé un silence d'oracle à cet égard, avait encore surexcité la curiosité de l'enfant, qui avait atteint son maximum d'intensité.

Le nègre n'avait emporté avec lui qu'un verre à boire, retrouvé intact par miracle dans notre grande caisse, un pot de mélasse et une pincée de poils blancs arrachés à la fourrure d'un lapin.

— Que va-t-il faire de cela? pensions-nous tous, en échangeant des regards étonnés.

Enfin nous arrivâmes aux coulées. Nous entrâmes dans la plus vaste, où nous fîmes halte. Nous ne perdions pas de vue Cudjo, attentifs à ses moindres mouvements ; Henry surtout l'observait avec des yeux de lynx, tant il craignait de perdre un seul détail de l'opération. Il semblait qu'il fût en présence d'un prestidigitateur et qu'il cherchât à surprendre le secret d'un de ses tours. Cudjo préparait son œuvre en silence, tout fier de son savoir et de l'intérêt qu'il excitait en nous.

Un tronc mort sur le côté de la clairière lui parut devoir faciliter l'exécution de ses projets. Il s'y rendit, en enleva quelques centimètres d'écorce et nivela de son mieux l'endroit resté nu. Il versa dessus une petite quantité de mélasse formant un rond de la dimension d'un sou ; puis il prit le verre, qu'il frotta jusqu'à ce qu'il fut aussi transparent que du cristal. Ensuite il se mit en quête d'une abeille butinant parmi les fleurs.

Il en découvrit bientôt une au sein d'une fleur d'hélianthe. Il s'en approcha prudemment et d'un mouvement adroit prit sous cloche l'abeille et la fleur, qu'il sépara de sa tige, puis, relevant son verre, il le couvrit de sa main gantée de peau de daim. Il transporta sa prise près du tronc enduit de mélasse, enleva la fleur et garda l'abeille captive, puis, d'un mouvement rapide, il fit glisser son verre de dessus sa main sur le rond de mélasse.

Effrayée de sa captivité, l'abeille voltigea quelques instants en quête d'une issue ; mais, ayant heurté ses ailes, elle retomba sur la mélasse. Dès qu'elle l'eut goûtée, toute idée de fuite disparut de sa petite cervelle, et elle ne songea plus qu'à se gorger avec avidité du délicieux nectar.

Cudjo la laissa se régaler tout à son aise, puis il l'attira avec le rebord du verre et l'arracha à son festin. Il avait ôté ses gants et pris adroitement la petite bête, tout étourdie et à demi grisée, entre le pouce et l'index. Il la renversa sur le dos et glissa entre ses pattes quelques poils blancs, qui y adhérèrent d'autant plus facilement qu'elles étaient toutes gluantes de mélasse. Le poil fut ensuite dirigé de manière à être parfaitement visible, sans toutefois gêner les mouvements des ailes, et c'était curieux de voir Cudjo, malgré ses gros doigts pattus, manier ce frêle insecte avec une dextérité que lui eût certainement enviée plus d'une belle dame.

Ceci fait, il posa l'abeille sur le tronc d'abre.

La petite bête paraissait tout abasourdie du singulier traitement qu'elle avait subi. Elle demeura quelques instants immobile sur le bois ; mais un chaud rayon de soleil, filtrant à travers la feuillée, la rendit bientôt à elle-même. Elle s'aperçut qu'elle avait recouvré la liberté, agita ses ailes transparentes et s'envola soudain dans les airs. Elle s'éleva bientôt en ligne droite, à une hauteur de dix à treize mètres, et se mit à tournoyer, comme il nous était facile de le voir, grâce à la petite touffe blanche adhérente à son corps.

C'est alors qu'il eût fallu voir Cudjo : ses yeux remuaient avec une rapidité vertigineuse, et son corps, court et large, semblait converti en un pivot doué d'un mouvement rotatoire ininterrompu. Brave Cudjo ! quelle drôle de tête il avait !

Après avoir décrit maints cercles dans les airs, la mouche prit son vol vers le bois et s'éloigna si rapidement, que nous ne pûmes la suivre longtemps des yeux. Tout ce dont nous étions certains, c'est qu'elle avait suivi une ligne droite indiquant la direction de la ruche. C'est ce qui fait, dans l'ouest de l'Amérique, employer l'expression « à vol d'abeille », comme l'on dit en France « à vol d'oiseau ».

Cudjo savait donc que l'abeille n'avait plus qu'à suivre cette ligne pour arriver à sa demeure. Il possédait le premier des jalons nécessaires à sa découverte : la direction de l'arbre à miel à partir de l'endroit où nous nous trouvions. Il traça avec son couteau, sur la pièce de bois d'où était partie l'abeille, une entaille dans le sens de son vol, puis il en fit une ou deux autres dans la même direction. Ensuite il choisit un autre tronc d'arbre à environ deux cents pas du premier, en enleva l'écorce de la même manière et y versa quelques gouttes de mélasse. Une autre abeille fut ensuite prise et traitée comme la première. Seulement, à notre très grande surprise, quand elle s'envola, ce fut du côté diamétralement opposé à celui de sa compagne.

— Tant mieux, disait Cudjo en marquant la direction nouvelle, deux arbres à miel, ça vaut mieux qu'un.

Une troisième expérience amena un résultat analogue, l'abeille se dirigea vers un nouveau point du compas.

— Ah! massa Rolf, bonne chance aujourd'hui. La vallée être pleine de miel partout! partout!

Une quatrième opération donna enfin le résultat désiré. L'abeille partit dans la ligne suivie par la première captive, et il fut résolu qu'on s'arrêterait pour ce jour-là à la découverte du premier essaim.

Nous avions eu le temps de nous rendre compte des manœuvres de Cudjo, assez du moins pour lui prêter assistance au moment du besoin. Ce qui restait à déterminer, c'était l'endroit exact où croissait l'arbre à miel. Il se trouvait évidemment au sommet de l'angle formé par le point de jonction des deux lignes tracées par les abeilles n°s 1 et 4. Sur un terrain découvert, cela n'eût présenté aucune difficulté; mais, en dépit des obstacles, Cudjo ne désespérait nullement d'y arriver.

Il plaça Henry près du premier tronc enduit de mélasse, puis, sa hache sur l'épaule, il marcha dans la direction de la ligne tracée sur le tronc d'arbre à l'entrée du bois. Avançant toujours, pendant quelque temps, il entaillait arbre après arbre dans cette direction. Enfin il revint à nous, et pria Frank de se placer à son tour au point de départ de la quatrième abeille. Il se dirigea alors vers le bois en suivant l'indication du vol de l'insecte, et il entailla le premier arbre qu'il rencontra; ensuite il répéta son premier manège, s'efforçant d'avancer en ligne aussi droite que possible. Notre présence n'étant plus nécessaire ailleurs, nous le rejoignîmes.

A deux cents pas environ de la limite de la clairière, les lignes se rapprochaient sensiblement. Il y avait en cet endroit plusieurs arbres immenses, et, par une sorte d'instinct, Cudjo pressentait que ce devait être là que se trouverait l'essaim. Il abandonna sa hache pour concentrer toute son attention vers les cimes. Nous l'aidions de notre mieux dans ses recherches.

Au bout de quelques instants, une bruyante et joyeuse exclamation de Cudjo annonça que la chasse était terminée. L'arbre à miel était trouvé.

C'était presque au sommet d'un sycomore géant. On distinguait la décoloration de l'écorce causée par le va-et-vient des abeilles et des industrieuses ouvrières. Le tronc de l'arbre avait une circonférence capable de renfermer à l'aise un homme dans son sein. Il existait en bas une énorme cavité, et nous supposions que peut-être l'intérieur était creux jusqu'à la cime.

Toutes ces marches et contremarches avaient absorbé un temps considérable. Il était trop tard pour aller plus loin ce jour-là, et nous dûmes remettre au lendemain la dégustation de ce miel délicieux.

XXXV.

OU L'ON SE TROUVE EN PRÉSENCE
D'UN RIVAL.

Il nous manquait quelque chose pour attaquer les abeilles, Cudjo ayant répondu du succès de l'opération : c'était une paire de gants de peau. Je m'adressai à ma femme, qui m'en eut bientôt taillé une paire sur le modèle de celle que nous possédions déjà, et qui y ajouta deux masques en peau d'élan, avec lesquels nous nous sentions prêts à déclarer la guerre à tous les essaims de la vallée.

Cudjo et moi devions seuls prendre part à l'assaut ; néanmoins tout le monde nous accompagna, désireux de voir ce qui allait se passer et de goûter le plus tôt possible à ce nouveau régal. Nous emmenâmes Pompo, chargé de tous les récipients imaginables pour le miel.

Une fois à la clairière cependant, nous le dételâmes, de peur, si nous l'emmenions plus loin, qu'il ne prît fantaisie aux abeilles de se venger sur le pauvre animal du tort que nous nous disposions à leur faire. Puis, munis de tout notre attirail, nous arrivâmes au pied de l'arbre.

Nous fûmes très surpris de voir quelle perturbation régnait parmi les abeilles, que nous avions vues seulement affairées la veille. Elles tourbillonnaient par milliers, allant et venant en foule. Nous percevions même leur bourdonnement, tant il était fort. Allaient-elles donc essaimer?

Cudjo n'était pas de cet avis, car ce n'était pas la saison.

— Elles être tourmentées par quelque vermine, dit-il.

Mais nous eûmes beau chercher « la vermine » en question, nous n'en trouvâmes pas trace, et nous conclûmes que la journée étant exceptionnellement belle et chaude, les excitait à sortir pour en profiter, et nous ne nous en inquiétâmes plus.

Notre tâche était en somme facile : abattre un arbre creux avec une bonne hache n'était pas de nature à faire reculer des hommes de notre trempe. Aussi Cudjo commença-t-il gaiement à faire voler autour de lui les copeaux du sycomore.

A peine avait-il donné une douzaine de coups, que nous fûmes arrêtés par un bruit singulier qui tenait à la fois du grognement et du ronflement d'un animal.

Cudjo tourna vers moi des yeux effarés, où se peignaient la stupéfaction et la terreur. Malheureusement, il ne dépendait pas de moi de le rassurer, car ce bruit était réellement terrible et ne pouvait qu'indiquer le proche voisinage d'une bête féroce. Où pouvait-elle être? En vain nous scrutions les fourrés avoisinants, nous n'apercevions rien de nature à justifier nos doutes.

De nouveau le sinistre grognement retentit; il semblait sortir de terre. Non, hélas ! c'était de l'arbre qu'il provenait.

— Misère de nous ! massa Rolf, c'être un *hours !* moi connaître bien sa voix.

— Un ours ! m'écriai-je. Ah ! je comprends, il est là pour le miel. Cours, Marie, sauve-toi dans la clairière avec les enfants.... Vite, vite, fuyez !

Frank et Henry sollicitaient l'honneur de rester avec leurs carabines, et j'eus grand'peine à les décider à partir. Je n'y parvins qu'en leur prouvant que leur place était près de leur mère et de leurs sœurs, pour les défendre à l'occasion. Tout cela n'occupa que quelques secondes.

Il était évident qu'un ours s'était introduit au cœur de l'arbre et qu'il était la cause de l'agitation des abeilles. La hache de Cudjo l'avait dérangé, et il était en train de descendre.

Je saisis ma carabine, tandis que Cudjo se tenait prêt avec sa hache. Je préparai mon arme et me disposai à faire feu au moment où l'ours ferait son apparition. A notre grande surprise, au lieu d'une tête à l'aspect plus ou moins furieux, nous vîmes dégringoler devant nous une masse de poils emmêlés, rabougris et sales. C'était sa croupe et ses reins que l'animal nous présentait en descendant à reculons.

Nous ne perdîmes pas un long temps à les examiner. Je tirai sur ce que j'aperçus, et Cudjo lui asséna un coup de hache assez fort pour tuer un bœuf. Nous espérions voir l'animal rester immobile sous le coup ; mais il était destiné à nous ménager plus d'une surprise, car, sans paraître s'en inquiéter davantage, il reprit son ascension et devint bientôt invisible.

18

Qu'allait-il se passer maintenant? Aurait-il la place de se tourner dans l'arbre et de descendre la tête la première? Dans ce cas, ma carabine étant déchargée, et Cudjo pouvant ne pas lui porter un coup plus effectif que la première fois, nous étions complètement à sa merci.

Dans cette extrémité, mes yeux tombèrent sur nos grandes jaquettes de peau de daim que nous avions jetées à terre, dans l'ardeur de notre travail. En les roulant convenablement, elles pourraient former un volume suffisant pour boucher la cavité. Je posai donc ma carabine désormais inutile, et, avec l'aide de Cudjo, je fis un paquet qui fermait hermétiquement le trou de l'arbre.

Pendant cette opération, nous vîmes les vêtements se teindre de sang. L'ours était donc blessé, et il était peu probable qu'il vînt nous déranger d'ici à quelques moments; pendant que l'un maintenait les casaques, l'autre apportait de grosses pierres, que nous empilâmes à l'entour pour consolider notre défense.

Alors nous fîmes le tour de l'arbre, regardant le tronc afin de nous assurer qu'il n'y avait pas au-dessus d'autre ouverture par laquelle il pût s'échapper et nous surprendre à l'improviste.

Réfléchissant que le temps devait paraître bien long à ma femme et aux enfants en proie à une mortelle inquiétude, je courus à la clairière les rassurer d'un mot. Mes fils m'accueillirent avec des transports de joie, quand j'annonçai que, le danger étant conjuré, tout le monde pouvait revenir.

Effectivement nous étions hors des atteintes de l'animal; mais comment nous défaire de lui? Il n'y avait pas à plaisanter, le voisinage d'un semblable ennemi était trop redoutable pour nous exposer à le conserver. J'avais cru d'abord à un ours d'Amérique, et cela m'avait rempli de terreur, car un coup de feu n'est rien pour tuer un de ces fauves. Mais, à la réflexion, je m'étais tranquillisé. L'ours d'Amérique n'est point un grimpeur : je n'avais donc affaire qu'à un vulgaire ours brun.

Je tirai sur ce que j'aperçus, et Cudjo lui asséna un coup de hache.

Mais encore comment l'atteindre ? Fallait-il le laisser où il était, pour qu'il y mourût de faim ? Il n'y fallait pas songer, car alors il dévorerait toute la provision de miel, si cela n'était pas déjà fait. Puis il élargirait la sortie des abeilles et pourrait effectuer sa descente à l'extérieur de l'arbre.

Un des enfants suggéra l'idée d'ouvrir une petite fenêtre dans le tronc du sycomore, pour s'assurer si notre peu sociable compagnon ne serait pas ainsi à portée d'une balle; mais nous ne pûmes rien apercevoir. Nous n'entendions plus rien du reste, et notre embarras restait le même.

— Nous falloir enfumer lui ! s'écria triomphalement Cudjo, après quelques minutes de méditation.

Le moyen était bon, mais peu pratique, tant que nos habits étaient dans l'arbre. En un tour de main ils furent retirés et remplacés par de grosses pierres. On empila des quantités de broussailles sèches et de bois mort ; et lorsque le feu eut pris, nous bouchâmes le trou pour empêcher la fumée de se perdre.

Bientôt nous acquîmes la certitude que les choses allaient encore mieux que nous ne l'avions prévu. Un filet de fumée bleuâtre s'échappa par l'orifice des abeilles, qui, épouvantées, sortaient en foule de leur demeure. Si nous avions tout d'abord songé à employer ce moyen pour elles, nous eussions pu nous dispenser de la peine de faire des gants et des masques.

L'ours ne tarda pas à donner de la voix. Nous l'entendions éternuer et grogner avec rage dans le sommet de l'arbre. De temps en temps il poussait un cri rauque, comme le râle d'un asthmatique. Ses gémissements devinrent bientôt ininterrompus. Enfin un rugissement formidable se fit entendre, auquel succéda un profond silence. Un instant après, nous entendîmes un bruit sourd. C'était le corps de l'ours qui dégringolait du point élevé où il était perché.

Par excès de prudence, nous attendîmes un moment ; puis, voyant que l'immobilité et le silence se prolongeaient, je retirai l'herbe qui bouchait le trou. Une intolérable fumée âcre et épaisse s'en échappa. L'ours était bien mort, car nulle créature n'eût pu vivre dans cette horrible atmosphère.

J'introduisis la baguette de mon fusil dans l'ouverture béante et je sentis le corps velu de l'animal sans mouvement. Nous enlevâmes les pierres et nous tirâmes la bête dehors. Pour plus de sûreté, Cudjo lui asséna sur la tête un coup de hache de main de maître. Mais il était déjà mort, et sa longue fourrure était pleine d'abeilles mortes ou mourantes qui, suffoquées par la fumée, étaient tombées de leurs alvéoles.

A peine la question de l'ours était-elle enfin réglée à notre entière satisfaction, que nous nous apercevions que l'arbre était en feu. Le cœur vermoulu du vieux géant s'était enflammé quand nous avions débouché le trou inférieur, et l'incendie se propageait avec fureur. Après tant de mal, perdre le miel, objet de nos efforts, c'était un final désagréable et sur lequel nous ne comptions pas.

— Il faut le sauver quand même ! s'écria-t-on de tous côtés.

Et Cudjo, qui n'était pas le plus désintéressé dans la question, proposa d'abattre l'arbre d'abord, puis de le couper entre le feu et le nid des abeilles.

En aurions-nous le temps? C'était la grande question. Le feu gagnait du terrain, activé par le courant d'air qui s'était établi à l'intérieur. Reboucher le trou fut un jeu d'enfant ; puis Cudjo se mit à l'œuvre avec une véritable énergie de gourmand. Les copeaux volaient de tous côtés, et les échos de la forêt résonnaient incessamment sous ses coups.

Enfin l'arbre commença à craquer ; nous nous éloignâmes prudemment, excepté Cudjo, qui savait bien de quel côté il tomberait et qui n'avait pas peur d'être surpris par sa chute.

Crrrrrac ! crrrrrac ! fit le grand sycomore, et il tomba avec fracas, jonchant le sol de ses débris.

Dès qu'il eut touché terre, Cudjo, sans s'accorder une minute de relâche, l'attaqua sur un autre point, comme si c'eût été un monstre dont il aurait voulu abattre la tête.

Un quart d'heure après, la cavité du miel était en notre possession, et nous vîmes que le feu ne l'avait point encore endommagée. Elle était bien un peu enfumée, mais complètement abandonnée des abeilles, et nous n'eûmes besoin d'aucune précaution pour nous emparer du miel.

L'ours ne nous avait fait en somme que peu de tort ; nous l'avions dérangé à temps. Il n'avait guère dévoré qu'un ou deux rayons, et il en restait amplement de quoi nous satisfaire.

Nous chargeâmes l'ours sur notre carriole ; car ses jambons et sa fourrure n'étaient point à dédaigner, et, laissant brûler le vieux sycomore, nous allâmes chez nous savourer en paix notre prise.

XXXVI.

LE COMBAT.

Le principal objet que nous avions en vue en commençant notre ménagerie n'était pas encore atteint. A l'exception de notre couvée de dindonneaux, aucun des animaux que nous avions apprivoisés jusqu'alors ne pouvait augmenter nos moyens de subsistance.

Un jour que Henry et moi nous étions partis en quête d'un daim, nous avions résolu de consacrer tous nos efforts à la capture d'un faon vivant. Nous avions muselé nos chiens, pour qu'ils ne sautassent pas à la gorge de l'animal, et nous nous rendîmes dans la partie de la vallée que nous supposions la plus propice à nos recherches. Mais comme nous n'étions pas fixés sur l'habitat de notre gibier et que nous ne voulions pas être pris à l'improviste, nous marchions en silence, scrutant chaque fourré et interrogeant la profondeur de chaque taillis.

Comme nous arrivions au bord d'une de ces coulées que nous savions fréquentées par les animaux que nous cherchions, nous redoublâmes de précautions, et nous tenions nos chiens en laisse quand un bruit singulier retentit à nos oreilles. Il semblait que plusieurs animaux frappassent du pied avec fureur ; et au milieu de ces piétinements on distinguait le heurt de corps durs, comme si une demi-douzaine d'hommes se fussent escrimés du bâton ; et parmi ces bruits divers retentissaient comme des hennissements de chevaux.

— Qu'est-ce que ça peut être, père ? me demanda Henry.

— J'avoue que je n'en sais rien, répondis-je.

— Ce sont des animaux, et ils doivent être fort nombreux, à en juger par ces piétinements. Papa, ne viens-tu pas d'entendre l'ébrouement d'un daim ? J'en suis presque sûr.

— Cela se peut ; mais il se pourrait aussi que ce fût un troupeau d'élans. Ce que je ne m'explique pas, c'est la cause de l'émoi dans lequel ils sont.

— Ils sont peut-être aux prises avec une bête féroce : un ours ou une panthère.

— S'il en était ainsi, ce que nous aurions de mieux à faire serait de nous en retourner par le chemin que nous avons suivi. Seulement je ne pense pas que ce soit le cas. Ils n'affronteraient point de semblables ennemis. L'élan et le daim se fient plutôt à leurs jambes qu'à leurs cornes pour échapper aux ours et aux panthères. Non, ce n'est pas cela ; mais, pour en être plus sûrs, maintiens fermement Pollux, et nous allons nous approcher sans bruit.

Nous fûmes bientôt cachés dans un épais fourré, et voici ce que nous vîmes :

Au milieu de la clairière il y avait six grands daims rouges, des mâles, comme l'indiquaient leurs grands andouillers branchus. Ils étaient engagés dans une lutte acharnée, quelquefois deux à deux, quelquefois trois ou quatre, ou formant par instants une mêlée générale. Souvent ils se séparaient, s'en allaient au galop à une certaine distance, puis, d'un mouvement brusque, revenaient à la charge, se ruant les uns sur les autres avec des hennissements furieux. Ils se frappaient d'abord des pieds de devant réunis, puis lançaient à leurs adversaires des coups de cornes si bien appliqués, qu'on voyait la peau se fendre et le poil tourbillonner en flocons épais.

Ils se trouvaient hors de la portée de nos carabines; mais, pensant que les chances de leur lutte pouvaient les rapprocher de nous, nous les contemplions en silence. Quelquefois ils s'étreignaient avec une telle force, que les deux adversaires roulaient ensemble à terre; mais l'instant d'après ils se relevaient et recommençaient avec une nouvelle énergie.

Notre attention fut particulièrement attirée par deux des combattants, plus grands et plus vieux que les autres, comme nous pouvions en juger par le branchement multiple de leurs andouillers. Aucun des autres ne semblait de force à lutter contre eux, et ils avaient fini par s'isoler et par se battre séparément. Après quelques ruades, ils s'éloignèrent d'un commun accord et se placèrent à une distance de vingt mètres environ. Alors ils tendirent le cou en avant et se précipitèrent l'un contre l'autre, tête contre tête, comme deux béliers. Le choc de leurs andouillers fit un tel bruit, que nous les crûmes brisés, et nous en cherchions les restes par terre; mais il

n'en était rien. Ils luttèrent encore quelques instants, puis s'arrêtèrent soudain, toujours tête contre tête, comme d'un consentement
tacite, afin de reprendre haleine.

Ils restèrent ainsi quelque temps immobiles, puis recommencèrent
la lutte. Ils s'arrêtèrent encore, sans cesser de se toucher du front,
leurs naseaux enflammés suant, soufflant l'un contre l'autre. Leur
manière de combattre, si différente de celle des autres, nous confon-
dait d'étonnement.

Toutefois, leurs compagnons s'étant rapprochés de nous, nous
nous préparâmes à les bien recevoir. Ils furent bientôt à notre portée,
nous n'avions qu'à choisir ; chacun visa le sien, et nous fîmes feu en
même temps. A cette double détonation, un des mâles tomba, et
les trois autres, apercevant l'ennemi commun, cessèrent immédiatement le combat, et, se dispersant, s'éloignèrent avec la rapidité
d'une flèche.

Dans la pensée que celui que Henry venait de manquer pouvait
avoir été blessé, nous nous précipitâmes en avant, après avoir lâché
les chiens.

Quelle ne fut pas notre surprise, en nous relevant, de voir nos
deux vieux mâles combattant toujours dans la même position, avec
le même acharnement ! Notre premier mouvement fut de recharger
nos armes ; mais les chiens, livrés à eux-mêmes, au lieu de s'élancer
sur la piste des fuyards, s'étaient précipités sur les combattants et
les mordaient aux flancs.

Henry et moi nous courûmes sus aux chiens pour les arrêter, et
notre étonnement redoubla en voyant que les deux adversaires, au
lieu de s'enfuir chacun de son côté, demeuraient tête contre tête,

comme si leur haine invétérée les rendait indifférents à tout autre péril.

Quand nous arrivâmes sur le lieu du combat, nos chiens les avaient l'un et l'autre réduits à plier les genoux, et ce fut alors que nous nous aperçûmes de la cause de ce combat singulier, ou de ce singulier combat. Les malheureux ! ils restaient ainsi étroitement unis parce qu'ils ne pouvaient plus se séparer : leurs andouillers s'étaient enchevêtrés l'un dans l'autre.

Ils restaient étroitement unis, parce qu'ils ne pouvaient plus se séparer.

Nous avions mal jugé les pauvres bêtes en leur attribuant des sentiments si haineux. Toute hostilité était depuis longtemps suspendue entre eux, sans doute depuis l'instant où ils avaient reconnu le cruel embarras où les avait jetés leur folle ardeur de bataille. Ils étaient maintenant nez à nez, terrifiés et profondément honteux de leur mésaventure.

On sait que les bois des daims sont élastiques ; ils s'étaient repliés dans cet horrible choc et comme soudés ensemble ; il était au-dessus des forces humaines de contrebalancer cet effort.

J'envoyai mon petit compagnon chercher Cudjo et la scie, en recommandant d'amener le cheval et la voiture, afin d'enlever le daim mort, et de ne pas oublier des cordes pour nos prisonniers.

Pendant son absence, je m'employai à écorcher l'animal, sans m'occuper de ses deux compagnons vivants, sur lesquels je n'avais point à veiller, certain qu'ils ne m'échapperaient pas. Ils paraissaient si honteux, si malheureux ! C'était un grand bonheur pour eux que nous fussions arrivés à temps, car ils fussent inévitablement devenus la proie des loups ou des bêtes féroces ; et à supposer que les carnassiers les eussent épargnés, ils n'auraient pas tardé à succomber à la faim et à la soif, ce qui arrive assez fréquemment.

Cudjo parut bientôt avec tout ce que j'avais demandé. Après avoir lié fortement les deux daims, nous sciâmes une des branches de leurs andouillers et les libérâmes ainsi. Nous les mîmes tous les trois dans la charrette, les vivants et le mort, puis nous revînmes en triomphe à la maison.

XXXVII.

LE PIÈGE.

Cudjo avait terminé notre parc à daims, qui avait plusieurs ares d'étendue et était de tous côtés enclos par une palissade assez élevée pour qu'il fût impossible aux animaux de le franchir. Un des côtés suivait le bord du lac, et l'on en profita pour réserver à nos prisonniers un étang où ils pouvaient s'ébattre en liberté.

Mais dès que nos mâles furent en sûreté, nous n'eûmes plus qu'une préoccupation, Henry et moi : leur procurer la société d'une ou deux gentilles femelles.

Malheureusement, celles-ci n'ont pas des mœurs si batailleuses, ni des andouillers assez branchus pour s'enchevêtrer; il était donc peu probable que nous pussions les prendre par paires. Deux chances pareilles ne sont pas communes !

Le soir, au coin du feu, nous devisions longuement des moyens à employer pour arriver à nos fins. Tous les moyens pratiques ou autres furent suggérés. Il y en avait un qui offrait de grandes chances de réussite : c'était de tuer une biche accompagnée de ses faons ; car ces gracieuses petites bêtes sont si affectueuses, qu'elles ne s'éloignent pas de leur mère blessée et quelquefois morte. Seulement il nous répugnait d'employer un tel moyen, qui nous semblait lâche et cruel.

Marie et Frank protestaient hautement contre son application. Ce qui n'empêchait pas ces mêmes natures sensibles, qui se récriaient contre notre dureté de cœur, de se montrer, comme entomologistes et ornithologistes, aussi impitoyables envers les insectes et les oiseaux que nous envers les quadrupèdes. Et vous en voyez la preuve, messieurs, là sur ces planches nombreuses, où ont été épinglés vivants tous les papillons rares et les insectes intéressants de notre vallée. Aussi je crois qu'ils auraient eu du mal à soutenir victorieusement leur thèse en présence d'arguments aussi contradictoires. Mais nous ne leur en donnâmes pas la peine. Nous avions renoncé de nous-mêmes au procédé de discussion, parce qu'il eût fallu attendre trop longtemps la croissance de ces petites bêtes. Ce qu'il nous fallait, et à bref délai, c'était une ou deux femelles.

— Ne pourrions-nous les prendre au piège comme Frank a fait pour les dindonneaux ?

— Je ne le pense pas, mon fils ; le piège de ton frère, très bon pour des volatiles, serait insuffisant pour des quadrupèdes de grande taille.

— Mais il n'y a pas que celui-là, père ; j'ai lu la description de plusieurs autres. Tiens, en voici un bien simple. On fait un vaste enclos dans le genre de notre parc, avec une seule ouverture assez étroite pour être facilement bouchée. Deux palissades s'étendent dans les bois comme les branches d'un compas. Les daims poursuivis par le chasseur sont poussés vers cette ouverture ; et une fois entrés, le tour est joué ! Qu'en dis-tu, papa ?.

— Que c'est impraticable, et voici pourquoi : il nous faudrait des semaines pour fendre les piquets, ce serait beaucoup trop long ! Et puis il faudrait organiser une battue véritable, et nous n'avons ni les chiens, ni les chevaux, ni les hommes nécessaires. Il y a quelque chose de mieux à faire.

— Dis vite ce que c'est, je brûle d'impatience.

— Tu te souviens de l'endroit où nous avons remarqué tant de traces de daims passant toutes entre deux arbres ?

— Oui, près de la source salée.

— C'est cela même. Entre ces deux arbres creusons une grande fosse, couvrons-la de branches, de gazon, de feuilles, et puis nous verrons ! Qu'en dis-tu ?

— Je dis que c'est parfait. Un vrai piège à loup.

Le lendemain, nous partîmes avec la bêche, la hache, Cudjo, Pompo et la carriole. Une fois sur le lieu des opérations, nous traçâmes le plan de la trappe, que nous fîmes de deux mètres soixante-six centimètres de long et de toute la largeur de la coulée. Nous portions au fur et à mesure la terre dans la voiture, en ayant soin d'en répandre aussi peu que possible pour ne pas trop changer l'aspect des lieux. Heureusement qu'en cet endroit le sol était fort peu résistant. Il ne nous fallut guère plus de cinq heures pour creuser un trou carré de deux mètres trente-trois centimètres au moins de profondeur. C'était assez ; nous étions certains qu'aucun daim, mâle ou femelle, ne pourrait s'échapper d'une semblable trappe.

Nous la recouvrîmes de branchages et de roseaux, sur lesquels nous plaçâmes une couche épaisse de feuilles et d'herbes desséchées ; puis nous fîmes, autant que possible, disparaître toute trace de notre passage, et nous revînmes chez nous, le cœur palpitant de crainte et d'espérance.

Au lever du soleil nous étions en route pour aller visiter notre piège. Nous vîmes de loin qu'il était défoncé.

— Nous avons pris quelque chose, papa, s'écria Henry en bondissant vers le lieu où il espérait trouver la récompense de nos travaux.

Quelle ne fut donc pas notre stupeur en n'apercevant au fond du trou que le squelette d'un animal que nous reconnûmes pour un daim. Ses cornes et une partie de sa peau étaient encore là pour témoigner de sa capture, et le terrain piétiné aux alentours montrait qu'une lutte terrible avait eu lieu pendant la nuit.

— C'est trop fort ! s'écria Henry au comble de la vexation, avoir travaillé pour les loups !...

En effet, les loups avaient à loisir dévoré la malheureuse bête tombée dans la fosse.

— Un peu de patience, lui dis-je pour le consoler, nous les punirons, je t'en réponds. Va me chercher Cudjo et tous les outils, sans oublier un grand panier.

Cudjo ne se fit pas longtemps attendre, et nous nous remîmes à creuser la fosse, en remontant la terre dans le panier. Ce fut une rude tâche quand elle atteignit quatre mètres de profondeur ; nous rendîmes les parois aussi perpendiculaires que possible, en tenant la base plus large que le sommet ; nous la recouvrîmes comme la veille, et nous nous éloignâmes, en nous promettant de faire passer un mauvais quart d'heure aux loups qui s'aviseraient encore de toucher à notre gibier.

Le lendemain à la première heure nous revînmes : toute la famille était partie. Chacun voulait voir la trappe, notre prise, les loups prisonniers. C'était une grosse affaire. Nous nous étions tous armés de notre mieux. Cudjo avait pris sa lance, Frank son arc, Henry et moi nos carabines.

Loups.

Henry allait en avant ; il revint bientôt annoncer qu'il y avait du nouveau dans le piège. Grande fut l'émotion. Le fond du piège était très sombre ; on ne distinguait presque rien ; néanmoins on voyait des yeux briller dans l'ombre. Mais, chose étrange, à force d'observation, je comptai plusieurs paires d'yeux, et cependant pas une paire semblable. On eût dit la trappe pleine d'animaux différents.

J'eus peur qu'il n'y eût dans le nombre une panthère ; et comme cet animal est fort agile, je fis monter Marie et les enfants dans la carriole, jusqu'à ce que nous eussions reconnu à quoi nous avions affaire.

Nous commençâmes alors à déboucher le trou ; et quand le jour y pénétra, le premier animal que nous reconnûmes se trouva être précisément l'objet de nos désirs, une jolie femelle, tenant entre ses pattes deux amours de faons.

Quant aux autres yeux flamboyants que nous avions aperçus, c'étaient ceux de trois loups des prairies, ou loups aboyeurs, qui n'eurent plus l'occasion d'exhiber leurs talents dans ce monde, Cudjo s'étant empressé de les expédier dans l'autre avec sa grande lance.

Marie revint alors ; et Cudjo, descendu dans la fosse, nous aida à hisser la pauvre daine effarouchée et ses jolis faons. On les chargea sur le chariot, puis nous arrangeâmes de nouveau la trappe et nous revînmes chez nous, enchantés du succès de la matinée.

Les enfants s'étonnaient que les loups tombés dans la fosse eussent ainsi respecté la prisonnière, qu'il leur était si facile de tuer. C'étaient assurément les mêmes qui avaient dévoré le daim la nuit précédente. Ils étaient revenus à la charge à la même place et avaient sauté dans la fosse. Mais, avec l'intelligence qui caractérise ces singuliers animaux et qui les rend bien supérieurs en sagacité au renard lui-même, ils avaient deviné un piège en voyant qu'ils ne pouvaient plus s'échapper, et ils s'étaient blottis dans leur coin sans oser toucher à la proie qui les avait attirés. C'est à cette même place que nous les avions trouvés, plus terrifiés que les faons eux-mêmes.

Et n'allez pas traiter ce cas d'invraisemblable. Peu de temps après il se reproduisit. Frank prit à la fois dans son piège un grand renard et un dindon, et, bien qu'ils fussent restés plusieurs heures ensemble, pas une plume du volatile n'avait été touchée par son voisin effrayé.

J'ai également entendu citer le trait suivant : une panthère, surprise par une inondation soudaine, se trouva jetée avec un daim sur un petit îlot, et, bien qu'en tout autre cas son instinct l'eût poussée à dévorer l'innocent animal, dans sa terreur présente elle le respecta, comprenant qu'il était en péril aussi bien qu'elle et que la communauté de danger doit rapprocher même les plus mortels ennemis.

XXXVIII.

L'OPOSSUM ET SES PETITS.

Notre aventure suivante faillit avoir pour nous un résultat tragique. C'était Frank qui m'accompagnait cette fois. Nous nous proposions de rapporter de la mousse d'Espagne, qui croît sur les chênes à l'extrémité de la vallée. Cette mousse, desséchée au feu et nettoyée des feuilles et de l'écorce qui y adhèrent, est supérieure au crin frisé pour les matelas, et c'est à cet usage que nous la destinions.

Cudjo, occupé à labourer avec Pompo, ne pouvait nous accompagner, et nous n'étions chargés que de longues courroies pour botteler notre mousse et en rapporter une grande provision.

Nous cherchions un arbre que nous pussions escalader; nous trouvâmes enfin un grand chêne dont les branches étaient couvertes de cette mousse argentée qui pendait comme des queues de cheval.

Nous dépouillâmes d'abord les branches basses, puis nous nous élevâmes petit à petit, toujours absorbés par le soin de recueillir le plus possible de cet étrange parasite.

Notre attention fut enfin attirée par le gazouillement et le caquetage de petits oiseaux qui voltigeaient dans un fourré d'aciminiers ou pawpaws, proches de notre chêne. C'étaient des orioles ou oiseaux de Baltimore, comme on les appela au commencement de la colonisation, parce que leur plumage, mêlé de noir et d'orange, avait les couleurs de lord Baltimore. Nous supposâmes qu'ils avaient leur nid dans les aciminiers; car ils avaient jeté un cri d'alarme lorsque nous avions passé près d'eux. Mais quelle pouvait être la cause de leur émoi présent? Nous ne pouvions nous l'expliquer, et nous restâmes un moment immobiles pour voir ce qui les tourmentait.

Ce fut alors que nous aperçûmes un objet étrange qui se mouvait sur le sol, à proximité du fourré. Au premier coup d'œil nous ne pûmes nous rendre compte de ce que ce pouvait être. Nous n'avions jamais vu un animal semblable.

Imaginez-vous une forme impossible, toute couverte de queues, d'oreilles, de têtes et d'yeux. Nous comptâmes une douzaine de ces têtes, dans toutes les directions imaginables. Cet être bizarre avançait lentement, lorsque tout à coup ces têtes semblèrent se détacher du corps, et nous vîmes à terre une foule de petites bêtes blanches de la grosseur d'un rat. L'animal ainsi dégagé reprit une forme connue, et nous vîmes que c'était une femelle d'opossum avec sa famille. Elle était d'un gris argenté et avait la taille d'un chat; son groin, quoiqu'un peu plus effilé, rappelait celui du cochon, et était orné de moustaches à la façon de celles des félins. Ses oreilles étaient droites et courtes, sa gueule large et garnie de dents acérées. Il avait une queue vraiment remarquable, au moins de la longueur de son corps, effilée comme celle d'un rat, mais sans poil.

Cependant le plus curieux était sans contredit une sorte de poche ouverte qu'il avait sur le ventre, et qui le rangeait dans la catégorie des marsupiaux. Les treize petits étaient la reproduction exacte de leur mère.

Celle-ci, une fois débarrassée de sa famille, se mit à courir de droite et de gauche, examinant les pawpaws d'une manière toute spéciale. C'est en vain que les orioles voletaient à grand bruit et venaient même raser son groin de leurs ailes, ils ne parvenaient pas à la troubler le moins du monde, et leur fureur ne détournait pas son attention concentrée sur leur nid, objet de sa convoitise. Nous le découvrîmes en suivant la direction de son regard. Il pendait des rameaux supérieurs de l'arbre comme une longue bourse ou plutôt comme un bas.

Au bout d'un moment l'opossum parut avoir pris son parti d'y renoncer. Elle se rapprocha de ses petits, qui jouaient dans l'herbe, et poussa un cri aigu, qui les fit tous accourir. Plusieurs d'entre eux se précipitèrent dans la poche qu'elle avait ouverte pour les recevoir ; deux autres enroulèrent leur petite queue à la naissance de la sienne et se dissimulèrent dans les longs poils de son dos ; deux ou trois se nichèrent sur son cou et sur ses épaules. C'était un singulier spectacle que toutes ces petites bêtes s'accrochant à qui mieux mieux à la fourrure de leur mère, tandis que les autres s'arrangeaient d'un air comique dans la poche, leur retraite habituelle.

Nous pensions qu'elle se préparait à partir avec sa cargaison,
mais, à notre grande surprise, elle se dirigea droit vers le pawpaw
et commença à le gravir. Dès qu'elle eut atteint les premières
branches qui s'étendaient horizontalement, elle s'arrêta, prit ses
petits un à un, et leur fit faire un tour ou deux de leurs queues, de
manière à se suspendre la tête en bas après les branches. Cinq ou six
petits étaient restés par terre ; elle alla les chercher, les prit comme
les autres et grimpa sur l'arbre avec eux. Elle les dispersa comme
les premiers, jusqu'à ce que les treize petits fussent alignés la tête
en bas comme une rangée de chandelles.

C'était vraiment si comique de voir toutes ces petites bêtes,
suspendues par la queue, se balancer à la queue leu leu, que nous
ne pûmes nous empêcher de rire ; mais nous étions trop curieux de
savoir ce que ferait l'opossum pour troubler par un bruit intempestif
ce divertissement d'un nouveau genre.

Aussitôt que ses petits furent bien suspendus, la mère se mit à
monter plus haut, embrassant l'arbre avec ses griffes, comme aurait
pu faire une créature humaine avec ses mains, se hissant avec
prudence de branche en branche. A la fin elle atteignit la branche
supérieure, à l'extrémité de laquelle se balançait le nid d'oriole. Elle
s'arrêta pour l'examiner. Elle se demandait évidemment si elle était
de force à supporter son poids, ce dont nous doutions fort nous-
mêmes. Et si la branche cédait sous l'effort, elle courait grand
risque, car cet aciminier était un des plus hauts qui se trouvassent
dans les environs, et il n'y avait aucune branche à laquelle elle
pût s'attacher dans sa chute.

Le nid néanmoins exerçait sur elle un attrait puissant. Après une

pause, elle se décida à s'engager sur le rameau. Elle n'était pas à
moitié chemin, que nous le voyions céder; d'en bas nous l'entendions craquer. Ceci, joint au manège des oiseaux qui voletaient de
manière à l'aveugler de leurs ailes, parut l'intimider tout à coup, et
elle retourna sur ses pas, mais non sans témoigner par ses regards
de son ennui et de sa vexation.

Elle fit des efforts inouïs pour saisir le nid tentateur.

Une fois revenue en lieu sûr, elle examina les alentours et aperçut
un chêne dont les branches s'étendaient au-dessus même du nid. En
un clin d'œil elle descendit du pawpaw, traversa l'espace intermédiaire et disparut dans le feuillage du chêne; mais nous la vîmes
presque aussitôt reparaître sur la branche qui la rapprochait le plus
du nid; elle s'y suspendit par sa queue préhensible comme celle du
singe, et dans cette position tenta des efforts inouïs pour saisir de la
patte ou de la gueule le nid tentateur. En dépit de sa bonne volonté,

elle se vit forcée de renoncer aux œufs délicieux qu'elle convoitait ; abandonnant son dessein, elle poussa un petit rugissement de colère, et, se rejetant sur l'arbre, fut bientôt à terre et de là sur la branche du pawpaw où se dodelinait sa progéniture.

Elle saisit ses petits avec assez de rudesse, les lança tous à terre, puis, ayant repris sa charge, se retira la rage dans le cœur, tandis que les orioles changeaient leurs cris d'alarme en chants de victoire.

Frank et moi nous jugeâmes alors opportun d'intervenir. A notre approche, la mère se roula en une boule laineuse, où l'on ne distinguait ni tête ni pattes. Le pauvre opossum faisait le mort. Ceux des petits qui n'étaient pas dans la poche en firent autant, d'où il résulta que cette intéressante famille semblait s'être transformée en une énorme pelotte entourée d'un tas de petits polotons.

Quand nous eûmes piqué la pauvre bête avec la pointe d'une flèche pour lui montrer que nous n'étions pas dupes de sa ruse, elle se dépelotonna et chercha à mordre, en rageant et crachant comme un chat en colère ; mais cela ne lui servit de rien.

Nous la muselâmes et l'attachâmes à un arbrisseau, avec l'intention d'emporter toute cette petite famille à la maison, dès que nous aurions terminé nos affaires.

XXXIX.

LE MOCCASON ET LES ORIOLES.

Nous revînmes alors à notre chêne et recommençâmes de plus belle à le dépouiller pour réparer le temps perdu. Nous causions gaiement de la scène curieuse dont nous venions d'être témoins. Frank se félicitait d'avoir trouvé un nid d'orioles, car il désirait apprivoiser les petits et se promettait de venir les chercher, quand ils seraient éclos.

Tout à coup les orioles, qui étaient restés parfaitement tranquilles depuis le départ de l'opossum, recommencèrent à crier de plus belle.

— Un autre opossum sans doute, dit l'enfant; c'est peut-être le père qui vient à la recherche de sa famille.

De nouveau nous interrompîmes notre travail, et nous ne tardâmes pas à découvrir la cause de cette nouvelle émotion. C'était un grand serpent de la plus venimeuse espèce, le redoutable moccason ; c'était un des grands spécimens de l'espèce. Sa grande tête plate, ses crocs avancés, ses yeux étincelants, ajoutaient à son aspect hideux. De temps à autre il exhibait sa langue fourchue, qui, imprégnée d'une salive empoisonnée, étincelait au soleil comme des jets de feu. C'était vers l'arbre où se trouvait le nid qu'il se dirigeait sans s'arrêter. Nous restâmes immobiles à l'observer, comme nous avions fait pour l'opossum.

Une fois au pied de l'aciminier, il s'arrêta pour le considérer.

— Crois-tu qu'il va l'escalader ? demanda Frank.

— Non, répondis-je, le moccason n'est pas un grimpeur, fort heureusement pour les orioles et les écureuils, dont bien peu lui échapperaient. Ce qu'il en fait, c'est une feinte pour les effrayer. Regarde.

Et je montrais à l'enfant le reptile, qui dressait son corps le long de l'arbre, en élevant sa tête comme pour lécher l'écorce.

Les orioles exaspérés, croyant qu'il allait monter, étaient descendus sur les basses branches, voletaient de l'une à l'autre en criant de toutes leurs forces.

Le serpent, les voyant si près de sa hideuse mâchoire, se coucha en rond, tout prêt à frapper. Ses yeux, qui lançaient des éclairs, semblaient fasciner les oiseaux, qui, au lieu de chercher à s'enfuir, se rapprochaient de minute en minute et sautaient maintenant à terre. Leurs mouvements devenaient de moins en moins rapides, leurs cris plus indistincts. L'un d'eux tomba enfin épuisé sur le sol, à deux pas du reptile, les paupières papillottantes, les ailes agitées d'un mouvement convulsif, tout à fait incapable de se relever pour échapper à la redoutable fascination de ces yeux ardents.

Nous nous attendions à voir le moccason se précipiter sur sa victime, quand le plus soudainement du monde ses anneaux se déplièrent; il s'étendit de toute sa longueur et s'éloigna de l'arbre aussi vite qu'il y était venu.

Nous restâmes un moment silencieux, ne parvenant pas à nous expliquer ce final si complètement inattendu.

— Qu'y a-t-il? que s'est-il passé pour le faire fuir? me demanda mon jeune compagnon.

Avant que j'eusse pu lui répondre, apparut sur la lisière du fourré un animal qui captiva aussitôt notre attention. Il était de la grosseur d'un loup, et sa robe était d'un gris noirâtre. Son corps épais était couvert, non de poils, mais de soies rudes, qui sur le dos avaient bien six pouces de long, ce qui lui donnait l'apparence de porter une crinière. Des oreilles courtes, et pas de queue, achevaient de constituer un ensemble peu flatteur. Ses pieds étaient cornés et non griffus, comme ceux des bêtes de proie; mais une énorme gueule ou plutôt groin, garni de deux défenses blanches, lui prêtait un caractère assez formidable. C'était le pécari ou cochon sauvage du Mexique, et de plus encore une femelle accompagnée de ses petits.

Une fois hors du fourré, marchant le nez à terre, en quête de glands ou de racines propres à la nourriture de sa famille, la bête ne tarda pas à flairer la trace du moccason. L'odeur fétide du reptile la mit hors d'elle-même. Elle courait de ci de là, cherchant la piste. Elle la suivit d'abord jusqu'à l'aciminier et s'arrêta, fort surprise de voir que là elle se croisait; mais elle comprit son erreur et repartit bientôt sur la seconde piste.

Durant toutes ces manœuvres, le serpent tâchait de gagner du terrain ; mais il n'avançait pas vite en dépit de ses efforts ; car il n'est pas bon marcheur. Il se cachait dans l'herbe, se retournait à tout moment avec une visible inquiétude. Il se dirigeait vers la montagne qui n'était guère qu'à une portée de fusil.

Il était à peine à moitié chemin, que le pécari, lancé sur la piste fraîche, lui arrivait dessus au grand trot. En l'apercevant, la bête dressa ses soies comme un porc-épic et se prépara au combat, tandis que le serpent terrifié se roulait lentement pour l'attendre. Il avait bien changé d'aspect, le malheureux ! Ses yeux n'avaient plus l'éclat et la férocité qu'il leur avait donnés pour terrifier les orioles, et son corps lui-même était cendré et tout couvert de rides.

Comme nous terminions nos observations, le pécari prenait un grand élan et se laissait tomber de tout son poids sur les replis du serpent ; un nouvel élan aussi impétueux le ramenait sur le corps distendu de sa victime ; une troisième fois, il bondit et retomba sur le cou du moccason, qu'on entendit s'écraser sur la pierre. Le corps du reptile se tordit quelques instants dans une courte agonie, puis resta immobile. Alors la bête victorieuse poussa un cri aigu, auquel ses petits, cachés dans les taillis, répondirent en accourant auprès d'elle.

XL.

LES PÉCARIS ET LE COUGUAR.

Très satisfaits du résultat de l'aventure qui nous débarrassait d'un ennemi toujours détesté, le serpent, Frank et moi nous n'eûmes plus qu'un désir, captiver à son tour le vainqueur, qui, grâce à sa famille, était de bonne prise pour notre cour de ferme. La chair du pécari rappelle plutôt celle du lièvre que celle du cochon. Elle ne fournit point du tout de lard, et il faut faire attention, dès qu'on a tué l'animal, de supprimer une petite glande qu'il porte près de la croupe et qui dégage une forte odeur de musc. Si l'on tarde plus d'une heure, la viande devient immangeable. Nous considérions néanmoins les deux petits comme une addition avantageuse à nos animaux domestiques.

Mais comment nous en emparer ?

Il n'y fallait pas songer tant que la mère serait avec eux ; car nous ne pouvions affronter sans une nécessité absolue une lutte avec ce féroce animal. Le chien le plus courageux baisse la queue devant cet adversaire et s'enfuit. Il fallait donc lui envoyer une balle, et je m'y apprêtais en dépit des réclamations de Frank, à qui il répugnait de tuer une mère occupée de sa progéniture.

Le pécari n'avait pas perdu son temps. Après la mort du reptile, il avait séparé la tête du tronc, puis dépouillé ce dernier de sa peau, comme le pêcheur fait d'une anguille. Il s'était ensuite mis en devoir de dévorer la chair blanche du serpent, dont il jetait des bribes à ses petits, qui témoignaient leur vive satisfaction par des grognements de reconnaissance.

Je me préparais à faire feu, lorsque l'apparition d'un nouvel acteur sur la scène me fit reposer mon arme avec effroi. Le pécari était à cinquante mètres de l'arbre sur lequel nous nous trouvions, et vingt mètres plus loin s'avançait un autre animal ayant la taille d'un veau, mais plus court de jambes et plus long de corps. Il était d'un rouge foncé, à l'exception de la gorge et du poitrail presque blancs. Ses oreilles étaient courtes, droites et noirâtres ; sa tête, son museau et l'ensemble de son corps, étaient ceux d'un chat, si ce n'est que le dos, au lieu d'être bombé, était creux et moins haut que ses fortes épaules.

Sa vue seule eût suffi à inspirer de la crainte, à plus forte raison quand on connaissait comme nous de quoi était capable ce redoutable félin.

Pour la première fois de la journée nous eûmes peur. Jusqu'à ce moment, les ennemis qui s'étaient succédé sur la scène n'avaient rien eu de bien épouvantable pour nous, car aucun d'eux n'était de force à venir nous attaquer sur notre arbre. Nous étions absolument hors de leur atteinte. Il en était tout autrement à l'heure actuelle, car le couguar est un grimpeur aussi agile que l'écureuil, et se meut dans les branches avec la même facilité que sur la terre ferme. Je me tournai vers mon fils, en lui recommandant du geste une immobilité et un silence complets.

Nous vîmes le couguar s'en approcher sans bruit.

Le couguar s'avançait à la dérobée, les yeux fixés sur le pécari, qui savourait sa proie sans se douter de rien. On ne voyait pas le mouvement de ses jambes, il semblait ramper, et sa longue queue s'agitait doucement comme celle d'un chat occupé à se rapprocher de la perdrix qu'il guette.

Un grand arbre ombrageait l'endroit où le cochon se repaissait tranquillement. Nous vîmes le couguar s'en rapprocher sans bruit; et dès qu'il fut à portée, plus rapide que la pensée, il s'élança dans le feuillage. Nous entendîmes le bruit de ses griffes sur l'écorce. Le pécari sembla également l'avoir entendu, car il tourna la tête pour écouter, mais se rassura bientôt, supposant que c'était un écureuil qui avait troublé le silence des bois.

Cependant le couguar, arrivé à un point d'appui solide, se replia comme un chat et, avec un cri terrible, s'élança sur sa victime. Ses griffes pénétrèrent du premier coup dans la nuque de l'animal, et son corps s'allongea sur le sien en paralysant sa défense. Le pécari jeta un cri d'angoisse et chercha à se débarrasser de son adversaire. Ils roulèrent tous les deux à terre, la malheureuse bête éveillant l'écho des forêts par ses gémissements douloureux. Ses petits couraient autour de lui, s'efforçant de prendre part au combat, et criant presque aussi fort que leur mère. Le couguar seul gardait un profond silence. Depuis son premier cri farouche, il n'avait plus fait entendre le moindre bruit. Il était bien trop occupé ; des griffes et des dents il mettait à nu les veines de sa victime.

Le combat ne fut pas de longue durée. Le pécari cessa bientôt la lutte ; couché sur le flanc, toujours sous l'étreinte de son redoutable adversaire, il le laissa boire à longs traits le sang chaud qui ruisselait de ses artères ouvertes.

Bien qu'à ce moment le monstre fût un point de mire fort tentant pour mon fusil, j'avoue que je savais trop à quoi je m'exposais, dans le cas où une balle serait insuffisante, pour essayer d'intervenir. Je puis dire toutefois que je pressais de tous mes vœux le moment où il aurait achevé son horrible festin et où il nous débarrasserait de son affreux voisinage. En attendant, nous restions muets, immobiles, livrés à des réflexions qui n'avaient rien de récréatif.

A peine le combat était-il terminé, que des cris étranges parvinrent à nos oreilles. Ils semblaient résonner de tous les côtés à la fois, comme si les bois environnants se fussent soudain animés. Le couguar les entendit également et se dressa sur ses jambes avec une visible inquiétude. Il hésita un moment, promenant son regard autour de lui, puis le reportant sur la bête, chaude encore, dont il n'avait pas extrait tout le sang. Enfin, prenant une soudaine résolution, il chargea le cadavre sur ses épaules, et commença à battre en retraite.

Il n'avait fait que quelques pas, lorsque le bruit, toujours croissant, qui l'avait alarmé autant qu'il nous avait surpris, se fit entendre sur la lisière même de la clairière, et une trentaine de pécaris, accourus aux cris de la malheureuse victime, l'envahirent aussitôt. Ils arrivaient simultanément au pas de course en redoublant leurs grognements furieux.

En un clin d'œil ils formèrent autour du couguar un cercle menaçant. Il n'était pas possible que celui-ci le franchît sans livrer bataille. Il le comprit, et, se débarrassant de la carcasse qui maintenant le gênait, il s'élança sur l'ennemi le plus proche et le terrassa ; mais il n'avait pas eu le temps de se retourner, que plusieurs pécaris avaient sauté sur lui, et que sa toison était percée en maints endroits par les défenses aiguës de ses nombreux ennemis. Le combat était bel et bien engagé.

Le couguar réussit quelques instants à tenir ses adversaires en échec, mais le cercle se resserrait toujours. En vain il en mit plusieurs hors de combat, lui-même perdait son sang par vingt blessures. Il semblait n'avoir plus désormais qu'un but : échapper.

Mais les pécaris, aussi agiles que lui, n'en avaient, eux aussi, qu'un seul : l'empêcher de fuir. Deux ou trois fois il prit son élan pour sauter par-dessus eux, mais toujours il rencontrait sur son passage un obstacle vivant.

Tout à coup, et d'un suprême effort, il parvint à se dégager. Quel ne fut pas notre effroi en le voyant se diriger au triple galop sur l'arbre même où nous nous tenions cois.

Avec un sentiment de désespoir, j'armai ma carabine et m'apprêtai à tirer; mais, bien avant que j'eusse pu l'ajuster, d'un bond formidable il avait passé dans l'arbre comme une flèche, et se trouvait à sept mètres au-dessus de nos têtes. Ses griffes avaient effleuré mon bras et sa brûlante haleine avait passé sur ma figure. Les pécaris l'avaient poursuivi jusqu'au pied de l'arbre, et, ne pouvant escalader son tronc, s'étaient groupés tout autour en poussant des cris de désappointement et de rage.

Nous étions, Frank et moi, littéralement glacés par la terreur. Nous ne savions quel parti prendre. D'en haut le couguar nous couvait d'un regard fauve et pouvait à tout instant s'élancer sur nous. En bas nous avions des ennemis également redoutables, et qui en un clin d'œil nous eussent mis en pièces si nous avions tenté de mettre pied à terre.

Quelle horrible alternative ! Nul ne s'étonnera, je l'espère, qu'il me fallût quelques instants pour reprendre possession du sang-froid nécessaire pour échapper à une si redoutable situation.

Enfin, je pus mettre assez d'ordre dans mes idées pour m'assurer que le couguar constituait notre danger le plus pressant; car il n'eût pas tant tardé à nous attaquer, s'il n'avait eu la crainte, en s'élançant sur nous, de retomber au milieu des pécaris.

Mon compagnon était sans armes : son arc et ses flèches étaient restés au pied de l'arbre, où nos assiégeants avaient eu bientôt fait de les mettre en pièces. Je le fis placer derrière moi, pour qu'il fût autant que possible à l'abri du couguar, dans le cas où j'aurais la maladresse de ne faire que le blesser. Puis je saisis ma carabine, je m'appuyai solidement à une branche, je visai longuement et lâchai la détente.

La fumée m'aveugla quelques instants, et je ne pus juger les effets de mon coup; mais j'entendis un craquement de branches cassées qui semblait causé par la chute d'un corps pesant, et ensuite le choc de ce corps contre terre, puis un grand tumulte se fit parmi les pécaris. Je vis le corps ensanglanté du couguar qui se débattait au milieu d'eux. La lutte toutefois ne fut pas longue, car il fut promptement terrassé et déchiré à belles dents.

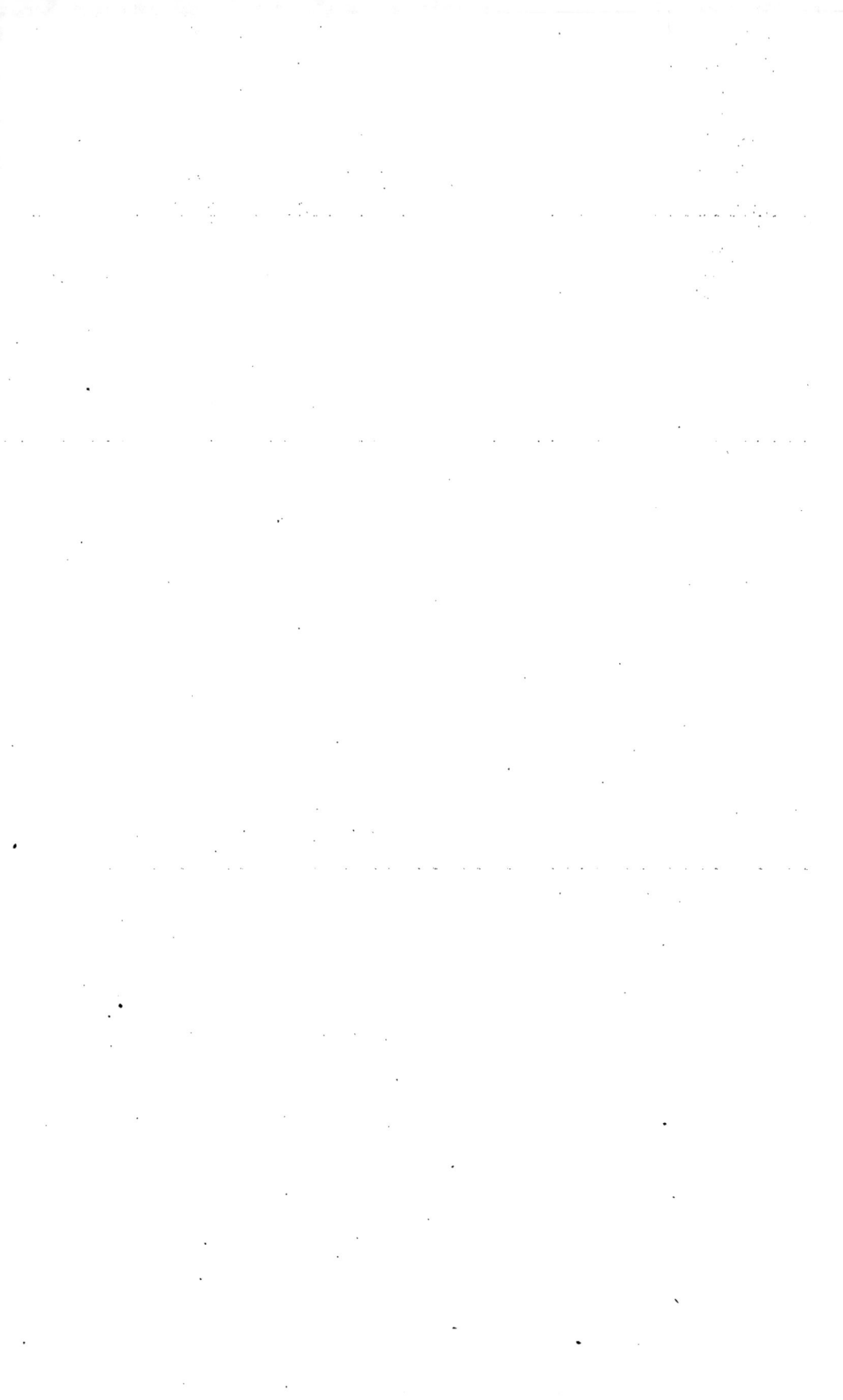

XLI.

LE SIÈGE.

Un moment nous nous crûmes sauvés.

— Les pécaris, pensions-nous, vont bientôt se disperser, maintenant que leur vengeance est assouvie.

Mais ils n'y songeaient guère. A peine en eurent-ils fini avec le
couguar, qu'ils entourèrent l'arbre à nouveau avec les mêmes
démonstrations hostiles qu'auparavant. Il n'y avait pas à en douter,
c'était bien après nous qu'ils en avaient. Singulière manière de nous
remercier de leur avoir livré leur ennemi.

Nous étions sur les basses branches, et ils nous distinguaient
parfaitement. Ils ne pouvaient nous atteindre, il est vrai, mais ils
pouvaient prolonger leur blocus jusqu'à ce que la faim et la soif
nous eussent réduits à tomber en leur pouvoir; et pour mon
malheur, je me souvenais d'avoir entendu parler de plusieurs cas
semblables.

D'abord je ne voulus pas faire feu sur eux, pensant qu'au bout d'un certain temps leur fureur s'apaiserait; et pour les aider à nous oublier, nous grimpâmes un peu plus haut et nous nous dissimulâmes complètement dans le feuillage.

Deux heures s'écoulèrent, et nous vîmes que notre ruse n'avait pas eu le moindre succès. Quoique plus tranquilles, les pécaris paraissaient déterminés à poursuivre le siège et s'étaient même couchés pour en prendre plus à leur aise; mais aucun n'avait quitté le pied de l'arbre.

L'impatience me gagnait; je savais que l'on devait s'inquiéter de notre longue absence et je redoutais de voir arriver Henry et Cudjo, qui pouvaient se trouver exposés à la rage de ces féroces animaux avant d'avoir pu s'en garer. Je résolus d'essayer l'effet d'un ou deux coups de fusil sur cette bande enragée.

Je repris donc mon poste sur une des basses branches et je commençai à faire feu. Je tirai cinq fois, et cinq fois je vis tomber un pécari; mais l'effet qui se produisit était précisément contraire à celui que j'en attendais. Au lieu de s'affoler et de prendre la fuite, les autres redoublaient de fureur contre nous, et frappaient l'arbre comme s'ils eussent espéré l'ébranler.

Au sixième coup, je m'aperçus avec consternation qu'il ne me restait plus qu'une balle. Je tirai encore une fois et abattis un autre pécari. Mais c'était après tout un massacre inutile, puisque ces animaux étaient indifférents à la mort.

Je ne savais plus quel procédé employer, et je retournai dans les hautes branches où j'avais laissé mon brave garçon. Je m'assis à côté de lui, et nous nous exhortâmes à la patience, espérant que la nuit viendrait nous délivrer de ces singuliers assiégeants.

Bien que nous les entendissions toujours au-dessous de nous, poussant des cris sauvages, nous n'y faisions plus attention. Mais, tranquillement perchés sur notre siège aérien, nous nous en remettions à la Providence du soin de nous délivrer.

Il n'y avait pas longtemps que nous nous étions arrêtés à ce sage parti quand il nous sembla qu'une fumée âcre s'élevait autour de nous. D'abord nous crûmes que c'était l'odeur de la poudre qui remontait, mais nous reconnûmes notre erreur; car cette fumée augmentait, nous prenait à la gorge et aux yeux, et nous faisait tousser. Je n'apercevais plus les pécaris ; entre eux et nous s'étendait un nuage épais. Les cris mêmes de ces bêtes féroces avaient changé de nature et semblaient s'éloigner.

Je supposai que la bourre de ma carabine avait communiqué le feu à la mousse; et bientôt, pour justifier mes pressentiments, une belle flamme claire s'éleva, courant sur le sol qu'elle illuminait ; mais le côté de l'arbre sur lequel nous nous trouvions n'était pas menacé, le feu était concentré sur notre provision de mousse un peu à gauche.

Nous montâmes de nouveau pour nous soustraire à la fumée. Nous avions à redouter que l'incendie ne gagnât les branches basses, et nous forçât à sauter au milieu de nos ennemis. Heureusement, nous avions dépouillé toutes ces branches de la mousse qui y était attachée, et la flamme ne risquait pas encore d'atteindre les autres.

Quand nous fûmes au-dessus du nuage de fumée, nous aperçûmes les pécaris massés à quelque distance du feu et quelque peu effrayés de ce spectacle inattendu. J'étudiai la direction du vent qui emportait la fumée en tourbillons épais. De ce côté-là évidemment il n'y avait pas d'animaux; et si nous pouvions descendre sans être vus, nous étions sûrs de nous échapper sans encombre.

Nous nous disposions à regagner une branche inférieure pour mettre notre projet à exécution, quand un aboiement lointain vint frapper notre oreille. Quelle cruelle appréhension nous saisit! C'était bien la voix de nos chiens, et sans nul doute Henry ou Cudjo et plutôt tous les deux qu'un seul arrivaient à leur suite.

Les chiens seraient vite éventrés par la bande furieuse, et Henry tomberait à sa merci. Cette horrible pensée faisait battre nos cœurs si violemment, que nous avions du mal à entendre ce qui avait tant d'intérêt pour nous.

Oui, c'étaient les chiens. Ils approchaient, et nous distinguions déjà le bruit des voix qui les excitaient. Que faire?... Laisserais-je approcher mon enfant et mon brave nègre, et, tandis que les chiens seraient aux prises avec les pécaris, les avertirais-je de se réfugier sur un arbre?

Je m'avisai tout à coup que Frank pouvait rester en sûreté où il était et que moi je pouvais, à travers la fumée, pousser une reconnaissance assez loin dans la direction des nouveaux venus, avant que les pécaris se fussent aperçus de mon passage.

Je n'hésitai pas un seul instant. Je tendis à Frank ma carabine devenue inutile, je m'armai de mon couteau et me laissai tomber au milieu de la mousse à demi consumée. Au bout de cent mètres, j'aperçus les chiens, Henry et Cudjo, mais, en me retournant, je vis également à mes trousses toute la bande acharnée des pécaris. Je

n'eus que le temps de m'élancer sur un arbre, exemple que mon fils
et le nègre imitèrent aussitôt, tandis que nos braves mâtins couraient
engager la lutte. Pauvres bêtes ! Elles revinrent bientôt saignantes
et meurtries vers Cudjo, qui eut la bonne chance, grâce à des
branches basses, de pouvoir les attraper et les mettre en sûreté
auprès de lui.

Furieux d'être encore frustrés d'une proie, les pécaris reportèrent toute leur rage contre l'arbre sur lequel ils les avaient vu
hisser.

Les pécaris reportèrent toute leur rage contre l'arbre....

D'où j'étais, je ne pouvais voir que ces sauvages animaux se ruant
à l'assaut de l'arbre. Mais j'entendais parfaitement les cris de Henry
et de Cudjo, les grondements sourds des chiens et les grognements
furieux des pécaris, tout cela se mêlant dans un sauvage concert,
puis j'entendis la détente de la petite carabine et je vis un des

assaillants mordre la poussière. Bientôt je vis également le fer de la fameuse lance de Cudjo s'abaisser à intervalles presque réguliers et reparaître chaque fois rouge de sang. Le nombre des pécaris diminuait sensiblement. A chaque détonation de la carabine de Henry, un animal tombait ; c'était une scène de carnage effrayant. En quelques minutes la terre fut jonchée de cadavres, et bientôt le petit nombre de survivants que je voyais encore debout tournèrent le dos à l'arbre et s'enfuirent à toutes jambes.

Nous étions victorieux sur toute la ligne, et nous pûmes descendre de nos perchoirs respectifs et regagner la maison, où ma pauvre femme nous attendait avec une anxiété bien facile à comprendre.

Le plus singulier de cette affaire est ceci : Bien des fois, dans la suite, nous nous sommes rencontrés avec des pécaris, bien des fois nous leur avons enlevé leurs petits, mais jamais ils ne nous ont attaqués, ni même n'ont essayé de soutenir la lutte. Il est dans la nature de cet animal de combattre avec acharnement l'ennemi qu'il ne connaît pas; mais s'il vient à être défait par lui, il accepte sa défaite comme un fait accompli et ne cherche pas à s'en venger, surtout s'il est réduit à rien comme le troupeau de nos assaillants.

Le lendemain, nous revînmes en armes chercher notre opossum et ses petits, que, dans l'ivresse de la victoire, nous avions complètement oubliés la veille. A notre grande mortification, nous dûmes constater que le rusé animal avait rongé ses liens et s'était échappé avec toute sa nichée.

XLII.

LES LOUPS NOIRS.

Dans l'année, nous fîmes deux récoltes, l'une de blé, l'autre de maïs.

La seconde année se passa à peu près comme la première. Au printemps, nous fîmes notre provision de sucre et nous semâmes une grande quantité de blé.

Nous ajoutâmes à notre collection d'animaux des daims, des antilopes, une louve et une nombreuse portée de louveteaux. Mais nous fûmes obligés de tuer la mère, qu'il n'était pas possible d'apprivoiser. En revanche, les petits devinrent aussi familiers que les chiens, avec lesquels ils fraternisèrent bientôt complètement.

Nous eûmes naturellement une série d'aventures de chasse que je passe sous silence, afin de ne plus vous en relater qu'une assez dangereuse et assez singulière pour exciter votre intérêt.

C'était au fort de l'hiver. Le lac était gelé et la glace unie comme un miroir. Avec notre amour de patinage, nous en profitions pour consacrer à cet exercice, sain entre tous, la plus grande partie de nos loisirs. Cudjo lui-même, envieux de la force et de l'appétit que cela nous donnait, s'était laissé gagner par notre exemple et se risquait souvent sur le bord ; mais Frank était passé maître dans cet art, et c'était merveille de le voir faire.

Un jour que Cudjo et moi nous avions été retenus à la maison, Frank et Henry étaient seuls sur la glace, et les éclats de leur gaieté juvénile parvenaient jusqu'à nous.

Tout à coup un cri, signal certain de danger, retentit à nos oreilles.

— Oh ! Robert, s'écria ma femme, ils ont rompu la glace....

Nous nous élançâmes vers la porte. Je m'emparai en courant d'une longue corde, tandis que Cudjo saisissait sa lance, dont la longueur pouvait nous être utile, s'il s'agissait de la tendre comme perche.

Quel ne fut pas notre étonnement de voir les deux garçons parfaitement sains et saufs, presque à l'extrémité du lac, et patinant de toutes leurs forces de notre côté. Mais nos regards rencontrèrent aussitôt quelque chose de terrible. Derrière eux et les suivant au triple galop, se pressait une bande de loups. Ce n'étaient pas ces petits loups des prairies qu'on fait reculer en les menaçant d'un bâton. Ceux-ci appartenaient à l'espèce connue sous le nom de « grand loup noir des montagnes Rocheuses ». Il y en avait six en tout, deux fois gros comme ceux des prairies. Leur grand corps noir, décharné par la faim, hérissé de la tête à la queue d'une sorte de rude crinière, leur donnait une apparence redoutable. Ils couraient les oreilles baissées, la gueule ouverte, découvrant leur langue rouge et leurs dents blanches.

Nous ne perdîmes pas un moment, je vous assure; nous nous précipitâmes vers le lac. Je jetai ma corde inutile et m'armai d'un gourdin ramassé au hasard, tandis que Marie avait encore la présence d'esprit de retourner chercher ma carabine.

Henry avait passablement d'avance; Frank, au contraire, était sur le point d'être atteint par les loups, et cela nous paraissait d'autant plus étrange, qu'il était de beaucoup le meilleur patineur de nous tous. Nous l'appelions tous ensemble, l'excitant et l'encourageant par nos cris. Dieu! quel danger il courait alors! Il me semble le voir encore et sentir le frémissement d'épouvante qui me secouait de la tête aux pieds.

— Juste ciel! ils vont le dévorer! m'écriai-je, m'attendant de seconde en seconde à le voir renversé sur la glace et déchiqueté sous nos yeux.

Quel ne fut pas mon bonheur, à ce moment de crise, de le voir tout à coup, et avec un sang-froid admirable, décrire sur la glace une courbe rapide et s'éloigner promptement dans une direction nouvelle. Mais les loups, ainsi dépistés par l'un, ne s'en jetèrent qu'avec plus d'ardeur sur les traces de l'autre. Le danger évité par Frank devenait d'autant plus redoutable pour Henry, et nos cœurs palpitaient d'angoisse à son sujet, quand le brave enfant, qui s'était rendu compte de la manœuvre exécutée par son frère, la recommença avec le même sang-froid et laissa passer devant lui les animaux emportés par la force de leur élan.

Mais si opportune qu'eût été cette diversion, elle ne pouvait suffire. Les loups tournèrent bientôt sur eux-mêmes et se précipitèrent sur Henry avec une nouvelle ardeur. Alors Frank, revenant à son tour sur ses pas, courut derrière eux en poussant de grands cris pour les détourner de leur poursuite et les attirer sur lui, tandis que, par une nouvelle courbe savante, Henry les dépistait une seconde fois.

A ce moment, Frank cria à Henry de gagner la rive, et, pendant que celui-ci suivait le conseil de son frère, ce dernier se balançait sur ses patins dans une quasi immobilité qui donna le change à la meute affamée en lui faisant croire à une proie facile. Elle se détourna donc de Henry, et celui-ci put continuer sa course sans être inquiété.

Il y avait près du bord un grand trou dans la glace, c'était de ce côté que Frank venait de se lancer. Encore quelques secondes, et son élan allait l'y précipiter. Nous lui criâmes de prendre garde, craignant de le voir disparaître dans la crevasse béante; mais il savait mieux que nous ce qu'il faisait. Quand, serré de près par les loups, il ne fut plus qu'à quelques mètres du trou, il décrivit un angle brusque et nous arriva en ligne directe, tandis que les loups, lancés à fond de train et trop animés par la poursuite pour se retenir, venaient successivement s'engouffrer dans la glace ouverte devant leurs pas.

Cudjo et moi nous ne fîmes qu'un bond vers le trou. Mon gourdin et sa lance eurent beau jeu. Cinq des loups furent assommés à mesure qu'ils cherchaient à reprendre pied. Le sixième, glacé et transi de frayeur, réussit à s'enfuir. Je crus bien qu'il allait nous échapper. Il nous était impossible de l'atteindre, quand j'entendis un coup de feu, et je vis l'animal rouler sur la glace avec un rugissement de douleur. Je me retournai vivement pour voir d'où était parti ce coup inattendu, et j'aperçus Henry, ma carabine à la main. Marie, ne se fiant point à son adresse, la lui avait passée juste à temps pour nous défaire de ce redoutable ennemi.

Franck cria à son frère de gagner la rive.

Le loup cependant n'était que blessé et se démenait furieusement sur la glace. Cudjo se chaussa rapidement de patins d'emprunt et courut l'achever avec sa lance : ce fut l'affaire d'un instant. Tout péril avait disparu.

Ce fut une journée d'émotions qui marqua dans notre petite communauté.

Frank, le héros du jour, se renfermait dans un silence modeste;

mais je suis très convaincu qu'il était fier de sa prouesse, et réellement il y avait de quoi, vous en conviendrez ; car, sans son admirable
sang-froid et son habileté, nous eussions eu à déplorer depuis lors
la perte d'un de nos bien-aimés. En tout cas nous étions contents de
lui, et cela suffisait à son bonheur.

XLIII.

LE GRAND ÉLAN APPRIVOISÉ.

La troisième année de notre séjour, nos castors s'étaient tellement multipliés, que nous pensâmes qu'il était temps d'éclaircir leurs rangs et de commencer notre provision de fourrures. Ils étaient si apprivoisés, qu'ils venaient manger dans notre main, et qu'il n'était par conséquent pas difficile de nous emparer de ceux qu'il nous convenait de tuer, sans effaroucher les autres.

Nous avions construit dans ce dessein un petit réservoir communiquant avec le lac, où nous attirions les animaux avec des racines de sassafras. Quand ils étaient venus en foule, nous fermions la communication, et il ne nous restait plus que la peine de faire disparaître les castors sans bruit, si bien que notre piège ne leur est jamais devenu suspect.

Notre première récolte de fourrures nous laissa près de 12,000 fr. de peaux et environ 1,250 fr. de castoréum. La seconde s'éleva à plus de 25,000 fr. Nous dûmes songer à nous agrandir; car il nous fallait des magasins pour mettre nos marchandises en réserve. Nous nous construisîmes cette demeure et nous fîmes de l'ancienne notre entrepôt général.

A partir de ce moment, nous avons eu chaque année un revenu que nous évaluons en moyenne à ce dernier chiffre de 25,000 fr. Nous possédons en peaux soigneusement apprêtées et conservées environ 115,000 fr. de marchandises, et j'en compte au moins pour 60,000 fr. encore de disponibles dans le lac. Notre fortune peut donc être évaluée à 175,000 fr. N'avons-nous pas réalisé en vérité la prédiction de ma femme en faisant fortune au désert?

Dès que nous eûmes commencé à accumuler toutes ces richesses, une nouvelle préoccupation bien naturelle s'imposa à notre esprit. Où et comment parviendrions-nous à les porter au marché?

C'était là le nœud de la difficulté. Sans marché pour transformer nos fourrures en espèces sonnantes, elles n'avaient pas plus d'utilité pour nous qu'un lingot d'or entre les mains d'un homme mourant de faim dans l'immensité du désert.

Bien que nous fussions richement pourvus de tout ce qui est nécessaire à la vie, nous nous trouvions néanmoins comme emprisonnés dans notre délicieuse oasis. Il nous était aussi impossible de la quitter qu'au naufragé jeté par la tempête sur une île déserte au milieu de l'Océan. Parmi tant d'animaux apprivoisés par nos soins, il n'y en avait aucun que nous pussions transformer en bête de somme.

Notre brave Pompo se faisait vieux ; avant que nous fussions en état de quitter la vallée, en supposant qu'il existât encore, il aurait assez à faire de se traîner à notre suite, sans que nous eussions la prétention de lui faire traîner une famille nombreuse et plusieurs milliers de kilos de marchandises.

Ces diverses pensées venaient jeter leur amertume dans notre quiétude profonde et troubler un bonheur qui, sans elles, eût été relativement parfait.

S'il ne se fût agi que de Marie et de moi, je crois que nous n'eussions jamais songé à quitter ce site enchanteur. Nous aurions volontiers reposé pour l'éternité dans cette solitude qui nous avait été si douce pendant la vie. Mais nous avions à penser à nos enfants. Nous leur devions l'éducation, puisque nous ne pouvions leur imposer de force l'existence à part que la destinée nous avait faite.

Je proposai à ma femme de prendre Pompo et d'essayer de gagner le Nouveau-Mexique, où je pourrais me procurer des mulets, des chevaux et des bœufs. Mais cette proposition fut toujours rejetée par Marie, qui ne pouvait supporter l'idée d'une semblable séparation.

— Si nous allions ne jamais nous revoir! s'écriait-elle.

Et ses tendres alarmes me fermaient la bouche pour un bout de temps.

Du reste, moi-même, en réfléchissant sérieusement à ce projet, j'en reconnaissais l'inanité. A supposer que je pusse traverser le désert, où trouverais-je l'argent nécessaire à mes achats d'animaux? Les habitants du Nouveau-Mexique m'eussent ri au nez.

— Allons, ami, patience! me disait Marie, quand elle me voyait par trop démonté. Ne sommes-nous pas heureux ici? Quand le temps viendra où il nous sera bon de partir, la même main qui nous a guidés dans cette retraite paisible nous fournira les moyens d'en sortir.

C'était généralement avec des paroles aussi encourageantes que la noble femme terminait toujours nos entretiens à ce sujet. Et j'attachais à ce qu'elle disait une importance presque prophétique, car j'avais déjà eu la preuve qu'elle avait bien souvent raison.

Un jour — c'était, je crois, dans la quatrième année de notre établissement — nous causions de cet éternel sujet de préoccupations, et Marie exprimait justement la certitude que la Providence nous délivrerait à son gré de notre captivité, qui n'était pas, à tout prendre, un *carcere duro*, quand Henry accourut hors d'haleine et interrompit notre entretien.

— Papa ! maman ! criait-il, deux élans.... deux jeunes élans qui sont pris au piège. Cudjo les amène sur la voiture. Tu vas voir comme ils sont jolis ! Ils ne sont pas plus gros que des veaux !

Sans y attacher sur le moment beaucoup d'importance, je fus avec Marie accueillir notre nouvelle prise. Mais tandis que les enfants regardaient introduire les jeunes captifs dans notre parc à daims, je me souvins tout à coup d'avoir lu jadis que le grand élan d'Amérique est susceptible d'être soumis au joug et peut faire à la longue une excellente bête de trait. Je communiquai ce ressouvenir à ma femme, qui le confirma en me rappelant qu'à Londres, dans une ménagerie, elle avait vu des élans harnachés et bridés.

C'était donc chose possible ! Nous résolûmes d'en avoir la preuve et nous y parvînmes.

Cudjo se chargea de leur éducation, et vous savez déjà qu'ils ne

pouvaient tomber en meilleures mains. Dès qu'ils furent assez forts ,
il les mit à la charrue et laboura avec eux. Pendant l'hiver, il leur fit
traîner maintes charges de bois mort et les dressa à travailler à la
charrue et à la voiture avec la même docilité qu'une paire de
bœufs.

XLIV.

CHASSE AUX CHEVAUX SAUVAGES.

Nous avions obtenu un grand point. Il n'était pas impossible de se procurer le nombre d'élans nécessaire à notre projet. Nous nous attachâmes à la capture des jeunes, et Cudjo les domestiquait comme les premiers.

Quelques mois plus tard se produisit un autre événement qui vint plus nettement encore confirmer la prédiction de ma femme et nous prouver que la main dirigeante de Dieu était sur nous.

Un matin, au lever du soleil, nous entendîmes au dehors un grand bruit qui nous plongea dans la consternation. C'était comme un piétinement de chevaux accompagné de hennissements, auxquels répondaient les hennissements de Pompo dans son écurie.

— Des Indiens !... nous écriâmes-nous, en nous croyant perdus.

Nous courûmes aux armes. J'ouvris la fenêtre et hasardai un coup d'œil au dehors. J'aperçus plus d'une douzaine de chevaux, mais sans un seul cavalier ! Il y en avait des blancs, des noirs, des rouges, des tachetés comme des lévriers. Ils couraient à travers la clairière, humant l'air, sautant, se jouant entre eux en agitant leurs longues queues et leurs opulentes crinières. Ils étaient là dans toute l'exubérance de leur mâle et indépendante beauté, sans selle, sans brides, sans aucun signe que la main de l'homme les eût jamais effleurés.

Je reconnus tout de suite l'erreur dans laquelle nous étions tombés. Au lieu d'une invasion redoutable, c'était une passée de mustangs, ou chevaux sauvages des prairies, de véritables envoyés du ciel !

Nous ne fûmes pas longs à prendre un parti.

Ils s'étaient laissés tenter par la verdure de notre oasis et y étaient venus librement : il fallait qu'ils ne pussent désormais la quitter qu'à notre volonté.

Pour les empêcher d'en sortir, il n'y avait qu'à leur fermer l'issue qui conduisait hors du vallon. Mais la difficulté était d'exécuter ce projet sans leur donner l'alarme.

Ils étaient sur la pelouse devant la maison ; nous ne pouvions sortir sans être aperçus ; ce qui leur eût fait prendre la fuite au triple galop, de manière à ce que nous ne les revissions jamais.

Nous savions par expérience qu'ils ne se laissaient pas approcher ; car, dans notre long voyage à travers les prairies, nous en avions souvent entrevu plusieurs bandes ; mais aucun de nos chasseurs n'avait pu s'en approcher à moins de douze à quinze cents mètres.

N'est-il pas singulier que le cheval, qu'on est porté à considérer comme le compagnon naturel de l'homme, soit de tous les animaux à l'état sauvage celui qui redoute le plus sa présence? On dirait qu'il devine ce que nous voulons de lui et qu'il soit déterminé à ne pas se laisser ravir sa liberté.

Je n'ai jamais pu voir une troupe de chevaux sauvages, sans m'imaginer qu'il se trouvait dans leur nombre quelque vieux fugitif qui apprenait aux autres comment nous les traitons, et les excitait à se tenir en garde contre nous; car il est avéré que de tous les animaux le cheval est le plus sauvage.

Comment donc faire pour arriver à circonvenir ce précieux renfort si miraculeusement envoyé à notre petite colonie?

Nous finîmes cependant par en découvrir le moyen.

Je dis à Cudjo de prendre sa hache et de me suivre. Je saute par la fenêtre de derrière de notre habitation, et, laissant la maison entre les chevaux et nous, nous nous glissons derrière le magasin et l'écurie pour gagner le bois sans être vus.

Arrivés au point où le chemin sort de la vallée, Cudjo se met à l'œuvre. En moins d'une demi-heure nous avions abattu un arbre, qui barrait complètement le passage. Nous y ajoutons d'autres branchages de manière à former un obstacle insurmontable, et nous ne nous éloignons que parfaitement certains qu'à moins d'être ailés, nos visiteurs ne pourront franchir cette barrière improvisée.

Nous revînmes à la maison avec beaucoup moins de précautions. Que nous importait désormais d'être aperçus? Dès que les mustangs nous virent apparaître, ils se dispersèrent dans les bois; mais nous ne nous en donnâmes aucun souci, assurés de les retrouver quand bon nous semblerait.

L'événement nous donna raison. Nous fîmes un lasso en cuir.

Pompo fut sellé et bridé, et en moins de trois jours toute la *caballada* — c'est le nom du pays pour désigner une troupe de chevaux sauvages — était consignée dans notre parc. C'était une prise capitale, car il n'y avait pas moins de onze chevaux.

Maintenant, mes amis, je crains de vous avoir lassés par ce long récit de nos aventures; et cependant combien d'autres ne me resterait-il pas à vous raconter !

Je vous dirais comment nous avons capturé nos moutons et nos antilopes, domestiqué de jeunes buffles, au point d'avoir tout le laitage et ses dérivés qui nous sont nécessaires; comment nous avons élevé les petits du couguar et de l'ours noir ; comment sont venus sur notre lac les oies sauvages, les cygnes blancs, les grues et les pélicans que vous y avez vus.

Je vous décrirais le voyage que nous entreprîmes, Cudjo et moi, pour aller chercher au camp de la Désolation une partie des objets échappés au pillage des Indiens, notamment deux grands chariots et la poudre des bombes. Mais ce serait abuser de votre patience, et je me résume.

Voilà près de dix ans que nous sommes arrivés dans cette oasis. Depuis lors nous avons vécu reconnaissants, heureux et satisfaits. Dieu a béni nos efforts et les a couronnés de succès. Mais nos enfants ont grandi, comme vous le voyez, presque à l'état sauvage, sans autre éducation que celle que nous avons pu leur donner de mémoire, et c'est à cause d'eux que nous éprouvons le plus vif désir de rentrer dans le monde civilisé.

Nous avons l'intention de nous diriger vers Saint-Louis au printemps prochain. Tout est déjà prêt pour cela : wagons, chevaux, fourrures, à l'exception de celles que nous devons nous procurer cet hiver.

J'ignore si jamais nous reviendrons dans cette paisible vallée, dont le souvenir nous restera cher entre tous ; cela dépendra des circonstances que nous ne saurions prévoir ; mais en la quittant, notre intention est de rendre une complète indépendance à tous nos captifs.

Cygnes blancs.

Et maintenant, mes amis, je n'ai plus qu'une requête à vous adresser.

La saison est bien avancée. Vous avez perdu votre route, et, vous le savez, il est téméraire de vouloir traverser la prairie en hiver. Restez avec nous jusqu'au printemps, et nous partirons tous ensemble. L'hiver n'est jamais bien long dans ces parages, et nous saurons vous le rendre attrayant. Je vous promets de nombreuses parties de chasse, et, lorsque la saison en sera venue, une grande battue de castors.

Eh bien! que dites-vous de ma proposition? Vous décidez-vous à l'accepter?

Est-il besoin de dire que personne ne prit l'initiative d'un refus.

Notre ami Mac Knight ne demandait qu'à rester auprès de sa petite Luisa. Quant à nous, nous ne nous faisions aucune illusion sur les périls au-devant desquels nous nous acheminions, en tentant cette redoutable traversée du désert dans des circonstances aussi défavorables que les nôtres. Rolf était dans le vrai en affirmant que, sous ces latitudes, l'hiver n'est pas de longue durée. Attendre le printemps était donc une mesure prudente et sage, qui n'entraînerait pas un retard considérable. De plus, la nouveauté de cette vie de liberté et d'aventures nous séduisait. Nous acceptâmes de grand cœur.

Comme notre hôte nous l'avait promis, nous fîmes des chasses splendides; et pour couronner le tout, la battue de castors ne donna pas moins de deux mille fourrures de plus.

Aussitôt la venue du printemps, nous nous préparâmes à partir. Trois chariots nous accompagnèrent, dont deux renfermaient les fourrures et le précieux castoréum. Le troisième était réservé à la partie féminine de la caravane, autour de laquelle chevauchaient gaiement Rolf, ses deux fils et nous.

Nous nous dirigeâmes au nord pour rejoindre la route accoutumée de Saint-Louis. Nous y arrivâmes en mai, et Rolf y échangea ses fourrures contre une belle somme d'argent.

Plusieurs années se sont écoulées, et moi, l'auteur de ce petit volume, habitant une contrée lointaine, je n'avais plus entendu parler de Rolf ni de sa famille.

Il y a quelque temps néanmoins, je reçus une lettre de Rolf lui-même, m'annonçant que tout le monde se portait à merveille et que la joie régnait au logis.

Frank et Henry, ayant terminé de brillantes études, étaient sortis du collège et promettaient d'être des hommes accomplis. Marie et Luisa — car les deux sœurs ne s'étaient pas quittées — étaient également revenues de pension, et l'on se préparait à célébrer quatre mariages à la fois. Quatre! vous avez bien lu.

Henry était fiancé à *sa sœur la brune*, c'est-à-dire à la gentille Luisa. Frank avait su captiver les bonnes grâces d'une belle personne, fille d'un planteur du Missouri. La blonde et douce Marie allait unir son sort à celui d'un jeune marchand des prairies, qui avait passé l'hiver avec nous dans l'oasis, et dont je me rappelai tout à coup les attentions gracieuses pour la fillette aux yeux bleus.

Mais, direz-vous, le quatrième mariage, quel est-il?

Laissons le soin de répondre à notre ami Cudjo, qui fait des mines galantes auprès d'une Lucy quelconque, devenue à ses yeux le comble de la perfection humaine.

Enfin la lettre de Rolf m'annonçait une grave résolution. Aussitôt les mariages conclus et les fêtes terminées, tout le monde reprenait le chemin de l'oasis. Tous en étaient, Mac Knight et les quatre jeunes couples. Personne n'avait songé à demeurer en arrière. On devait emmener des chariots, des chevaux, des bestiaux, tout un matériel d'agriculture; ce qu'il faut, en un mot, quand on renonce volontairement au monde civilisé pour créer une colonie toute patriarcale.

C'était plaisir de lire cette lettre où respirait le bonheur. Cette lecture me reporta de nouveau aux heures charmantes que j'avais passées au sein de cette simple et excellente famille dans la vallée Heureuse.

FIN DE L'HEUREUSE FAMILLE.

ANTILLES FRANÇAISES.

I.

ASPECT DES ANTILLES. — LE CLIMAT ET LES HABITANTS.

Le nom seul que nous venons d'écrire évoque aussitôt, devant le regard ébloui, toutes les magnificences de la nature, et il semble qu'on doive, pour parler d'un tel sujet, déposer la plume au profit du pinceau.

Sous ce ciel privilégié et « sous le souffle régulier des vents alizés, la mer déroule avec une majesté sereine ses larges et paisibles vagues, le jour transparentes à d'étonnantes profondeurs, la nuit semées d'étoiles et de traînées phosphorescentes. Les savanes et les forêts exhalent des senteurs que la brise emporte au loin sur l'Océan, comme l'encens de la terre. Au-dessus de ces rivages, l'azur des cieux déploie son éclat incomparable et fait succéder, par intervalles égaux, aux incendies d'un soleil presque vertical les splendides illuminations des étoiles…. La végétation ne connaît point de repos ; les arbres renouvellent sans fin leurs fleurs et leurs fruits, et traduisent en tableaux réels ces rêves de printemps éternel dont nous avons tant de peine, en notre froide Europe, à nous faire une image. Le règne animal reflète ses merveilles dans l'oiseau mouche, le colibri, éblouissants d'or et de pourpre, de saphir et d'émeraude. Que de curiosités éveillées, que de surprises et d'émotions pour le voyageur arrivant de la zone tempérée !…

« Ce n'est pas qu'aux rayons de ces magnificences il n'y ait quelques ombres. La saison des pluies, bien qu'elle survienne au plus fort des chaleurs, se montre presque aussi désagréable que notre hiver : trop souvent de violents raz-de-marée bouleversent les rades ; les grains de mer tournent en terribles ouragans, et les tremblements de terre démolissent en un jour l'œuvre de plusieurs siècles…. Toutefois l'homme, par un heureux don de la Providence, oublie les maux passés, et ici comme ailleurs les richesses d'une terre féconde lui font supporter les inconvénients accidentels du climat. »

Ces inconvénients sont d'ailleurs largement compensés pour les créoles des Antilles par l'ampleur et les facilités de la vie qu'ils se sont faite, et qui réunit tout l'intérêt, tous les charmes, toute la liberté de l'existence du grand propriétaire, habitant sur ses terres, à la recherche élégante, au bien-être opulent de la civilisation la plus développée.

« Une habitation aux Antilles représente à l'œil ce qu'est un assez beau village en France. Il y a la maison d'habitation, la sucrerie et les cases des nègres (1), en tout de soixante à cent feux.

« Cette habitation est souvent en bois et fort vaste, et il y en a pourtant de très belles en maçonnerie. Du reste, les forêts tropicales contiennent une demi-douzaine de bois qui sont incorruptibles et qui servent à construire des charpentes éternelles.

« Autour des cases à nègre (2) et de l'habitation s'élèvent habituellement de grands et beaux arbres, des fromagers gigantesques, des sabliers dont les fruits, en forme de boîtes à compartiments, éclatent comme l'artillerie, des cassiers dont les gousses immenses pendent et babillent sous l'effort du vent, des manguiers superbes auxquels les négrillons lancent des pierres ; et puis, à foison, des citronniers, des grenadiers, des orangers, des lauriers-roses, sans compter les cocotiers qui portent dans les airs leur beau parasol, et la merveille du règne végétal, le palmiste, qui est la colonne Trajane faite arbre, avec un miraculeux éventail de feuilles de cinquante pieds pour chapiteau.

« Sous ces arbres sont attachés, le soir, à des piquets, les quatre-vingts ou cent bœufs de l'habitation. Celui qui, transporté tout d'un coup d'Europe aux colonies, verrait à la fin du jour cet immense troupeau se coucher en ruminant, sous la main des enfants qui

---

(1) Une case à nègre est une petite maisonnette composée de deux chambres, une servant de cuisine, l'autre de chambre à coucher. Ces cases sont en bois ou en maçonnerie, suivant les localités. Dans les basses terres, on donne la préférence au bois, parce que les cases sont plus saines. C'est encore la configuration des lieux qui détermine la disposition des cases. Tantôt elles sont groupées pêle-mêle, tantôt elles sont alignées et forment des rues. L'ensemble de ces cases ou plutôt l'ensemble des travailleurs qui les habitent s'appellent l'*atelier*.

(2) Ces cases, habitées avant 1848 par les esclaves et leurs familles, sont occupées aujourd'hui par les travailleurs volontaires, nègres ou Indiens, qui cultivent les plantations, moyennant engagement limité ou salaire annuel.

l'enchaînent, cent hommes et cent femmes revenant des champs avec des herbes, le maître qui passe bienveillant à tous et vénéré de tous, la cloche qui s'agite sonnant l'heure de la prière, que toute l'habitation fait debout et tête nue, celui-là pourrait se croire sous la tente de Laban, en Mésopotamie, lorsque Jacob y garda sept ans les chameaux et les cavales pour gagner la main de Rachel. »

Après avoir entrevu l'habitation, occupons-nous de ceux qui lui donnent le mouvement et la vie.

Des Caraïbes qui occupaient les Antilles au moment où les Européens y arrivèrent, il ne reste guère qu'une tradition, en ce qui concerne nos colonies du moins. La seule île, en effet, de l'archipel des Antilles que les anciens habitants n'aient pas complètement abandonnée est Porto-Rico. On y trouve encore vingt-deux mille individus nommés *Ibaros*, et qui descendent de la nation sur laquelle les Espagnols prirent l'île.

« C'est une race superbe, leste, active, probe, amie de l'ordre et du travail, et qui fera un jour de Porto-Rico, avec le concours des Européens, la première colonie du monde. Les Ibaros sont de taille moyenne, élancés, bien faits, montant à cheval comme les Gaouches du Parana et de l'Uruguay, et d'un caractère essentiellement agricole. Ce sont eux qui défrichent les magnifiques forêts de Porto-Rico, empêtrées de vanilliers et couvertes de perroquets; qui aménagent les terres et qui font la meilleure partie du travail des sucreries. Le sentiment qui domine dans le caractère des Ibaros, c'est la dignité et le respect de soi-même. Ce sentiment leur fait comprendre la louange, les égards, la considération, et les rend tout à fait accessibles à la civilisation européenne. »

Depuis la disparition des Caraïbes de nos Antilles, deux races les habitent, les blancs et les noirs. Ces derniers forment deux catégories bien distinctes : les nègres proprement dits, et les mulâtres ou hommes de couleur.

Les fils de l'Afrique, dans leur langage naïf et imagé, caractérisent ainsi ces races : « Le blanc, disent-ils, c'est l'enfant de Dieu ; le noir est l'enfant du diable ; le mulâtre n'a pas de père. »

En réalité, « par l'intelligence, la fortune, l'éducation, par tous les dons naturels et acquis, les blancs tiennent le premier rang, et même, depuis que la loi a proclamé l'égalité aux colonies, ils imposent leur supériorité aux noirs, qui forment de beaucoup la majorité numérique. Rejetée des deux races, la tige mulâtre prend la place intermédiaire, croît et se fortifie par l'intelligence et la richesse autant que par le nombre. »

La race blanche s'est recrutée en France dans toutes les classes de la nation, mais plus particulièrement dans la noblesse. « Les cadets de famille, traités avant 89 par les lois comme le sont encore aujourd'hui les cadets anglais, allaient demander aux aventures lointaines une fortune digne de leur naissance, quelquefois un abri contre les lettres de cachet, contre les édits qui punissaient le duel, contre les créanciers intraitables ; ces gentilshommes se jetaient bravement dans les hasards et les périls de la colonisation. D'Esnambuc et d'Ogeron aux Antilles, comme la Salle à la Louisiane, Flacourt à Madagascar, Cartier et Champlain dans l'Amérique du Nord, et, avant eux, Béthencourt aux Canaries, après eux La Bourdonnais et Dupleix dans l'Inde, sont des héros de colonisation comparables aux plus brillants types de l'Espagne et du Portugal. La souche nobiliaire des premiers fondateurs s'accrut successivement des greffes qui lui vinrent de la grande propriété territoriale, des hauts fonctionnaires établis dans le pays, enfin de quelques Français qui avaient remarqué à la cour la beauté et la richesse des filles créoles. Grâce à ces émigrations et à ces alliances, il n'y avait guère, au siècle dernier, de famille en France qui n'eût son représentant aux colonies. »

Mais bien qu'ayant, comme population blanche, une origine égale, ces colonies cependant n'offrent point un type uniforme comme mœurs et habitudes. Ainsi, en ce qui concerne les Antilles, où la colonisation eut lieu au même temps et sous les mêmes conditions de climat, de sol et de fortune, une différence bien tranchée s'établit tout d'abord. Parfaitement identique comme « race spirituelle, généreuse, hospitalière, recherchant toutes les émotions vives, jadis la guerre, le duel, le jeu, tournée aujourd'hui vers la fortune et les honneurs, n'ayant de ce laisser-aller qualifié d'indolence créole que les agréables apparences, et apportant à la conduite des affaires l'ardeur qu'inspire la passion du succès tempérée par un vernis d'élégance qui rappelle la noblesse de l'ancien régime, » la population blanche des Antilles offrait dès le xviiie siècle des contrastes assez tranchés pour donner lieu et raison à ce dicton : *Nos seigneurs de Saint-Domingue, messieurs de la Martinique* et les *bonnes gens de la Guadeloupe.*

Les *seigneurs* de Saint-Domingue ont disparu, emportés par ce même esprit révolutionnaire qui avait balayé ceux de France. Quant aux *messieurs* et aux *bonnes gens*, ils ont gardé la différence caractéristique indiquée par ces deux appellations.

II.

PREMIERS ESSAIS DE COLONISATION. — SAINT-CHRISTOPHE.

Dans le mouvement d'expansion qui, dès les premières années du xvie siècle, dirigea les regards et l'ambition de l'Europe du côté du Nouveau-Monde, chacune des puissances maritimes de l'Europe comprit que l'archipel des Antilles était l'avant-poste du continent américain. De là l'empressement avec lequel la moindre de ces îles fut occupée.

Du temps même de Christophe Colomb, et guidés par lui, les Espagnols prirent possession de Saint-Domingue, de Cuba, de la Jamaïque, de Porto-Rico et de la Trinidad, c'est-à-dire des points les plus importants par leur étendue, ou par leur proximité des terres soupçonnées de contenir de l'or, de l'argent et des diamants, seuls objets alors de la convoitise des explorateurs.

Un siècle après, les Anglais survinrent, s'installant sur tous les points qu'ils trouvaient encore vacants, et ensuite demandant successivement à la conquête par les armes l'agrandissement de leurs établissements ; de telle sorte qu'aujourd'hui, sur quarante îles qui forment l'archipel Caraïbe, vingt leur appartiennent.

Les Hollandais accoururent à leur tour et s'établirent à Saint-Eustache, aux îles Vierges et à Curaçao.

Les Danois firent flotter leur pavillon sur l'île Sainte-Croix et sur les rochers stériles de l'îlot Saint-Thomas, qu'ils ont su rendre fécond par le bienfait de la liberté commerciale.

Les Suédois enfin, ne trouvant plus rien à prendre, achetèrent aux Français l'île Saint-Barthélemy.

Les principaux pavillons de l'Europe étaient ainsi arborés dans ces eaux tantôt paisibles et radieuses, tantôt grondeuses et terribles, qui voient tout à la fois s'épanouir la plus merveilleuse végétation des régions tropicales et gronder au sein du sol bouleversé par eux les volcans les plus fougueux.

Dans ces victoires, la France n'était pas la moins bien partagée. Etablis à Saint-Christophe dès 1625, nos pères avaient, en moins d'un quart de siècle, arboré leur drapeau sur la Guadeloupe, la Martinique, Sainte-Lucie, la Dominique, Saint-Domingue, qui ne devait pas tarder à devenir la reine des Antilles, Grenade, Saint-Vincent, Tabago et quelques autres.

Et maintenant, dans ce bassin maritime où se heurtent, resserrés sur un étroit espace, les intérêts et les passions de l'Europe, quel rôle a joué la France? quel avenir lui est réservé? C'est ce que nous allons essayer d'esquisser, en racontant l'histoire même des établissements que nous y possédons encore, et qui se bornent à la Martinique et à la Guadeloupe et ses dépendances; c'est-à-dire les petites îles de Marie-Galante, la Désirade et les Saintes.

Cette histoire, dont nous allons réunir les premières pages sous un même titre, Saint-Christophe, pour plus de clarté se divisera ensuite en deux sections distinctes, et viendra se fondre de nouveau dans quelques observations générales.

Par une belle matinée de printemps de l'année 1625, le port de Dieppe était encombré d'une foule curieuse, qui admirait avec enthousiasme un brigantin prêt à prendre la mer.

Ce charmant navire était un chef-d'œuvre de l'art nautique à cette époque, et tous les marins du port enviaient la bonne chance des trente-cinq hommes de l'équipage qui, sous les ordres du sire d'Esnambuc, cadet de la maison de Vauderas, allaient s'élancer sur la vaste mer pour y chercher de lointaines aventures.

A ces cœurs vaillants qui partaient sans but précis, la Providence allait servir de pilote.

Déjà le brigantin touchait au golfe du Mexique, lorsque, attaqué tout à coup par un galion espagnol sept fois plus fort, et dédaignant de fuir, il perdit sa mâture et se vit sur le point d'être capturé. Cependant, après trois heures d'une lutte inégale, après une résistance héroïque qui fournit à cette période de nos annales maritimes une de ses plus belles pages, d'Esnambuc força le galion de l'abandonner ; mais comme l'athlète qui, après épuisement de ses forces, ne triomphe dans l'arène que par un effort surhumain, et pour tomber, accablé par sa victoire, à quelques pas de celui qu'il a vaincu, ainsi le brigantin, épuisé par l'effort suprême de la lutte, alla se jeter sur la côte la plus proche.

C'était Saint-Christophe.

Après un séjour de quelques semaines dans l'île, où il fit provision d'une foule d'objets rares et précieux, M. d'Esnambuc fit voile vers la France; il se rendit incontinent à la cour. Le cardinal de Richelieu, émerveillé de ce que lui raconta le gentilhomme des beautés naturelles des Antilles, convaincu d'ailleurs par ce qu'il voyait, n'hésita pas à approuver la création d'une compagnie coloniale dite de Saint-Christophe.

Au comble de ses vœux, d'Esnambuc, auquel le puissant ministre donna pour compagnon M. de Rossey, reprit le chemin des Antilles, à la tête de trois cents hommes montés sur trois navires.

La traversée ne fut point heureuse; le mauvais temps, la faim, la soif et les maladies épuisèrent les équipages et remplacèrent la confiance par le découragement le plus profond.

Seul d'Esnambuc ne se laissa point abattre, même lorsque, approchant enfin de Saint-Christophe, il s'aperçut qu'il y avait été devancé par quatre cents Anglais, sous la conduite du capitaine Waërnard, qui, deux ans auparavant, avait séjourné à Saint-Christophe avec lui et partagé ses projets.

Bien loin de s'appuyer sur sa priorité pour éloigner les Français, Waërnard les accueillit loyalement, et, au nom des rois de France et d'Angleterre, on procéda immédiatement au partage de l'île.

Mais les Anglais, ayant reçu plusieurs renforts successifs, alléguèrent bientôt que les Français ne pouvant exploiter toute leur part, faute de bras, tandis qu'à eux-mêmes l'espace manquait, il était de toute justice de restreindre le territoire français à leur profit. Et, s'appuyant sur la force du nombre, ils empiétèrent sur nos possessions.

M. d'Esnambuc, laissant le commandement aux mains de M. de Rossey, se hâta de revenir en France faire part à qui de droit de ce qui se passait.

Les membres de la Compagnie s'indignèrent, le cardinal de Richelieu lui-même s'émut, et dès le mois d'août suivant (1629), une expédition, composée de quatre grands navires et de deux petits, portant à leur bord, outre leurs équipages, trois cents hommes de débarquement, jetait l'ancre dans les eaux de Saint-Christophe.

M. de Cahuzac, commandant de la petite escadre, somma les Anglais de restituer à la France les limites convenues. Cette sommation étant demeurée sans réponse, notre escadre alla attaquer la flotte anglaise mouillée à une faible distance. L'ennemi avait l'avantage du nombre et de la position, cependant la victoire nous resta.

Ce triomphe nous valut, avec l'admiration des Anglais eux-mêmes, le retour plein et entier aux conventions primitives.

Les trois cents hommes venus de France pour défendre les droits de la colonie y furent laissés. Tout faisait donc présager le développement rapide de notre établissement, lorsqu'une catastrophe inattendue faillit nous chasser à jamais des Antilles.

Les Espagnols, jaloux de conserver le monopole de la puissance coloniale dans ces mers, vinrent attaquer Saint-Christophe. Malgré l'héroïque dévouement de du Parquet, neveu de d'Esnambuc, malgré la courageuse résolution de d'Esnambuc lui-même, les Français, saisis de vertige, quittèrent l'île sans essayer de la défendre et se réfugièrent à la Barbade. Les Anglais, abandonnés par nous, se résignèrent à se soumettre et furent jusqu'au dernier rapatriés pour l'Angleterre.

Mais, trois mois après avoir abandonné Saint-Christophe, les Français y reparaissaient, et, sous la conduite de M. d'Esnambuc, l'enlevaient aux Espagnols par un hardi coup de main. M. d'Esnambuc, reprenant le gouvernement de la colonie qu'il avait ainsi conquise deux fois, se montra un père plutôt qu'un chef, à tel point que le P. Dutertre, religieux dominicain, n'hésite pas à appeler cette période un *âge d'or*. « Il n'y avait, dit-il, à Saint-Christophe ni procès, ni juges, ni tribunaux; toutes les contestations étaient portées à la connaissance de d'Esnambuc, et ses décisions avaient force de loi; la moindre de ses paroles était accueillie comme un oracle et conservée avec un pieux respect. »

Ainsi se préparaient, par l'entente et par la paix, les destinées de la France dans l'archipel Caraïbe.

III.

LA GUADELOUPE.

Le P. Dutertre, témoin fidèle et historien fort estimé des premiers temps de la colonisation, va nous faire assister au début de notre établissement à la Guadeloupe :

« Il y avait, dit-il (1), dans l'île de Saint-Christophe, un capitaine nommé l'Olive, des plus riches, des plus anciens et des plus courageux habitants de cette colonie.

« Ce gentilhomme avait une parfaite connaissance de la qualité de toutes les îles voisines, pour les avoir fort fréquentées. Etant venu en France en 1634, avec quantité de marchandises, il rencontra dans la ville de Dieppe, peu de jours après son arrivée, un gentilhomme appelé Duplessis, lequel avait déjà été à Saint-Christophe avec M. de Cahuzac, et était sur le point d'y retourner. Ces deux gentils-

---

(1) *Histoire des établissements français dans les îles de l'Amérique.*

hommes, s'entretenant de la beauté et de la fertilité de toutes ces îles, mais principalement de celle de la Guadeloupe, conçurent le généreux dessein d'y jeter une nouvelle colonie.

« Ils se rendent à Paris, communiquent leur résolution aux seigneurs de la Compagnie, leur font une déclaration fort sincère de la grandeur, beauté et fertilité de cette île, les assurent de leur fidélité et engagements à leurs intérêts, pourvu qu'ils veuillent s'intéresser à leur requête. Les seigneurs de la Compagnie en parlent au cardinal de Richelieu, qui les reçoit avec joie, les écoute volontiers, approuve et loue leur entreprise, et ordonne que leurs commissions soient expédiées.... »

Ces commissions furent en effet remises peu de jours après aux deux chefs, à qui — par une scission déplorable — on garantissait par moitié le commandement de l'île de la Guadeloupe.

Dix ans juste après le départ du brigantin qui avait conduit d'Esnambuc aux rivages de Saint-Christophe, le 20 mai 1635, la nouvelle expédition, composée de cinq cent cinquante personnes, dont quatre cents laboureurs, quittait le port de Dieppe.

Après une heureuse traversée, ils touchaient le 25 juin à la Martinique, qui, selon le P. Dutertre, « n'était alors habitée que par des sauvages. Dès le jour même, nos religieux y plantèrent la croix, au pied de laquelle nos capitaines appliquèrent les fleurs de lis. Les sauvages étaient présents ; et comme des singes, ils firent toutes les cérémonies qu'ils virent pratiquer à cette occasion, s'agenouillant et baisant la terre comme nos Français. »

Ce détail n'est point sans importance. Il ne laisse aucun doute sur le caractère doux et hospitalier des Caraïbes, et il fait ainsi doublement ressortir l'odieux des exactions qui devaient si cruellement et si rapidement les faire disparaître, non seulement de la Martinique, où d'ailleurs cette première halte fut de courte durée, mais de toutes nos possessions en ces parages.

Trois jours plus tard, le 28 juin, l'Olive et Duplessis arrivaient à leur destination.

La Guadeloupe fait partie des îles du Vent, et elle forme, avec Marie-Galante, la Désirade et les Saintes, un groupe d'îles appartenant toutes à la France.

« L'eau et le feu qui ont formé l'Archipel des Antilles, l'une par voie de dépôt et de soulèvement, l'autre par voie d'éruption, se sont partagé les terrains de la Guadeloupe. La partie occidentale, spécialement mais improprement appelée la Guadeloupe, est formée d'éjections volcaniques et a toute la fécondité de ces sortes de terres, avantage qui se complique, il est vrai, d'un grave péril, lorsque les feux souterrains brûlent encore, comme l'incessante et suffocante fumée de la *Soufrière*, cratère crevassé du volcan qui ronge les entrailles de l'île, ne le prouve que trop.

« Dans la partie orientale de l'île, dite la Grande-Terre, se déroulent, au contraire, de vastes plaines semées seulement du nord au sud, vers l'ouest, de mornes peu élevés. Ce sol, qui a lentement émergé des flots, se compose de vastes assises calcaires, remplies de coquillages et douées d'une exubérante fertilité.

« Les deux parties de l'île, séparées par un étroit canal de mer appelé Rivière-Salée, représentent sur la carte deux ailes inégales déployées autour d'un axe qui en maintient l'unité en même temps qu'il les sépare.

« A la Guadeloupe propre appartiennent, avec tous les reliefs du sol, les pluies fréquentes, les forêts sombres, les fraîches savanes, les cours d'eau abondants, — trop abondants même, car souvent ils débordent et ravagent les cultures.

« La Grande-Terre, pays plat, ne reçoit au contraire que peu de pluie et manque entièrement de cours d'eau, ce qui n'empêche point le sol, calcaire et profond, d'être plus favorable à l'agriculture que la terre volcanique et montueuse des autres parties de l'île. Qu'on joigne à ces avantages une facilité plus grande de communication, et on ne s'étonnera pas de trouver à la Grande-Terre l'esprit public plus développé, un goût plus prononcé de sociabilité ; ici, comme partout, la nature a servi de moule à la société qui en a reproduit l'empreinte. »

Toutes les montagnes de la Guadeloupe, comme celles de la Martinique, sont de nature volcanique. Leur hauteur moyenne varie de mille à douze cents mètres, et leurs sommets affectent souvent la forme conique ; on leur donne alors le nom de *piton*. On appelle *mornes* les collines formées par des courants de lave et couvertes de forêts, qui sont fort nombreuses dans toutes les Antilles.

Parmi les points les plus remarquables de la chaîne de montagnes qui donne à la Guadeloupe un aspect si pittoresque, nous devons citer la *Soufrière*, volcan toujours en activité, qui s'élève, abrupt et majestueux, à plus de quinze cents mètres.

Son sommet est un plateau assez vaste, formé de roches volcaniques, sans terre végétale, et portant l'empreinte de plusieurs révolutions qui lui ont successivement donné diverses formes. Un immense rictus, qui va de l'ouest à l'est, et qui est formé de deux parois en roche perpendiculaire, de plusieurs centaines de pieds de profondeur, donne passage à un dégagement continuel de vapeur d'eau et de vapeur de soufre. La roche, si profond que l'œil ose descendre, est tapissée d'une belle couche jaune, toute scintillante de cristaux; et lorsqu'on lance d'énormes moellons dans le gouffre, on les entend rouler d'abîme en abîme, pendant plusieurs secondes, avec des échos sonores qui vont peu à peu en s'affaiblissant.

Cette fente redoutable a environ deux cents pas de prolongement et une vingtaine de mètres de largeur. Ses parois étant à pic, on peut s'approcher sans danger de son bord. On la tourne sans trop de difficulté, et l'on peut même la traverser sur un pont fort peu rassurant en apparence, et que la nature elle-même a pris soin de construire : ce sont d'énormes blocs de pierre bizarrement amoncelés et accrochés les uns aux autres par la dernière éruption. La partie du plateau qui se trouve au delà de ce pont a été mise en l'état de désordre où elle se trouve par une crise survenue il y a une quarantaine d'années. Rien ne saurait donner une plus effrayante image de la destruction dans ce qu'elle a de plus colossal, de plus lugubre. Des rochers dont les proportions effraient le regard ont été arrachés et dispersés comme des grains de sable. Le sol tremble sous les pas, et la chaleur qui s'en échappe est si intense, que si l'on y demeurait quelques instants immobile, on aurait les pieds brûlés. De petits cratères bruissent de toutes parts avec fracas; des fumerolles disséminées çà et là distillent en sifflant la fleur de soufre qui s'étage sous les formes les plus fantastiques. C'est tout à la fois sublime et horrible à contempler.

La Guadeloupe proprement dite a sa superficie de quatre-vingt-deux mille deux cent quatre-vingt-neuf hectares divisée en quatorze quartiers : 1° la Basse-Terre ; 2° le Baillif ; 3° le Parc et Matouba ; 4° la Bouillante ; 5° la Pointe-Noire ; 6° Deshayes ; 7° Sainte-Rose ; 8° la Lamentin ; 9° la Baie-Mahaut ; 10° le Petit-Bourg ; 11° la Goyade ; 12° le Capesterre ; 13° les Trois-Rivières ; 14° le Vieux-Fort-l'Olive.

Cette partie de notre colonie ne possède point de port ; ses seuls mouillages sont les rades peu sûres et insuffisantes de la *Basse-Terre* et de la *Baie-Mahaut*.

En revanche, la partie de l'île qui, située à l'est de la Rivière-Salée, porte le nom de *Grande-Terre*, possède les excellents mouillages de la *Pointe-à-Pitre* et du *Moule*. C'est là que vont jeter l'ancre les navires qui séjournent dans la colonie.

Les dix quartiers de la Grande-Terre sont : 1° la Pointe-à-Pitre ; 2° les Abîmes ; 3° le Gozier ; 4° Sainte-Anne ; 5° Saint-François ; 6° le Moule ; 7° l'Anse-Bertrand ; 8° le Port-Louis ; 9° le Petit-Canal ; 10° le Morne-à-l'Eau.

Si, quittant la Guadeloupe, nous passons aux petites îles qui lui sont administrativement annexées à titre de dépendances, nous trouverons :

1° *Marie-Galante*, la plus considérable entre toutes, qui, de forme circulaire, avec les hauteurs qui la couronnent, ses riches cultures et ses rivages élevés, présente, vue de loin, l'aspect d'une immense et gracieuse corbeille de verdure et de fleurs.

Cette île, dont la superficie est de quinze à seize mille hectares, et qui mesure cinquante-six kilomètres de circonférence, n'est abordable qu'au sud-ouest. Sur tous les autres points elle est défendue par une ceinture infranchissable de falaises taillées à pic, et s'élevant au-dessus de gouffres profonds, de brisants redoutables.

La partie montueuse fournit abondamment au commerce des bois de campêche et les meilleures essences de la faune tropicale. Le sol est propre à la culture de toutes les denrées coloniales.

Marie-Galante se divise en trois quartiers : le *Capesterre*, à l'est ; le vieux *Fort-Saint-Louis*, à l'ouest ; le *Grand-Bourg* ou *Marigot*, au sud.

2° La *Désirade*, des deux tiers plus petite que Marie-Galante, a une forme irrégulière, n'est autre chose « qu'un groupe de montagnes dont les flancs, taillés à pic d'un côté, descendent de l'autre par une pente douce, mais toujours un peu aride, jusqu'à la mer. » A première vue, on reconnaît qu'un volcan a donné naissance à ce sol tourmenté et coupé çà et là de sources dont l'eau excellente supplée à l'absence complète de cours d'eau.

3° Les *Saintes* forment un groupe d'îles et d'îlots qui n'a que deux lieues de l'ouest à l'est et douze cent cinquante hectares de superficie. L'îlot le plus à l'est est désigné sous le nom de *Terre-de-Haut*, et on appelle *Terre-de-Bas* celui qui est placé le plus à l'ouest. On trouve entre ces deux points extrêmes le *Grand-Ilot*, le *Coche*, et l'*Ile-à-Cabrit*. Le sol des Saintes est presque stérile. Il n'y a dans tout le groupe qu'une seule source ; encore tarit-elle presque tous les ans ; les habitants sont alors obligés d'aller s'approvisionner à la Guadeloupe.

Ces inconvénients sont amplement rachetés par une des rades les plus considérables et les plus sûres des Antilles.

4° A la Guadeloupe encore se rattache l'île Saint-Martin, dont une partie est à la Hollande et une partie à nous. La partie française, contenant cinq mille trois cent soixante et onze hectares, non compris l'îlot de Tentamare, nous appartenant également, est divisée en quatre quartiers : le *Marigot*, le *Colombier*, la *Grande-Case* et *Orléans*. Le sol, léger, pierreux et imprégné de salpêtre, est presque chaque année brûlé et dévasté par la sécheresse.

Telle est cette riche perle de notre écrin colonial, cette île de la Guadeloupe, où nous avons vu les Français arborer l'étendard des lis, le 28 juin 1635.

A peine débarqués, les deux chefs de l'expédition laissèrent éclater librement les dissentiments qui déjà, pendant la traversée, s'étaient sourdement annoncés. Parmi les fautes graves qui marquèrent ces débuts pleins de querelles et de violences, il en est une qui faillit tout compromettre.

Laissons parler le P. Dutertre :

« Nos capitaines, dit-il, commirent tout d'abord une imprudence qui a fait perdre la vie à plus de la moitié de leurs hommes : ce fut de ne pas aborder à l'île de la Barbade, habitée par les Anglais, comme on le leur avait conseillé, où ils eussent pu se procurer à peu de frais tout ce qui leur était nécessaire; ils se trouvèrent donc à la Guadeloupe, au milieu des bois, sans avoir ni manioc, ni patates, ni pois, ni fèves pour semer; d'ailleurs, n'ayant apporté dans leurs navires des vivres que pour deux mois, ils se virent obligés de retrancher de la livre de pâte qu'ils donnaient chaque jour à chacun de leurs hommes, si bien qu'au bout de quelque temps cette livre se trouva réduite à cinq onces.

« .... Dans l'extrémité de leurs maux, nos Français eussent reçu beaucoup de soulagement des sauvages de l'île, si leur humeur impatiente ne les eût rebutés. Ces barbares, en effet, ne se doutant point qu'on avait le dessein de leur faire la guerre, venaient souvent visiter les *visages pâles*, et jamais les mains vides. Ayant même remarqué que nos gens avaient nécessité de vivres, ils avaient toujours leurs pirogues remplies de tortues, de lézards, de cochons, de patates et de toutes sortes de fruits du pays. Mais nos gens, ennemis de leur propre bonheur, se plaignaient de leurs trop fréquentes visites, disant qu'ils ne venaient que pour reconnaître leur faible et en tirer parti.

« Dans cette pensée, on en maltraita quelques-uns, et même on fut sur le point d'en défaire deux ou trois pirogues qui se présentaient. Les sauvages, à qui peu de chose donne de l'épouvante, s'enfuirent et ne revinrent plus; on commença bien à se ressentir de leur absence par la privation des commodités qu'ils avaient coutume d'apporter aux nouveaux habitants. Alors, on les combla d'injures et de malédictions; on prétendit qu'ils voulaient faire périr une partie des Français pour avoir meilleur marché du reste. En un mot, on conclut qu'il fallait aller tuer tous les sauvages, prendre leurs femmes et leurs enfants, et se saisir de tout ce qu'ils possédaient. »

Il est vraiment impossible de s'expliquer cette politique insensée et cruelle qui poussait non seulement les Français à la Guadeloupe, mais tous les Européens, en quelque partie de l'Amérique que ce fût, à pourchasser les sauvages comme des bêtes fauves et à se créer ainsi autant d'ennemis que le nouveau monde comptait d'indigènes.

Ce triste caractère de la colonisation au xv1ᵉ et au xv11ᵉ siècles a malheureusement donné lieu à des comparaisons où, « malgré toute la supériorité du christianisme et du monde moderne sur le paganisme et le monde ancien, » la priorité reste aux anciens.

Hâtons-nous cependant de dire que si, dans les annales de nos colonies, il est des feuillets que notre honneur national voudrait en voir arrachés, ces feuillets sont peu nombreux. Nos colons les plus avides, les plus cruels, n'approchent pas, grâce à Dieu, des Pizarre et des Cortez.

Mais revenons à l'Olive, que la violence de son caractère rendait si facile à pousser aux actes les plus barbares. Duplessis, il est vrai, était doux, humain, prudent; mais, par suite de la scission survenue entre ces deux chefs, ces qualités étaient comme des stimulants pour des aventuriers ambitieux qui, après s'être emparés de la confiance d'Olive, s'en servaient pour exciter encore les passions de celui-ci et creuser plus profondément l'abîme entre eux.

D'ailleurs, six mois seulement après l'arrivée des Français à la Guadeloupe, Duplessis succombait sous l'influence du climat et peut-être plus encore sous le poids du chagrin et des regrets que lui donnait le sentiment de son impuissance à empêcher les excès dont il était le témoin forcé, presque le complice.

L'Olive, libre, par cette mort, de toute entrave, ne songea plus qu'à poursuivre ses projets d'extermination contre les indigènes. Ce fut un duel à mort entre les deux races. Les Français ne déposèrent les armes, après quatre ans de guerre incessante, que lorsque les victimes leur manquèrent : ce qui restait de ces tribus, si paisibles naguère, s'était réfugié à la Dominique et dans la partie de la

Guadeloupe appelée Grande-Terre, que les Français n'occupaient point encore (1).

Disons-le ici à l'honneur de l'Eglise catholique, l'Olive rencontra une courageuse opposition dans les religieux qui avaient accompagné l'expédition.

Le P. Raymond et ses trois compagnons intervinrent de tout leur pouvoir en faveur des pauvres sauvages, et ils eurent du moins la gloire d'avoir protesté constamment et énergiquement contre les excès qu'ils ne purent empêcher.

Les Caraïbes ayant disparu de l'île, les Français n'eurent plus à exercer leur ardeur guerrière. Ils tournèrent alors toute leur activité du côté de la colonisation. Ils eurent le bon esprit de ne s'occuper d'abord que de la culture des denrées alimentaires qui les missent à l'abri des privations et des maladies dont ils avaient si cruellement souffert. Ces travaux bien dirigés placèrent promptement dans une position avantageuse le petit nombre de colons échappés aux malheurs des premiers temps. Ce petit nombre s'augmenta bientôt de quelques habitants de Saint-Christophe, attirés à la Guadeloupe par la beauté et la fertilité de l'île. Des Français avides d'aventures et de richesses, des officiers et des matelots de la marine marchande, désireux d'échanger les fatigues et les hasards de la mer contre un beau climat, de riches cultures et l'aspect d'une rapide fortune, vinrent à leur tour et successivement grossir ce noyau, de telle sorte

---

(1) Les Caraïbes ne renoncèrent pas si aisément aux îles qui étaient leur patrimoine. La guerre se ralluma à trois reprises différentes, en 1655, 1658 et 1660. La dernière se termina par un traité qui concentra les débris de cette race, digne d'un meilleur sort, à la Dominique et à Saint-Vincent. A cette époque, ils avaient été tellement écrasés par la guerre, que leur nombre ne s'élevait pas au delà de six mille.

que, dès 1649, la colonie avait pris un assez large accroissement pour faire entrevoir à la métropole, dans un avenir prochain, une source abondante de force et de richesses.

Trois Compagnies s'étaient déjà succédé dans l'exploitation du privilège des îles de l'Amérique, et toutes trois, soit mauvaise gestion, soit plutôt manque d'avances suffisantes, avaient trouvé dans cette entreprise la ruine, au lieu de la fortune.

Un simple particulier, le marquis de Boisseret, associé à son beau-frère, le sieur Houël, eut l'heureuse audace d'essayer à lui seul ce que ces trois Compagnies n'avaient pu réaliser; il acheta à la dernière de ces Compagnies, moyennant la somme de 60,000 livres tournois et une rente annuelle de 600 livres de sucre, la propriété de la Guadeloupe et de ses dépendances.

L'acte de vente fut signé le 4 septembre 1649. MM. de Boisseret et Houël devinrent tout à la fois propriétaires et seigneurs de ces îles : mais ils durent reconnaître l'autorité souveraine du roi.

Les circonstances, il faut le dire, servirent merveilleusement le zèle et l'activité des nouveaux propriétaires. Une cinquantaine de planteurs hollandais, forcés de quitter le Brésil, vinrent se réfugier à la Guadeloupe, avec mille à douze cents esclaves noirs, y introduisirent la culture de la canne à sucre, et établirent plusieurs sucreries qui ne tardèrent pas à prospérer et à donner de magnifiques résultats. La fortune coloniale de la France était dès lors assurée aux Antilles ; elle y avait jeté de si fortes racines, que les exactions et les exigences du marquis de Boisseret et de son beau-frère n'en purent enrayer le cours.

Le gouvernement s'émut, et de l'importance toujours croissante d'une propriété particulière qui, à tous égards, méritait le titre et les droits d'établissement national, et surtout de la vitalité d'une entreprise résistant à toutes les entraves qu'apportaient à sa marche le caprice et l'arbitraire, qui y régnaient en maîtres.

C'était le temps où Colbert, de concert avec Louis XIV, s'efforçait de mettre la France à la tête de toutes les nations. Ce grand ministre mesura de son œil sûr le danger qui menaçait la Guadeloupe; il vit que, soumise en apparence à ses possesseurs, elle guettait le moment où elle pourrait secouer un joug oppressif et détesté. Mais alors qu'arriverait-il? Evidemment une lutte sanglante, suivie d'une anarchie plus sanglante peut-être, et aboutissant à une occupation étrangère.

Le seul moyen de conserver à la France ce beau joyau de sa couronne coloniale était de le faire rentrer sous l'autorité directe du roi. Colbert usa de toute son influence sur l'esprit de Louis XIV pour l'amener à consentir au sacrifice énorme au moyen duquel l'Etat rentra en possession de la Guadeloupe (1664).

La somme payée quinze ans auparavant par le marquis de Boisseret et M. Houël fut plus que doublée; ce qui porta à 125,000 livres le prix de la rétrocession de l'île à la France.

La Compagnie des Indes occidentales ayant été créée sur ces entrefaites, Colbert lui donna la Guadeloupe et lui accorda de nombreux privilèges.

Cette société ne fut pas plus heureuse que ses devancières. A peine était-elle formée depuis dix ans, que le roi se voyait forcé de prononcer sa dissolution et de payer ses dettes (1674).

A dater de ce moment, la Guadeloupe, comme toutes les autres colonies d'Amérique, fut réunie au domaine de l'Etat et gouvernée par des hommes choisis et nommés par le roi. Tous les Français furent libres de s'y établir et d'y commercer.

Ce nouveau système eût immédiatement fait disparaître les entraves qui jusqu'alors s'étaient opposées au progrès de la colonie, si, à côté des avantages immenses qu'il assurait aux Antilles en général, ne se fût placé, pour la Guadeloupe, un obstacle funeste à son développement, dans la primauté qui fut alors attribuée à la Martinique sur toutes les îles des Antilles françaises, dont elle devint le chef-lieu et le marché général. Cette importance, on le comprend, ne lui fut acquise qu'au détriment de nos autres possessions, et notamment de la Guadeloupe.

« A la Martinique étaient envoyées toutes les productions. C'était elle qui recevait toutes les marchandises venant de la métropole, et chez elle qu'on était obligé de venir les chercher. A elle le bruit et la gloire; à elle un nom européen.... Aux autres îles l'obscurité et le silence, le rôle ignoré et obscur d'humbles dépendances. A la Martinique encore, un gouverneur riche et puissant, une espèce de cour somptueuse, des privilèges et des faveurs de toutes sortes, et à la Guadeloupe un simple délégué du gouverneur de la Martinique, des privilèges fort restreints et entièrement subordonnés aux intérêts du chef-lieu.... »

Cette centralisation de commerce et de pouvoir pouvait être favorable aux vues générales de la France sur les Antilles; mais on ne peut contester qu'elle ne fût éminemment défavorable à la Guadeloupe. « En outre, par suite du soin que prenaient les Compagnies en possession du privilège de la traite des nègres, de n'introduire en

Amérique qu'un nombre restreint de noirs, afin que le prix en demeurât toujours élevé, notre colonie manqua bientôt de bras pour ses cultures. » A ces deux causes de stagnation ne tarda pas à s'en ajouter une troisième : la guerre et les calamités qui la suivent.

Toutefois, malgré son affaiblissement, la colonie repoussa avec une brillante valeur trois attaques successives dirigées contre elle par les Anglais, en 1666, 1691 et 1703.

Après le traité d'Utrecht, la Guadeloupe mit la paix à profit, et pendant quarante-six ans marcha de progrès en progrès. En 1759, elle comptait plus de cinquante mille habitants, dont un cinquième environ de blancs et quatre cinquièmes d'esclaves. Elle produisait annuellement 9 à 10 millions de livres de sucre et une quantité notable de café, de cacao, de coton, d'indigo et autres denrées coloniales.

La Guadeloupe eut sa part des désastres que la guerre continentale fit, à cette époque, rejaillir jusqu'aux extrémités les plus reculées des colonies de l'Europe.

La résistance que la Guadeloupe opposa pour sa part aux armes de l'Angleterre dura trois mois..., « trois terribles et funèbres mois, pendant lesquels le soleil, si radieux sous les tropiques, fut presque constamment obscurci par la fumée de la poudre, tandis que les nuits bleues et limpides étaient bien souvent empourprées par les lueurs sanglantes de l'incendie dévorant dans sa course furieuse plantations, bâtiments et bestiaux.... Ce furent trois mois pleins d'émotions diverses et opposées, d'héroïques espérances et d'horribles angoisses. Enfin se leva le jour plus terrible entre tous, le jour de fatale certitude où le pavillon blanc fut abaissé et humilié..., où pour la première fois, depuis que la France possédait la Guadeloupe, l'étranger y posait un pied vainqueur !... »

Mais, par un de ces mystérieux desseins providentiels qui, à chaque instant, dans la vie des peuples comme dans celle des individus, viennent prouver la vérité de cette grande parole : *L'homme s'agite et Dieu le mène*, de ce fait, envisagé par la France et par la colonie comme un malheur irréparable, sortit un bien réel.

« L'Angleterre, considérant sa conquête comme définitive, fit de grands efforts pour en augmenter la valeur. Elle multiplia ses expéditions pour la Guadeloupe et y introduisit près de dix-neuf mille esclaves. Après une domination de quatre ans et quelques mois, le traité de paix conclu en 1763, entre la France et l'Angleterre, stipula la restitution de la Guadeloupe à la métropole, qui la reçut dans un état plus florissant et plus prospère qu'elle n'eût jamais été par le passé. »

Cette importance si rapidement acquise démontra au gouvernement français que le manque de rapports directs avec la mère patrie avait annihilé des ressources magnifiques et inépuisables. On décida qu'elle ne rentrerait point sous la dépendance de la Martinique ; bientôt cependant les considérations militaires et politiques qui une première fois avaient triomphé, reprirent le dessus, et les deux îles furent replacées sous une même autorité (1769).

Six ans plus tard, une nouvelle réaction se faisait dans les régions gouvernementales, et la Guadeloupe était définitivement reconstituée en colonie indépendante.

Dès lors et jusqu'à la période terroriste de la Révolution française, dont le contre-coup se fit ressentir dans nos colonies, et en particulier dans les régions qui nous occupent, avec une fureur qu'explique l'influence du climat sur les passions humaines, le développement agricole et commercial de la Guadeloupe alla toujours en grandissant.

Les blancs en guerre ouverte les uns contre les autres ; les nègres révoltés refusant le travail et menaçant leurs anciens maîtres de sanglantes représailles ; les terres en jachère ; les listes de proscriptions ouvertes et l'échafaud dressé, telle était la triste position que rien semblait ne pouvoir plus aggraver, lorsque la guerre étrangère vint encore augmenter la misère publique.

Le 21 avril 1794, la Guadeloupe tombait au pouvoir des Anglais !...

Moins de trois mois plus tard, une expédition commandée par les deux commissaires de la Convention, Chrétien et Victor Hugues, rétablissait le drapeau français sur tous les points de la Guadeloupe et de ses dépendances, mais sans que la position de la colonie s'améliorât. « Ses cultures, son commerce, tout continua à demeurer en souffrance ; les nègres reprirent le cours de leurs révoltes, et il s'en fallut de bien peu qu'elle ne fût, comme Saint-Domingue, à jamais perdue pour la France. »

Sur ces entrefaites, la guerre avec l'Angleterre s'étant rallumée, la Guadeloupe fut derechef exposée à toutes sortes de périls ; mais ces périls mêmes, en ranimant le patriotisme et stimulant le courage dans tous les cœurs, opérèrent une avantageuse diversion, et même influèrent très heureusement sur la fortune publique.

Ici comme à la Guyane, l'amour de la France et la haine de

l'Angleterre armèrent tous les bras et firent surgir comme par miracle une marine intrépide.

« Il n'est pas, dit à ce sujet un voyageur contemporain, il n'est pas une des îles des Antilles sous les yeux de laquelle les corsaires de la Guadeloupe n'aient accompli, même contre la marine royale d'Angleterre, les plus merveilleux exploits.

« Une histoire des corsaires de la Guadeloupe, faite avec les récits des témoins, serait un des plus beaux épisodes de nos fastes militaires. Pendant un grand nombre d'années, les prodiges de Surcouf dans la mer des Indes ont été journellement accomplis, entre Charlewston et la Barbade, par Lamarque, Giraud, la Pointe, Langlois, dit la Jambe-de-Bois, Grapin, Antoine Moëde, et vingt autres marins dont l'empereur eût fait des Nelsons, s'il les avait connus.... Cette lutte fut marquée par des actes héroïques auxquels il n'a manqué que des bulletins pour remplir l'histoire.

« Presque toutes les familles de la Guadeloupe ont un grand nom à mêler aux épisodes de cette glorieuse époque.... »

Par malheur, les préparatifs de cette funeste journée enregistrée sous le nom de Trafalgar, dans nos annales maritimes, ayant dégarni et affaibli la Guadeloupe, les Anglais s'en emparèrent de nouveau le 6 février 1810, et y restèrent jusqu'en 1813, époque où ils la cédèrent à la Suède.

Rentrée sous la domination de la France par les traités de 1814, retombée au pouvoir des Anglais pendant les Cent-Jours, et redevenue définitivement française en 1816, la Guadeloupe n'a cessé depuis ce moment de suivre une voie de progrès, en dépit de plusieurs causes fâcheuses, les unes dues aux convulsions de la nature (1), d'autres d'un ordre tout différent, telles que le contre-coup des événements de février 1848 et la complète transformation apportée à nos cultures coloniales par l'abolition de l'esclavage.

Mais revenons en arrière, afin de voir ce qui, pendant le cours de ce récit, s'est passé à la Martinique.

---

(1) Un tremblement de terre, en 1843, détruisit en quelques minutes la Pointe-à-Pitre, que l'on a justement nommée la Venise des Antilles, plus de neuf cents maisons ou édifices publics, et coûta la vie à quinze cents personnes; mais la charité a, en France, des élans sublimes, des ressources inépuisables : la Pointe-à-Pitre se releva promptement de ce désastre.

IV.

LA MARTINIQUE.

A juger de cette île par le bruit qui s'est fait autour de son nom, on ne soupçonnerait pas qu'elle n'a guère que l'étendue d'un simple arrondissement de France : seize lieues de long sur sept de large et quarante-cinq de circonférence ; soit cent mille hectares environ de superficie. Son rôle historique lui vient d'ailleurs de sa situation*, la plus avancée au vent de toutes les îles, sauf la Barbade, ce qui en fait l'une des premières escales pour les navigateurs arrivant de la pleine mer. Les profondes échancrures de son pourtour qui forment une multitude de rades, d'anses et de havres, se prolongent au milieu des terres comme des estuaires et communiquent avec les rivières de l'intérieur. Son principal port, Fort-de-France, est l'un des plus sûrs et des plus vastes de l'Amérique ; enfin elle jouit d'une admirable fertilité, due au triple concours d'un sol riche, d'une humidité surabondante et d'un soleil ardent.

FAMILLE.

Le simple aspect de la contrée en raconte l'histoire géologique, qui, du reste, est la même pour toutes les Antilles. Du nord au sud se dressent cinq ou six monts principaux, distribués en groupes rapprochés, mais indépendants, au lieu de ces chaînes prolongées qui accusent ailleurs des formations moins violentes. Les uns culminent en pitons aigus dont l'altitude dépasse treize cents mètres ; d'autres s'étalent en crêtes étroites parfois tranchantes, inclinées en talus raides et d'un accès difficile. A mi-hauteur de ces sommets détachés et leur faisant cortège, une foule de mornes, restes de volcans secondaires, s'abaissent en coteaux moins abrupts, les uns ombragés de forêts ou cultivés, les autres stériles et nus. Après les éruptions qui ont créé ces pics, ces cônes, ces pyramides, sont venus les tremblements de terre qui les ont disloqués, déchirant la croûte du sol, hachant les flancs des montagnes en crevasses et en précipices, élevant, en un mot, de toutes parts ces obstacles dont encore aujourd'hui souffrent les communications et les cultures.

Au-dessus de ce sol chaud et pierreux, atteignant ainsi par étages successifs de grandes élévations, l'atmosphère a pu amasser ses vivifiantes fraîcheurs, grâce aux immenses nappes marines qui enveloppent l'archipel. Grossies de celles qui se dégagent des bouches vaseuses de l'Orénoque, ces vapeurs, poussées par les vents d'est sur les flancs et les cimes des montagnes, s'y condensent en nuages et en brumes et s'y résument en pluies, dont la succession dure de juillet en octobre. La quantité annuelle de ces pluies dépasse une moyenne de deux mètres. Après s'être dépensée en partie au profit d'une magnifique végétation forestière, cette eau bondit en cascade et forme des cours d'eau également précieux pour les campagnes et les villes, comme irrigation et force motrice. Quand la main de l'homme ne les détourne pas vers quelques habitations, ces torrents se précipitent du haut des monts vers la mer, au bord de laquelle ils déposent une couche épaisse d'alluvions où croît merveilleusement la canne à sucre (1). »

Il ne faut donc point s'étonner, dit le P. Dutertre, après avoir dépeint les beautés et les richesses naturelles du sol, et avoir fait ressortir les avantages résultant nécessairement de la manière même dont la colonie fut formée, non point avec des hommes venant d'Europe, mais avec des colons de Saint-Christophe, déjà acclimatés sous le ciel des Antilles, « il ne faut point s'étonner que l'établissement de la colonie française eût immédiatement réussi à la Martinique, d'autant que M. d'Esnambuc voulut se charger lui-même de cette entreprise.... Il partit de l'île Saint-Christophe au commencement de juillet 1635, avec une centaine des habitants de cette île, tous gens d'élite accoutumés à l'air, au travail et aux fatigues du pays ; qui, en un mot, n'ignoraient rien de ce qu'il faut faire pour

(1) La Martinique se divise, selon les indications mêmes de la nature, en deux arrondissements : Fort-Royal et Saint-Pierre. Chacun de ces arrondissements se subdivise en deux cantons, formant treize communes.

Les deux cantons du premier arrondissement sont : 1° celui de FORT-ROYAL ; communes : Fort-Royal, le Lamentin, le Trou-aux-Chats, le Saint-Esprit, la Rivière-Salée, les Trois-Ilots et l'anse d'Arlet ; 2° celui du MARIN ; communes : le Marin, le Vauclin, Sainte-Anne, la Rivière-Pilote, Sainte-Luce et le Diamant.

Les deux cantons du second arrondissement sont : celui de la TRINITÉ ; communes : la Trinité, le Gros-Morne, le Robert, le François, Sainte-Marie et le Mérigot ; 2° celui de SAINT-PIERRE ; communes : Saint-Pierre, la Basse-Pointe, la Grande-Anse, le Macouba, le Prêcheur, le Garbet, la Case-Pilote.

La colonie renferme deux villes : le Fort-Royal, le chef-lieu et le siège du gouvernement colonial, et Saint-Pierre, éloigné de Fort-Royal de sept lieues et centre de tout le commerce de l'île.

défricher la terre, la bien cultiver, y planter du sucre et y entretenir des habitations…. Arrivé à la Martinique cinq ou six jours après son départ de Saint-Christophe, M. d'Esnambuc y fit promptement élever, au bord de la mer, un fort qu'il munit de canons et qu'il nomma le fort Saint-Pierre, peut-être parce qu'il arriva dans cette île le jour de l'octave des apôtres saint Pierre et saint Paul. Après avoir vu commencer à bâtir les habitations des colons, il s'en retourna à Saint-Christophe, laissant M. Dupont pour commander en qualité de sous-lieutenant, avec ordre exprès de conserver la paix, autant qu'il lui serait possible, avec les sauvages. »

On se souvient que c'était là le principal point d'appui de la politique de M. d'Esnambuc. Par malheur, les indigènes ne firent point preuve ici de cette bienveillance qu'ils montraient à la Guadeloupe ; soit que la conduite des Français sur ce point les indignât ou les effrayât pour eux-mêmes, soit que leur caractère ne fût ni aussi doux, ni aussi hospitalier et bienveillant, toujours est-il qu'ils commencèrent sans motifs sérieux une guerre d'escarmouches qui aboutit à une attaque générale du fort Saint-Pierre, non seulement par les naturels de la Martinique, mais encore par une foule d'autres sauvages venus à leur appel des îles voisines.

M. Dupont, qui avait été prévenu des préparatifs de guerre, et même du jour fixé pour l'attaque, laissa approcher les assaillants jusqu'au pied des murs. Démasquant alors ses canons, il ordonna une décharge qui fit un affreux carnage. Les sauvages, s'imaginant que tous les *mayebas* de France étaient sortis de ces canons pour les détruire, s'enfuirent et n'osèrent plus, à dater de ce moment, rien entreprendre contre nous.

Il est vrai que la conduite de M. Dupont, sa prudence, sa justice, sa bonté et son humanité, surent merveilleusement tirer parti de cette impression de crainte, en y ajoutant l'admiration et la confiance. Les Caraïbes sollicitèrent une paix générale, qui leur fut accordée avec empressement.

Par malheur, M. Dupont, désireux de faire part verbalement à M. d'Esnambuc de l'heureux état des choses, s'embarqua pour Saint-Christophe. Pendant la traversée, il tomba au pouvoir des Espagnols, qui le retinrent dans une captivité si mystérieuse et si étroite, que sa vie ou sa mort restèrent pendant trois ans un problème insoluble. Cette ignorance, en empêchant de lui donner immédiatement un successeur définitif, amena dans l'administration de la colonie des incertitudes, et même une sorte d'anarchie d'autant plus fâcheuse que les Caraïbes, ayant eu à en souffrir, levèrent l'étendard de la révolte.

Telle était la situation, lorsque la Compagnie des îles de l'Amérique, forcée de vendre la Guadeloupe au marquis de Boisseret, se défit également de la Martinique. L'acquéreur de celle-ci fut M. Du-Parquet (1), qui en était déjà gouverneur particulier. Moyennant la somme de 60,000 livres, il devint maître non seulement de la Martinique, mais aussi de Sainte-Lucie, de la Grenade et des Grenadins.

M. Du Parquet, que son administration sage et équitable faisait bénir dans ses nouvelles possessions, mourut en laissant des enfants mineurs.

---

(1) M. Du Parquet était neveu de M. d'Esnambuc et frère de celui dont nous avons parlé en rapportant la défense glorieuse qui ne put empêcher Saint-Christophe de tomber au pouvoir des Espagnols.

La liquidation de sa succession nécessita la vente de l'île; et comme c'était justement au moment où le gouvernement français s'occupait de l'achat de la Guadeloupe, on traita aux mêmes conditions pour la Martinique, qui, au mois de mai suivant, fut concédée à la Compagnie des Indes occidentales.

Les agents de cette Compagnie mécontentèrent à tel point les habitants de la Martinique, que ceux-ci étaient résolus de secouer l'autorité de la métropole, lorsque survint l'ordre qui faisait rentrer les îles de l'Amérique sous l'autorité directe du roi.

La nouvelle administration marqua pour la colonie le début d'une période de calme et de sécurité, mais non encore de progrès. Les plantations bien entretenues prospéraient, mais n'augmentaient pas; la population, sauf l'arrivée de quelques esclaves, restait dans un état stationnaire, quant au nombre. Il manquait évidemment à la colonie une impulsion vigoureuse; mais les préoccupations coloniales de la France étaient alors plus particulièrement concentrées sur d'autres points, et il est probable que cette indifférence se fût prolongée indéfiniment, si un événement à jamais déplorable pour la métropole, la perte du Canada, qui, avec Terre-Neuve, l'Acadie et la baie d'Hudson, était définitivement accordé à l'Angleterre par le traité d'Utrecht, n'eût tourné tous les regards et toute la sollicitude de la France du côté des Antilles.

La Martinique profita de ce mouvement des esprits. La Guadeloupe, nous l'avons dit, lui fut sacrifiée. « La Martinique devint le chef-lieu et le marché général des Antilles françaises; seule elle était connue en Europe, et son nom, considéré comme générique, était le seul employé. »

En 1742, la guerre vint troubler cette prospérité. « Les besoins de l'attaque et de la défense armèrent tous les bras, qui durent abandonner, pour saisir l'aviron ou le sabre d'abordage des corsaires, les immenses champs de cannes, les productives caféières, les délicieuses habitations. La vie de corsaire, il est vrai, fut aussi avantageuse aux habitants de la Martinique que leur avait été la vie agricole. Les prises furent nombreuses, et l'or devint aussi commun dans la colonie qu'en d'autres temps la plus vulgaire monnaie. Ainsi on estima à plus de 30 millions la valeur des neuf cent cinquante bâtiments capturés par eux pendant cette période. Mais l'or n'est jamais un élément vrai et sûr de grandeur, de stabilité et de force. »

La situation de la Martinique avait été si gravement compromise par l'abandon des cultures, que les sept années de paix qui suivirent le traité d'Aix-la-Chapelle furent loin de suffire à réparer les pertes subies ; de telle sorte que, malgré les profits énormes provenant des prises des corsaires, lorsqu'en 1755 la guerre éclata de nouveau, la colonie était encore accablée par le poids des dettes qu'elle avait été forcée de contracter.

Sept ans plus tard, et après d'héroïques luttes et de longues souffrances, la Martinique tombait au pouvoir des Anglais, qui la gardèrent jusqu'au traité de Versailles (1762-1783). Ce retour à la couronne coloniale de la France d'un de ses plus beaux fleurons répandit à peine un éclair de joie dans les Antilles ; car le même traité cédait à l'Angleterre la Dominique ! Tous les cœurs, déçus dans leur espérance de racheter par une éclatante revanche une occupation de seize mois, gémissaient à cette honte nouvelle.

La prise de la Martinique avait éveillé l'attention sur la nécessité de venir en aide, par des travaux d'art, aux moyens de défense dont la nature a pris soin d'entourer cette île. Des ouvrages de fortification furent ajoutés au Fort-Royal, au-dessus duquel, à douze cents mètres, on construisit le fort Bourbon, qui ne coûta pas moins de 10 millions.

Les colons se remirent à l'œuvre agricole avec une ardeur admirable ; et lorsque survint la guerre de l'indépendance de l'Amérique, la reine des Antilles avait plus que jamais droit à son titre et à sa renommée.

Par un caprice bizarre et heureux de la fortune, cette guerre, loin d'être funeste à la colonie qui nous occupe, donna, au contraire, un nouvel essor à sa prospérité. Tandis, en effet, que les cultures y étaient poursuivies avec soin, la superbe baie de Fort-Royal devenant le centre des opérations maritimes des flottes françaises, le concours des équipages des navires de guerre augmentait le cercle et l'étendue des relations et des transactions entre habitants. La paix de 1783 donna une impulsion si grande à cet essor, qu'en 1789 le chiffre de la population atteignait cent mille âmes.

La Révolution, les guerres de l'Empire et la période qui a suivi ont passé à la Martinique par les mêmes phases qu'à la Guadeloupe. Un des faits les plus saillants et les plus glorieux est la défense de l'île par le général Rochambeau, fils du héros de la guerre d'indépendance des Etats-Unis.

C'était au commencement de l'année 1794. Les Anglais, plusieurs fois repoussés par le brave général, parviennent à débarquer quinze mille hommes et quatre-vingt-dix bouches à feu. Rochambeau ne se tient pas pour vaincu. « Après plusieurs combats, dans lesquels il déploie la plus grande bravoure personnelle, forcé de se retirer dans le fort Bourbon avec six cents hommes seulement, il y soutient, pendant quarante-neuf jours, tous les efforts des Anglais, et ce n'est que lorsque le bombardement a presque complètement démantelé la citadelle, lorsque la moitié de ses soldats est tombée sous le feu ennemi, qu'il se décide à capituler. Encore, sur les trois cents hommes qui lui restaient, une centaine seulement étaient-ils valides.... La défense du fort Bourbon fut la dernière tentative de résistance. La Martinique était aux Anglais. Après être restée huit années en leur possession, elle nous fut rendue par le traité d'Amiens. »

En 1809, on vit se renouveler l'héroïque défense de Rochambeau. Attaqué cette fois encore par quinze mille Anglais, le fort Bourbon résista vingt-sept jours, et ne succomba enfin que sous le nombre.

V.

CONCLUSION.

Forcé de faire rentrer ce magnifique sujet des Antilles dans le cadre restreint d'un simple chapitre de notre histoire coloniale, nous devons renoncer à retracer ici une foule de détails intéressants, de merveilleux tableaux de travaux agricoles et de beautés naturelles.

Cependant nous ne terminerons pas sans rappeler les gloires de toutes sortes qui ont pris naissance aux Antilles ou qui les ont illustrées.

C'est une vérité qui a eu cours en tous les temps, que, « au souvenir des morts illustres, les vivants s'élèvent, et que des cœurs que le présent divise se réconcilient au nom du passé. Ainsi, en 1859, l'inauguration de la statue de l'impératrice Joséphine a donné lieu, aux Antilles, à de généreuses manifestations de fraternité entre les diverses races, même entre les nations qui se partagent l'archipel Caraïbe. Qu'il y ait donc aussi des hommages de justice rétrospective pour les personnages éminents, enfants du pays ou Français d'Europe, qui, sans s'élever aussi haut, ont fait non moins de bien et d'honneur à la Martinique et à la Guadeloupe.

« Depuis Christophe Colomb, qui révéla ces îles à l'Europe, ils sont nombreux ceux qui attendent la tardive reconnaissance d'une statue, d'un buste, d'un nom gravé quelque part, d'un portrait suspendu dans quelque musée.

« D'Esnambuc, premier gouverneur de Saint-Christophe, fonda la puissance coloniale de la France dans la mer des Antilles. Du Parquet, son neveu et son successeur, fut l'ami des indigènes, et convoqua autour de lui toutes les nations avec une libéralité qui ne fut point imitée. D'autres gouverneurs, Chlodoré, Baas, d'Ennery, déployèrent des talents de premier ordre. Les PP. Dutertre et Labat gravèrent les premiers âges de la colonie en traits naïfs et profonds qu'aucune histoire plus philosophique n'a fait oublier. Le bourg du Prêcheur rappelle d'Aubigné et l'enfance de sa petite-fille, Mme de Maintenon. Benjamin Dacosta se plaça au premier rang des bienfaiteurs du pays, en montrant à ses habitants l'art de fabriquer le sucre et de cultiver le cacao. Déclieux, célèbre pour avoir partagé en mer sa ration d'eau avec trois plants de caféier, qu'il transportait de Paris à la Martinique, a relevé la grandeur du service par la simplicité du dévouement. Même après le général Beauharnais, les Antilles citent avec une juste fierté Bouillé, dont toute l'Europe admira les exploits ; Dugommier, vainqueur des Anglais à Toulon ; Gobert, le fondateur des prix académiques pour l'histoire de France ; Bouscaren, l'un des braves de l'Algérie. Les blancs les plus jaloux de la pureté du sang ne refuseraient pas leur admiration au mulâtre Pélage, qui protégea leurs pères et mourut colonel sous l'Empire. Dans les eaux de Fort-Royal ou de Saint-Pierre, de la Basse-Terre ou de Pointe-à-Pitre, la plupart des grands noms de la marine française ont promené avec honneur le pavillon français : d'Estaing, Grasse, Lamothe-Piquet, Guichen et bien d'autres. »

FIN.

TABLE.

———

FIN DE LA TABLE.

ROUEN. — Imp. MÉGARD et C°, rue Saint-Hilaire, 136.

M.. & Cie

www.ingramcontent.com/pod-product-compliance
Lightning Source LLC
Chambersburg PA
CBHW050313030726
47505CB00003B/681